跨度新美文书系

Kuadu Prose Series

跨度新美文书系
Kuadu Prose Series

你是我的好朋友

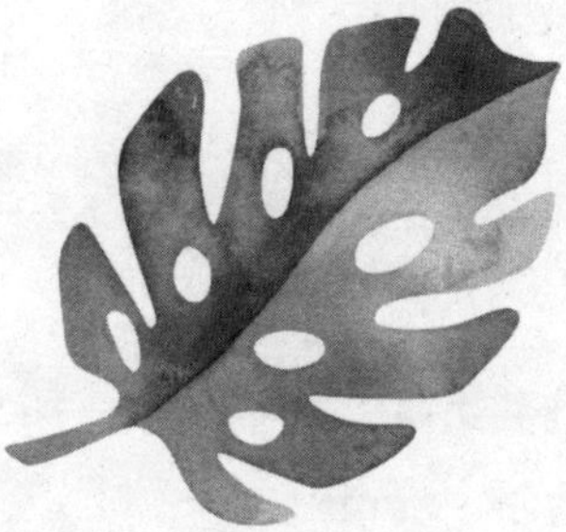

赵峰 著

中国文史出版社

目录

目录

目
录

目录

序

李存葆

林林总总、含宏万汇的植物与动物，其中的每个属种，都是一部绝妙的奇书；每部奇书的每个章节，也都写满了无穷无尽的生命奥秘。

大自然的首要目的是使一切生物的生命得以延续。上苍为保障创造的生物都能快意生存，便从气候到环境、阳光到空气、水土到氛围都给予了恰到好处的设定。济南南部山区的跑马岭野生动物世界，汇集了来自中国各地及世界某些地域的一百余种动物。动物专家和园林工作者们，迂思回虑、匠心独运地构建和营造了来此“安家落户”的动物们可适合生存的“第二自然”。

我的好友赵峰，曾在跑马岭野生动物世界工作达十年之久。他酷爱着跑马岭的一岭一峰、一涧一溪、一花一草、一树一石，尤其是其间的一鸟一兽，发生在这里的人与鸟、人与兽的饶有趣味的故事，他大都亲睹、亲听、亲临、亲历过。如今，他以五十余篇章结集而成的《你是我的好朋友》散文集，即是他亲近动物、挚爱自然的最真实的写照。

赵峰出生在素以“玫瑰之乡”而著称于世的济南市平阴县。前些年，他曾三度陪我赴平阴赏花观泉。忘情于济南周边的山水，成为我与他结为朋友的纽带。看上去温文尔雅的赵峰，敦厚而不失智慧，谦和但不卑却，自信却不骄狂。在繁忙的工作之余，他笔耕不辍，已有两本写社会与人生的散文集问世。在连空气中也弥散着物化气味的当今之世，赵峰把文学创作当成生命的另一种方式，将一瓣心香敬以文学的虔诚，委实令我感动。

《你是我的好朋友》中的“你”，是大“你”，泛指的是世界上的一切“生命”；“我”也是大“我”，指的是“地球村”的整个人类。当赵峰观察自然与动物的视角发生了大转换的时候，他笔下的动物、植物也就人情化、人性化或人格化了。出色的诗人，常能从狗儿猫儿牛儿马儿的目光里发现一首首柔情的诗。这柔情诗里给予人们心灵的常是温馨与慰藉。在作家赵峰的笔下，即使凶猛如狮虎熊者，也能与善待、关爱和呵护它们的人们，进行“情感”的交流。

《你是我的好朋友》中，大部分篇章是写各种动物的。诸多篇章用的是拟人化的题目。如《大独裁者》《大舞蹈家》《大野心家》《大阴谋家》《“高富帅”出使天津卫》……凡此种种，不一而足。

赵峰善于以动物的感性的艺术形象，来折射当今五音乱耳、七彩迷目的社会现实。在这本散文集中，有六篇是写猴群生活的。赵峰不仅惟妙惟肖地写了猴子们的乖巧、乖觉、机敏和机灵，还活灵活现地写了“猴王国”的“猴际”关系。在赵峰眼中，猴王的“宝座”不是靠猴爹给的，而是猴王带着“王侯将相，宁有种乎”的信念，绝对凭着实力拼杀得来的。这才使得“猴民”们俯首帖耳，唯“猴首”是瞻。在“猴王国”里，猴们也分三六九等。除了猴王具有至高无上的权力外，次之是它的“王后”大老婆；再次之是它的众多而地位不一的“妃子”和“小妾”们；再次之是猴王的儿女们；再次之是靠体魄强健能混世的猴儿们。生活在最底层的是那些既无实力又无姿色的公猴和母猴们……看“猴王国”里的生存百态，怎不令人怅触万端，引发诸多思绪。

赵峰写动物的散文，惯用或幽默或调侃的语句。文学本是人类痛苦的产物。幽默的本源是痛苦。诚如马克·吐温所言：“天堂里是没有幽默感的。”赵峰在写“大舞蹈家”鸵鸟时，有这样的描写：“鸵鸟和孔雀一样，漂亮的都是雄性。不用涂抹口红，它的喙红得艳丽；那深情的眸子、漂亮的双眼皮，绝对不是整容得来；清晰可数的长睫毛，更不是时髦女孩粘贴的那种一点都不生动的假道具。”跑马岭野生动物世界里的长颈鹿馆中，有一只集万千宠爱于一身、名唤京海的长颈鹿。它个头雄健魁梧，身上的斑花像是一枚枚古意甚浓的铜钱。京海在全国的长颈鹿中绝对称得上“男星一号”，赵峰将其诙谐地喻作“高富帅”。京海正值青春年华，天津动物园慕其名前来“借种”。当它乘坐大卡车路过天津市区时，出现了“万人空巷看情郎”的景象。半年后天津动物园的三头母鹿先后受孕了。当跑马岭来人接京海返济时，赵峰写道：“那三只身怀六甲的长颈鹿让人想起《西厢记》里长亭送别张生的崔莺莺，竟然那样的依依不舍，喂什么东西都不吃。上车离开的那一刹那，眼里竟然汪汪一潭。”读着这些如绘如真的描述，真让人忍俊不禁！

愿意亲近人类，实乃不少动物的天性。它们总是伺机向对它们不怀敌意的人们寻求“友谊”。人与动物的关系，也是赵峰浓墨重笔去描绘的。在长臂猿区，有个饲养员叫马金花。她把长臂猿当作自己的孩子一样疼爱。一次她因生病一个多月未能上班，病愈归来时，她“刚进了笼舍，长臂猿馆一片欢腾……久久都停不下来……那只从小就被她抚养起来的小长臂猿，更是一个鱼跃飞上她的背，从后边绕到前边，挂在她的脖子上……后来还觉得不过瘾，又拉着她的手，做起了单臂大回环……”其余的长臂猿也很规矩地依次跟马金花握手……这场面、这场景，怎不令人动容！

人的身上有着大自然的全部因素。只要人有意，草木也会有情。这在赵峰几篇写跑马岭山川风物的散文中，也得以生动地展现。赏读《你是我的好朋友》，给我突出的印象是，赵峰的叙述风格从容不迫，不疾不徐，娓娓道来，有着诗意化的追求。其中不少妙句，有山花的鲜活、露珠的晶莹。

世上的万物，都有各自存在的合理性和必要性。微小的、庞大的、开花的、结果的、飞奔的、爬行的、高翔的、潜游的、诡谲的、乖张的……都是造物主对人类的恩赐。它们之中任何一个物种的消亡，不仅使食物链脱落了不可或缺的一环，也使生态平衡的天平不断发生倾斜。当今人们应该明白：人类对一切异类设下天网，最后被网住的必是人类自身。人类是其他一切生灵的猎者，但猎者最终会将枪口对准自身。从这种意义上来说，《你是我的好朋友》是值得我们仔细品读的。

鹊占鹰巢

燕雀知不知鸿鹄志向，无关紧要，自己活自己的，活得自在就好。提起鸿鹄，就好像天外来客，实际上没啥稀奇的，鸿，不过是大雁；鹄，天鹅而已。落雁，天鹅，极度唯美罢了，无他。被贬得一钱不值的雀儿，倒是不可小觑，五脏俱全不说，关键它不听任何人摆布。鲲鹏是神鸟，庄周先生为此君画像：鲲为鱼，住在北冥，几千里长，化为鹏生出羽翼，翅膀一鼓，顷而就扶摇直上九万里。这白胡子老头是神侃鼻祖，口无遮拦，一飞九万里还不能打住：怒而飞之，其翼若垂天之云。如果不是上嘴唇挨天、下嘴唇沾地，这些话还真说不出口。

当然，去求证鲲鹏真伪，不解风情煞风景不说，也忒死心眼子。精神寥廓到无边，什么都可以想，什么都可以不想，鲲化鹏，从地面到空中，解掉束缚飞翔，没什么不好！倒是应该感谢吸风饮露、驾在云端的子沐大先生。他一句看似没找兑的话，就解放了全人类还有我们无产者自己，实功大莫焉！大话就该往大里说，精神的疆域就是没尽头。可惜秋水先生就此止步，还在“有”中兜圈子，没能走进“无”。更可惜的是我们卑微如燕雀，叽叽喳喳，只能土里刨些果腹的食物。一辈子框在自家院子里，和青蛙五十步百步，大话不敢说也说不了。

云雾半天，鲲鹏谁见过？我们都见过的只是鹰，估摸庄先生自己杜撰自己升华的大鸟，也是受鹰隼启发，才飞出来的。百分百鹰隼挥发的精神象征。它们能高空翱翔，也可以匍匐于地寻生计，与云共舞，亦食得人间烟火。这鸟实在，能观赏也能触摸，百姓叫它老鹰，文人多称苍鹰。它不寻常的地方，就是没法饲养，家禽不了。永远的独舞者，这是鹰，和地上的虎一样。莫弄混了，杂花生树、群莺乱飞的“莺”，同“鹰”区别大了，此鹰非彼莺。鹰，卓尔不群，典型的独行侠。

跑马岭鸣禽谷有鹰园，在步行区南头，架在鳄鱼湾下那块坡地上。说园不确切，就是个大铁笼子，比玩空中飞车的笼子稍大些。起初十几只鹰，济济一堂，满笼恐怖，近前就觉得森森的。鹰不好伺候，不能随遇而安，更是个拧种，一点不懂“好死不如赖活着”。不让飞勿宁死！所以，鹰园“噩耗”不断，苟且些不可以吗？可能它们本不是笼中鸟吧！最后只剩两只鹰一只秃鹫，就关进一个更小的笼子，也就刚刚能展开翅膀。笼舍中有棵水泥树，可很少看见它们飞在上面，这个高度它们不屑为之。

一只鹰一种想法，一百只鹰会有一百个灵魂，聚在一起不会心贴心，只能是背靠背。死亡应该是往下走的唯一路径，因为它们无法凑合，也不会忍辱负重。

秃鹫样子丑陋，和鹰各踞一角，一副井水不犯河水的样子。对于吃腐尸的动物，形象又不佳，光光如同生了秃疮的脑袋，看去恶心。别看长得不济，可它本领比鹰大多了，不好貌相下结论，轻松地就能飞六七千公尺。跑马岭海拔接近一千公尺，正好是鹰飞的高度，可对于秃鹫来说，不过是轻轻一掠就过的小土丘。

草原猎人熬鹰，招数歹毒。驯服它要从肉体到精神彻底摧毁，经历困乏、饥渴、疲劳、恐惧、挣扎后，一桀骜、自由的灵魂悲愤地屈从了。崩溃后，猎人送上肉，鹰不吃，也不看，满眼不屑，却徒劳地去啄束缚腿脚的铁链，铮铮作响，嘴里滴着血，仍旧不停下来。最后一搏不成，它眼里的那盏灯才渐渐地暗淡了。靠硬熬，比饿要管用得多，三天三夜鹰就范了，沦为工具。苏东坡“左牵黄，右擎苍”，那一鹰、一狗逍遥自在捕猎的日子，不知他的鹰是怎么驯出来的。一个满腔情怀、能写出“但愿人长久，千里共婵娟”词句的大文人，不知道他驯鹰的时候，心态是怎样的。后来想，估计想苏东坡干不了这活，他跟着人家凑乐子罢了。

不少画家喜欢画鹰，李苦禅的鹰画得好，喙上、翅上、爪上、眼里，鹰该有的，他都画到了。画鹰画不好形体和眼睛，干脆别浪费笔墨和纸张。

鹰园。囚禁不多久，鹰便浑浑噩噩起来，一群灰喜鹊成了常客，还有些叫不上名字的山雀，进来拾捡一些食物果腹。寂寞无声的世界，多了叽叽喳喳的热闹。饲养员小李说：刚开始，那些鸟都战战兢兢，后见鹰鹫看都不看它们一眼，胆子就越来越大，再后来简直肆无忌惮，像在自己家里。刀客死了刀神不再，估计就是去它们嘴里抢东西，鹰也会漠然视之。久而久之，鹰鹫就如风化石雕一样，一天就几乎一个姿势。我突然想到了“境遇”二字。那句话是咋说来着？哀莫大于心死！

鹰隼高度与生俱来，一般都飞行在千米以上，可俯视万物。眼雪亮，像雷达，可以精准地逐兔叼雀。居高临下习惯了，自然生就了不过尔尔，微不足道。高度决定视野，更决定态度。蛙不论活在井底还是池塘，天地巴掌大小，容易妄自尊大，生怕被漠视，就哇哇地鼓噪。青蛙可爱，没事喜欢吹牛，吹得孩子般两腮冒泡。临近有游禽湖，常有青蛙呱呱不停，让毫无声息的鹰园显得更死寂。伏地而行的鸡鸭，它们只能是现实主义版本，不切合实际的非分之想，它们安分守己从不去想。庄先生可以异想天开，他做主持，搞一场鹰、蛙、鸡“三方会谈”，它们会谈些啥？又是个什么情景？估计除了庄先生，我们都想不出。据说鸡都无法同鸭讲，我不知道这说法到底对与不对。

跑马岭开园第二年，一位在五峰山开荒的朋友送来了一只鹰。鹰咬伤他不少鸡，朋友没有以牙还牙把鹰打死，却费劲捕了大老远给我们送来，很有情怀的一个人。如果把鹰卖给做标本的人，损失会加倍补回来，更别说痛快一下嘴和胃了。他儿子一表人才，刚大学毕业，脸上也满溢着和善。十几年来，我常常会想起父子俩。想起这对离开城市、去荒野耕种的父子。我给他们许诺过，随时可以来看看鹰，可一次也没有接到过他们的电话。鹰受了伤，敷上药放进笼子。

这鹰生得漂亮，两只深邃而锐利的眼睛，让人不寒而栗，弯弯的喙，锋利得如同冒着寒光的利刃。如在万里无云的碧空下，扑扇起硕大翅膀，升到一定高度，然后再展开双翼滑翔，这难得一见的极致景观，所有的舞台都无法展示这大美。行走世间，都会有太多不如意，也都有太多无奈。人们都希望自己能寄托些什么给鹰，究竟是寄托什么呢？却又说不清楚。

鹰翅上的伤很快就好了，没放飞走，却关进了鹰园，这是它最好的归宿吗？不知道。可我知道这一定是它最后的归宿。可留在鸡场是万全之策吗？好像也不合适，真落在鸡群久了，估计鸡群会把它吞噬掉，且极有可能。

近年来很少看到鹰隼了，还有盯住树木病虫不放的啄木鸟，布谷鸟叫也很少听到了。各种名目的病虫害多了，人类为保护赖以生存的树木以及庄稼，千方百计大肆围剿。在大量使用农药后，树木庄稼得到了有效保护，病虫大量被消灭，大量鸟类也不能幸免。有次进到一座山里去，浩大林区，居然没能听到鸟鸣，也未闻蝉声，一种不可名状的感觉涌上心头。

前年在佛慧山南蚰蜒山顶，望见一只鹰，我激动得不行。只是鹰飞得太高，像个游动的蝌蚪，鹰肆意地在上空盘旋，美美地舞着。鹰之舞学不来，只能在长空的背景下看，才能看到极致，我仰望得脖子都酸了，自己好像也在腾空而起。就在我低头的那一刹那，再抬头已经看不到了，蓝天下仅剩白云悠悠。

熬过的鹰仅是暂时俯首，好在这是定期“服役”，三年后必须放掉。永久无尽头地关押，心会先于身体死掉，笼子里看到的不过是鹰的走肉，灵魂早已出窍的形骸。记得好像没多少年，跑马岭鹰鹫全军覆没了，不久大铁笼也在一场雨后，轰然坍塌掉。我奇怪的是，那不过是场蒙蒙细雨，很温情很诗意，这看去坚不可摧的大铁笼，咋就说不行就不行了呢？小李告诉我：笼子基础做得不牢，那些支撑长期没人维护，都烂透了！鹰鹫尸体咋处理的，我也没问，也没人告诉我。小李不喜欢鹰，觉得鹰太难打发，说到鹰他还有些气愤：这些家伙不知好歹，喂肉都不好好吃，死了素净！跑马岭常有动物死掉，包括狮虎，已经不再稀奇了。

鸿鹄不用捆绑，有个池塘就不会逾距，只是不管水面大小，得取个名字叫什么湖就行。苍龙难缚，鲲鹏就是能逮住，往哪儿搁也是个问题，就别去痴那份心了。春色更难关，垒道高墙也不行，它不听这套，墙头上伸出枝红杏招摇。跑马岭树林里很多鸟，很多都叫不上名字，灰喜鹊密密麻麻，嘎嘎地叫不停，像是肺结核病人，叫得人心烦。到了秋天，电线上、树上落满黑压压的一片，全是灰喜鹊，现在是它们统领占据着这里。它们不用笼子，都老老实实待在这一地，故土难离。鸠占鹰巢，恃强凌弱，鹊霸鹰巢呢？是以小赢大吧！灰喜鹊从生到死，有片林子，有填饱肚子的虫儿吃，就是很幸福很幸福的事情了。

2014 年 8 月 25 日初稿

2019 年 4 月 19 日定稿

宇宙冠军

万物皆有所长，又有自身局限，飞机能在蓝天上叱咤风云，着陆无疑就是间铁皮屋，啥本事也没有；轮船在海洋里所向披靡，搁浅便成了钢铁海景房，一无是处。长臂猿在地上行走，踉踉跄跄，像个蹒跚学步的婴儿，可一旦有了可供攀依的树枝和绳索，立马神通毕现，一个不折不扣超一流的全能体操大神。李宁？刘璇？李小双？都不行！

长臂猿从观赏的角度，没有多大的审美障碍，长长的上肢，比刘备的过膝双臂还长，脸上尽是顽皮，少有狡诈，也没有猴子红信号灯一样、有碍观瞻的屁股。若说起技巧来，猴子那点本事差得更远，根本就不值一提。进动物世界步行区不远，就能看到长臂猿在笼舍里，不住地上下翻腾，东荡西跳。灵长类的动物有个共同特点，一刻也闲不住，典型的多动症患者。游客只要来这里，都有不虚此行的满足，没有带着遗憾走的。长臂猿不矫情，就是有些小病小灾，一般不咋呼喊叫，把小病张扬成大病。这些家伙不会无病呻吟，更不愿以无精打采的样子来面对世界，说起来这种积极的态度也是种正能量，起码不消极。

因地制宜，长臂猿的笼舍也做了精心设计，在里边搭建了纵横交错的支架，顶上还吊了几十条垂下的锁链。得让这些不大含蓄的家伙有个用武之地，不然一身的绝技怎么施展呢？灵长类家族的习性和我们的传统文化观念背离着，“隐忍、藏而不露、秘不示人”，还有早年那句很著名的“谦虚使人进步，骄傲使人落后”。对于这些金科玉律，他们全是反其道而行。从现实着眼，谦虚还能使人进步吗？骄傲又能落后到哪里去？

正是因为长臂猿的显摆，一刻不停地卖弄它的闪、转、腾、挪绝技，才让更多的人成为它们的观众，五花八门的食物也就得到的最多。只要是符合它们胃口，得到饲养员应允，它们都能吃到，获取的青睐及掌声也最多。在步行区，它们才是真正的“明星”，猴子是一帮子“无赖”，格调上也低了长臂猿一大筹。和它们比邻而居的小熊猫倒是温良谦恭，可没有人对这些没半点生气的家伙感兴趣，甚至都不想看一眼就匆匆离去，因为它们身上没有打动人的地方，更没有让人受用的举动。潜藏生命中的生机刻意压抑着，让本来蓬勃的生命呈现出萎靡的面目，小熊猫的抑郁看上去很残酷，机械般日复一日地死循环，开心地活好每一天多好！难道它们也在思考“从哪里来，到哪里去”这样宏大的问题吗？

哗众取宠，在小动物世界没一点贬义，所有的表演不都是要的这结果吗？相声名家郭德纲说：在台上不要脸就是要脸。出彩就成，不出彩就别出来混。猿猴都懂这道理，人的舞台更如此，别太拿面子当回事。这也许正是这个冒冒失失家族的唯一可取之处，教化其身，而不能僵化其心。

长臂猿最欢快的时节是春天。在暖房里囚禁了一冬，逼仄的空间没法让它们更大限度地亮绝活，憋得浑身痒痒。春节后好久，跑马岭的春日迟迟不能到来，四月里还残雪片片。漫长的冬季对于长臂猿，无疑就是煎熬。好吃好喝休息一个半季，满身的能量无处释放。所以，一出笼舍，来不及热身，就迫不及待地施展身手和拳脚。好在天生一副好胳膊好腿，爹娘给的，不用白不用。

体操运动员除俄罗斯美女霍尔金娜个子比较高挑之外，鲜有高个，上单杠还需要教练抱上去。长臂猿却不费吹灰之力，哧溜两下就把自己搁在三米多高的横梁上。再不尽兴，就索性加快节奏，在你眨眼的工夫，已经绕场一圈。那轻盈飞跳像是长了翅膀，看那秋千荡的，足有一百八十度，如果没有笼舍顶的限制，它们可以玩三百六十度的超难秋千大回环。玩乾坤大挪移，轻轻地一纵身，从这头就飞到那头的围网上挂着。能单臂的绝对不用双臂，腾出只长长的满是金黄绒毛的胳膊，跟外面打招呼或要东西吃。难道如此自如是摆脱了地球引力吗？长臂猿喜欢看客，人越多，越兴奋，有些“人来疯”的味儿。

看长臂猿这些绝活，太开眼，什么“程菲跳”“刘璇单臂大回环”“童非转体”“楼云空翻”“李宁摆上”“李小双十字”这些世界级体操动作经典，再也难入法眼了。他（她）们都是世界冠军，那长臂猿就是如假包换的“宇宙冠军”。读书莫不如此，见识了托尔斯泰、陀思妥耶夫斯基，再看眼下所谓红极一时的名家作品，兴味也就索然了。

长臂猿对我影响太大，那么喜欢体育项目的我，几乎不大看体操和杂技，看多了长臂猿，再看这类身体技巧，提不起情绪。长臂猿的标杆太高，高难度系数差不多就是形体技巧观止。

春天最适合看长臂猿，它们很多动作让人惊恐得张着嘴、提着心，老怕它们的滞空会有什么闪失。其实担心很多余，不过是它们起劲卖关子而已。孩子们更是羡慕不已，做梦都想把这种能耐嫁接在自己身上。这里是步行区人气最旺的地方，人们都喜欢看这精妙绝伦无规定动作的表演。它们做的全是自选动作，每天都会创新，没有固定套路，很多动作连天天相守的饲养员都觉得意外。如果有足够的空间，它们腾空的距离可达八九米远。要是算扣篮距离的话，乔丹在罚篮线起跳，已是惊世骇俗，那也不过才七米半。要是能驯化的话，让长臂猿打篮球，演练一个九米外起跳扣篮的节目，一定会爆棚的，也一定会让不可一世的乔丹、科比这些篮球巨人羞愧难当，俯首称臣。

这些家伙除了疯跳还疯喊，长臂猿天生大嗓门。从早到晚不住声，要是公安警车警报失灵，建议拉只长臂猿应急，保证一路狂啸不止，和警报器的拟音丝毫不差。笼子里小空间，唱念做打，一应俱全，长臂猿把它演成大舞台，让人感觉到这里就是无边的丛林，看得忘情时，丝毫感觉不到禁锢的存在。它们的合唱很有气势，拉歌更是热闹得不行。比一比到底是谁调门高，扯着嗓子叫，也不怕裂了声带。长臂猿也真奇怪，不休止地喊上一天，别说哑嗓子了，声音半点裂痕都没有，更别说劈个音了。天生的金嗓子，练不来，老天赏饭，没有办法。

游客送东西给它们吃，从来都是一副来者不拒的劲头，对谁也没有客气过，还有明星的傲慢和霸气。它们也很在意投食的态度，如轻慢地给，随手一扔，它们连看也不看，反正想给东西的人有的是。要是戏弄它，拿着食物勾引过来，又偏偏不给，让它空欢喜一场，它会大声龇牙嘿唬你，劲头像是“你若犯我，我必犯你”的样子。这家伙那么嘴馋，居然不吃“嗟来之食”。

不要脸的却又很要脸，把我也给弄糊涂了，不知道到底哪一个才是真实的长臂猿。一时，在对其认知上不停地翻着个儿，它那么在乎他人的态度，轻蔑和戏谑它都看得出来。这东西倒是生出几分贵气来，是我从来没有想到的。

我小时候村里经常有要饭的光顾，就有个中年汉子，讨饭不说话，像个哑巴。他到谁家门口一站，既不大娘也不婶子地喊，就在那儿杵着，给东西就接，不给就走。母亲说他：嘴沉，话贵。还有个留长发说书的，被村里人挑了几句不是，扭头就走，连夜赶奔他乡。要饭还需要尊严吗？说书那么在意听众虔诚与否，还混饭吃吗？那些年食物很贫乏，可不是现在这光景，这是“穷且益坚”吗？

有皮孩子张口吐长臂猿，它就龇牙咧嘴地回敬，有青年恶作剧拿食物砸它，它捡起来就往回砸，不管是多好的食物，看也不看。只有把东西郑重递给它，它也郑重地接了，吃完还从网眼里伸手和你握。给它一尺，它回一丈。和送多少东西吃都不念情分的猴子一比，天上地下。它们的技艺明显高出同类一大截，品行区别也大。它们不偷，也不抢，更不恃强凌弱，只是派头大了些。再说如果真没点架子，就凭这身比李宁、李小双厉害得多的本事，不端着，人还真不一定把它们当回事。在表演馆猴子和狗熊被戏弄后，才能获取食物，长臂猿不可能接受，肯定是个落寞的失败者，它们的风头不在这里。一手皮鞭、一手食物地恩威并施，它们可能选择皮鞭。受尽百般捉弄，洋相出尽才混得那口饭，它们吃不下。

2014 年 8 月 14 日初稿

2018 年 9 月 5 日定稿

胆 小 鬼

自然界很多事物都有这样的情形，介乎两者间，两头又都靠不上。熊猫这玩意儿，说它是猫还是熊呢？属猫科，肯定不行，那是和凶猛联系在一起的。不懂猫以为猫温顺，它捕鼠快如闪电，口爪并用，一招就可致命。熊猫跟熊更扯不上边，熊仅在讨口吃的那一霎显得憨态可掬，饿急了就凶相毕露，常为一口吃的相互撕咬，跟急脸猴子一个德行。这个范畴熊猫也进不来，还真不好给它们归类。

大熊猫像是熬夜过度一样，严重的“睡眠不足”，却成了国宝。小熊猫倒是谦逊得不能再谦逊，却只能是二级保护动物，一大一小，天地之差。野生动物世界小熊猫是“资深动物”，从建园初期就安居于此了。在步行区如果想看最温顺的动物，非小熊猫莫属。小熊猫是著名的胆小鬼，整天捂着脑袋，似乎每一刻都害怕有危险从天而降。它好像永远也不明白，即使天塌下来，也有大个子顶着，怎么会轮到自己这个微不足道的小不点啊？

小熊猫的足有六趾，特能攀爬，但很慢，慢得像是慢镜头，看着生气也没用。像是没有性子的温驴，抽断鞭子也无济于事。最初它们的老房子在生态馆门口，房子外围了铁丝网大笼舍。这是个繁华地带，入生态馆看“大明星”鹩哥的必由之路，那边就是“表演大腕”长臂猿，喜欢和不喜欢它都无法取舍，它占据了地利之优。尽管其他方面都不突出，路过就得看一眼。只是小熊猫没法引人长时间注意，缺乏焦点，看看也就赶紧离开，和看乏味冗长的电视剧一样，赶紧换频道，生怕败兴。

老笼舍的观赏效果不太好，就把它们举家迁徙到鳄鱼湾另一侧，和鳄鱼隔桥而居。原来的鳄鱼湾有二百多条鳄鱼，占据着不小的一块天地。海拔近千米的跑马岭冬季太冷也太长，长时间低温不适宜鳄鱼生存，数量就逐年减少，鳄鱼湾也就空出一大半的空间来。空出的这半方湾，既有栏杆，还有几棵大树，很适合小熊猫居住，而且还能复制它们自然生态下的生活。新居的树上还有几个木屋，比原来那个水泥房子要舒适很多。

安居却并没有使它们乐业，它们还是整天满腹心事，战战兢兢。即使没有来犯之敌，一点风吹草动都能让它们魂飞胆破，一个劲儿地想往地缝里钻。鳄鱼死木疙瘩一样混在那潭泥水里，不会打搅它们安宁的生活；长臂猿只在笼舍里喊自己的嗓子，也不会出来骚扰；背后有生态馆的大墙护佑，遇险还有坚实木屋可藏身，近前还可以上树躲避。守着这样一个易守难攻的地盘依然没有安全感，让人不免觉得好生奇怪。小熊猫就是这个样子，即使在铜墙铁壁的碉堡里，估计也不能坦然。生在高原上的动物，见过那么大的世面，胆子比神经质的长颈鹿都小，简直不可思议。

它们的祖先被吓破过胆子吗？几世的大劫难才会造就小熊猫今天这个样子？真说不好，肯定不是一朝一夕，都融到基因里去了。奴才做久了，看见谁都是主子，让他坐，他说站着舒服。奴隶当惯了，没有棍棒，也天天提着心活着。有被打怕的，也有被吓怕的，留下的后遗症都不好治，属于比癌症都难治愈的顽疾。精神深层的绝症，相信上帝也无奈。

只有在周围空无一人的情况下，它们才把活动范围扩大到整个区域，还时不时到栏杆上爬一爬，伸展一下禁锢的身体。然而，它们一旦遇上有别的动物接近，或稍闻人声，就慌不择路，不是爬树就是蜷缩进木屋里，使劲把自己藏个严实，只露着两只亮闪闪的眼睛。那惊魂未定的眼神写满了恐惧，不由令人感慨万端：就这点出息，也算是食肉动物吗？真丢肉食家族的脸。

当初步行区里猴子散养的时候，这帮子“地痞无赖”是小熊猫馆的常客。它们可不是睦邻友好的使者，它们是典型“打家劫舍”的猴匪，掠夺起小熊猫的食物来，一点都不客气。小熊猫正在吃食物时，只要饲养员稍一疏忽，这群摇头晃脑的家伙就会一拥而至，先是不由分说地嚎叫，声色俱厉地把正在进食的小熊猫给吓得躲到一边，唯恐自己晚到了会吃一些残汤剩羹。这一招很是见效，小熊猫急忙躲开，只有颤抖的份儿，哪里还敢留下来与“强盗”共进早餐呢？它们眼睁睁地看着那些大快朵颐的猴子侵袭自己的领地，只能一脸无奈，有的甚至低下头，把脸埋在举起的前掌里。难道眼不见就什么也没发生？不看着掠夺，猴子就没抢劫你的食物？鲁迅先生那句话好像是说给它们的：哀其不幸，怒其不争。它们仿佛没有任何退路，挤成一团，除了害怕还是害怕。如果身后是悬崖，它们也肯定会因之落崖，丧命也在所不惜。

想让小熊猫吃顿饱饭，饲养员得在投食之后，须臾不离左右，监护整个过程，不然后果就可想而知了。原来习惯说鸵鸟遇上危险就把头埋进沙土，早就被证实是一种谬误。鸵鸟那样强健的身躯，还有发达的大腿，人都不当回事，猛兽也不畏惧。这个原则说小熊猫还真恰当，躲了怕了，风险就消除了吗？忍了让了，就不被欺凌和侵犯了吗？这些话当然说也白说，气血皆无，它拿啥支撑？说起来小熊猫也不孤单，还有蚯蚓、蜗牛与它为伴。如果常常想想它们，估计也能欣慰一些。

不知道原来这种浣熊科食肉动物，在漫长进化中性情是怎样退化的，这种越来越怯懦的蜕变又怎能让它们存活下来，法宝是躲避一切来犯之敌吗？乌龟的长寿在于遇危险缩头，难道小熊猫也是克隆了这精神吗？唯一可取之处是其他动物都“卖萌”，唯独它是真萌。步行区漂亮的动物一大片，孔雀、天鹅不必说，冠冕鹤、鹩哥、金刚鹦鹉丝毫不逊色。说到灵长类，小熊猫和环尾狐猴是名列前茅的，满身黄白相间的绒毛，特别是那条长长的大尾巴，上面生满了一环套一环白棕黑相间的毛，让一个个小熊猫美得不行，特像一篇文章精彩的结尾。

平时有很多这样的场景，猴子大摇大摆出现的时候，气都不敢喘一口的小熊猫，几乎不需要猴子说一声“别动”，就都全部举起双手投降了，猴子“不战而屈人之兵”。看得时间久了，我突然不大同情小熊猫了，面对和自己差不多的猴子，“打不还手，骂不还口”，是不是信佛啊？太有“涵养”了！这也太老实了吧，几乎忘记了什么是愤怒，什么是还击，就是打不过也得试一次吧。光说猴子野蛮，不讲道理，好像也有失公允吧。

2014 年 7 月 12 日初稿

2018 年 9 月 11 日定稿

毛头小伙

“老虎屁股摸不得”，这句俗言看来不经考，是没根据的凭空想象。在野生动物世界我就亲眼目睹过，饲养员触摸“山大王”的屁股，还能抚一抚它硕大的脑袋。虎并不觉得冒犯，反而一脸享受状。后来发现动物圈真厉害的主，一般不轻易发火，反倒温良谦恭。一旦愤怒，那就地动山摇，可不是简单发阵子脾气就完的。厉害的不发火，发火的一般不厉害。虎就是典型的不怒则已，怒就要怒出个样子来。当然，事无绝对，豹子就是个例外，它说急就急，真火起来不流血伏尸不算完。

豹子性情暴烈，靠近都不行，它龇牙咧嘴地咆哮着警告，四腿也迅速后弓绷紧，拉出副决斗的架势。更别说触摸它尊贵的身子了，毫毛也不能动一根。尾部是猛兽的后防线，它们扬着粗壮的钢鞭一样的尾巴护卫着，摸虎也必须朝夕相处才行。那句话最好改作“豹子的屁股摸不得”，才名副其实。作为猛兽的豹子，即使在笼舍里也不能踏实，老处在一种焦躁不安中。它心焦的样子，像是杨子荣在威虎山等候同志们即刻出现，速歼顽匪一样迫切。豹子这一点和狼相近，心里像是装着大忧患，只是狼在腿上，豹在眼里。豹子喜欢在高大的树木和岩石上，它的眼光肯定短浅不了。

豹子擅长攀爬，当然和熊猫完全不一样，一个快如疾风，一个慢如蜗牛。看猎豹在无际的草原奔跑，追逐猎物，那姿态，那速度，很享受。熊猫胆小如鼠，豹子胆大包天，要不咋叫“熊心豹子胆”呢！豹子笼舍里树一定不能少，它习惯搁在树杈上，惬意地隐蔽着观察猎物。在动物界能跳的不是袋鼠，也不是跳羚，豹子是当之无愧的前三甲，三四米高的围栏形同虚设。豹子的笼舍除了要有足够的空间，让它们可劲折腾，还必须加上牢固的顶子，以防它闪电般的一跃。若是顷刻间消失在茫茫林海，转眼就会踪影全无，那麻烦可就大了。

人们最熟悉金钱豹，它身上的斑纹契合传统文化，和富贵有些关联，为迎合土豪心理，满大街都是豹纹饰品及衣物。南方丝绸也喜欢印上大大的铜钱，做成衣服穿上，满身“铜臭”气。好端端的一威猛俊逸的野性形象，给弄得俗气透顶。云豹，见过的人不多，一身的蟒纹，像是蟒蛇的同宗。前些年从江西引进过两只，安置在猛兽区上环，它东邻白虎，南邻灰狼，形成了豺狼虎豹当道的格局。进这个区域，得加着小心。虎平素安逸，但威猛常在；狼逡巡，不停做奔跑状，惶惶不可终日；豹上蹿下跳，威吓不停。这区域非常值得静下来悉心看看。稍稍用心，会有不少意外的收获。

豹类中雪豹最为珍贵，雪豹不是想象中的纯白，和雪虎不一样，雪虎几近纯白，鲜有杂色，比身上有黑纹的白虎更进了一层。看英译就能看出区别，白虎 White Tiger ，雪虎 Snow Tiger。雪豹从外貌看，身上不少钱状的灰斑，基因更像是白虎。

2013 年年初，西宁动物园与济南野生动物世界结盟，见面礼就是两只四岁多的雪豹，纯野生的。豹子的家族又增添了一稀有新成员，豹子多了按说该静下来了，可这些家伙还是本性不改，照旧说翻脸就翻脸。要说邪性，十头邪驴也比不得一只豹子，豹子最难调教。没有哪位江湖“膏药大师”敢说有化腐朽为神奇的本事，能在驯兽的队伍里带一只豹子。

两只野生雪豹的到来，泉城市民很关注，野生动物世界对两位“贵客”照顾得很精心周到。笼舍绝对“大气豪华”，前院有六百多平方米的空间，后院也有二百多平方米，院里巨石、水池、树木全有，还用木头搭了不少健身器材。吃、住、行、游、购、娱一应俱全，三进的大院落，内室里还装有空调，高寒地区的动物怕热，得一步步降温，日子像个财主一样奢华。

豹子笼舍内探头装了七八个，以便于在各个角度都能监控它们的动态。笼舍里放了兔子、鸽子，都是让这两个喜欢挑战的家伙训练扑食能力的。如长期不劳而获，担心它们的野性会退化，可豹子不喜欢过那种饭来张口的日子，心高气傲的豹子喜欢活食。这精灵不像狗熊那么没出息，给东西吃就做各种丑态媚众，也不像狮子为一块腐肉打得血肉横飞。它们仅享用自己的劳动成果，不是自己捉来的看都不看一眼。豹子吃东西“寓乐于吃”，抓了兔子不是急不可耐地一口吞掉，而是戏弄够了，像个皮孩子玩糖果玩具，过足瘾才下口一咬。然后跑到另一边，悠哉乐哉地做自己的游戏，并不理会那只刚刚毙命的兔子，它们对自己的胃口还是蛮节制的，不然也不会有如此令人羡煞的身材。

很多人都想一睹这对纯野生雪豹“姐弟”的芳容，争先恐后地拥上跑马岭。可大部分人都是乘兴而来，遗憾而归。雪豹不买账，耍大牌，不是躺在屋顶上睡大觉，就是蜷曲在大石下纳凉。想看个全豹太难，见首就不能见尾，见尾就不能见首。雪豹“一斑”易见，窥全豹难，它一点也不在意是否被关注，更没有取宠听掌声的兴趣。豹子活跃一般都在夜间，打开那双射灯一样的雪亮眼睛，寻觅一切可能捕获到的东西，典型的昼伏夜行者，它们的夜生活最为丰富。白天轻易不动的雪豹也让媒体记者们没少挠头，想拍张雪豹的照片竟成了“踏破铁鞋”。

雪豹落户不久，渐渐地适应了跑马岭，隔着笼舍谈起了“姐弟恋”。为成全这对千里迢迢到来、声息相闻却不能相聚的“恋人”，择一“吉日”给它们合笼了。姐弟爱得很是疯狂，没想到凶猛的小豹子却不善于表现，连亲昵都笨笨的，表达的居然是含情脉脉的古典版本，和它们的性格反差太大。雪豹“鱼水之欢”的“毛片”自然看不了现场直播，监控视频资料可一个镜头也逃不掉。两个大笼舍，时合时分，有聚有散，也就有了近在咫尺的“距离”，也就有了隔网的“相思”，还有繁育的冲动。好多现代家庭也喜欢用两张单床拼一张大床，然后根据需要，合合分分。

说来这对姐弟很“幸福”，不再穿山跳涧地为温饱而奔波，不用担心更强大对手的侵害。在这里，一切都可以安下心来过优裕的生活，可它们没有“随遇而安”，性情照旧。坚固的笼舍并没有让它们获取一份安逸，是自觉不够强大吗？它们始终高度戒备，没有虎那种气定神闲。我喜欢它个性十足，不像小熊猫、羚羊、鹿类都跟阉党似的，天天诚惶诚恐。

按说成年后，就该懂得“非礼勿视，非礼勿动”了，可它们依然像个毛头小伙子，很难“循规蹈矩”地长成“老成持重”的样子。它们心里一定既有远虑，也有近忧，它们没有狮虎熊的庞大身躯做雄厚资本，也许就是无法高枕无忧的理由。正是这种从不依赖幻想高度清醒的特质，它们才能始终跻身猛兽领袖群中。它不需要猴子的“鬼点子”，也不需要鳄鱼的“老谋深算”，它们靠的是灵魂中永不休眠的“努力向上”，才成为小猛兽大动物。长不大的小豹子很大，它有自己的“地盘份额”，更有自己 的“话语权”。

2014 年 6 月 10 日 初稿

2018 年 9 月 18 日改定

大独裁者

猴谷永远是最热闹的，这群悟空后裔不安分基因太重。它们前辈老孙连天宫都没当回事，就别说巴掌大的猴谷了。这些家伙，看上去乱乱糟糟、上蹿下跳、没个正形儿，若静下来细打量才会发现，这是个等级最为森严的世界，身份决定地位，地位决定行为，层级谁也不能擅自逾越，甚至该在哪里玩耍、吃多少食物都有严格的“规定”。猴子丢不了本能，喜欢折腾，但猴子更懂得“从心所欲，不逾矩”。很多事情仅看表象就会被打脸，看人、看事何尝又不是如此！

猴王家族尽管可以肆意妄为，但这位子既不能“世袭”，更不能“荫封”。猴王无权指定下一任，必须靠实力去抢、去拼、去夺。猴王没有阿斗那样的幸运，摊上个刘皇叔那样的爹就全齐。在这里先辈的“辉煌”只能是它们自己的，从不做猴王开始，一切归零。巧言令色、古灵精怪混饭吃还行，想当猴王这些都没用，只有拼死一争。猴子的世界，没有谁真的“臣服”谁，看上去的乖巧和安分守己都是暂时的，也是面上的。猴子世界对于冒犯规矩的惩戒很残酷，平时这帮子最擅长审时度势的狙公，都会做出副顺民的样子给猴王看。非特殊时期，一切行为均以猴首是瞻，轻易不敢越轨半步，敢于犯上作乱的，下场很惨，轻则被“皇族”、帮凶一通撕咬，严重会被驱逐出谷，命断荒野。在猴谷要过安生日子，那除了听话还是听话。

不光猴王家“衙内”跋扈，公主也可以由着性子撒泼，那一堆“恶婆子”更不省油。非猴王家族，谁也没个叫“李刚”的爹。当然，这些家伙也只能趁着“主子”在位期间，为所欲为，多吃多占，猴王一旦被击败，沦为下等猴，这些往日的“荣华”都成了明日黄花，过了村也就没了店。家族的地位也随之一落千丈，从“主子”变成“奴仆”，看着新猴王家族“作威作福”。猴子能上能下，也没看出有啥不适应，看不出凄凄哀哀的落魄。该吃吃，该喝喝，这是真正的“随遇而安”，人往往只是说说，大部分做不到这一点。

猴王二胖子胃口极好，吃吗吗香，身材比其他猴要大出一圈。它凭着健壮的身躯和做就做猴王的一腔豪情，秉承“王侯将相，宁有种乎”的信念，一鼓作气把老猴王打败。猴王这个位子不用任命，猴子的世界更是“成王败寇”。那次“猴王争霸”，二胖子付出的代价也不小，身上多处被咬伤，最要命的是上唇腭裂。不肯退出王位的老猴王也拼了命，和二胖子撕咬打斗了整整一个上午，猴毛乱飞，尖叫满谷，好不热闹。这伤痕也成了二胖子不怒自威的武器，像是进过监狱的那些“刀疤脸”恶霸，其他猴子只要看见一脸凶相的二胖子，远远地躲了，生怕惹上什么不必要的麻烦。

二胖子八个老婆，男男女女的孩子也一大群。家天下的猴谷对于猴王来说，任何一块天地都属于它这个家族，猴王家族可以在任何地方肆无忌惮。二胖子不管看好哪里，不管是谁苦心营造的安乐窝，还是精心寻觅的纳凉树荫，想侵占就侵占。在这里玩耍的猴只能挈妇将雏，呼朋引伴，另寻一个地方。若留恋故地，迟迟不肯离开的话，这就犯下“弥天大罪”，那就不知道有什么样的灾难降临。

二胖子在猴谷“权力”无边大，做任何事情都是凭心情好坏，不需要考虑其他猴子的感受。当然，有什么样的群体，就会有什么样的统领。猴群似乎不大关注猴王是不是“蛮横无理”，它们只关注每年猴王争霸赛的输赢。只要不站错队，不被“流放”，无性命之忧即可。至于新猴王能不能给它们更多的实惠，能不能给它们一个更宽松的空间，它们不在乎。当然，在意也没有用。所以，“新猴王、老猴王都是猴王，你上台、它下台皆是群众”成了猴世界的生存大法则，新旧“政权”交替完了，一切照旧。

猴王地位高似乎天经地义，它成群的妻妾，“大老婆”和“小老婆”，还有这帮“王子王孙”也和猴王一样，享有“不讲理”特权。猴谷入口处有一大片平台，投喂食物基本上都在这个地方。每次投食，周边顿时就会形成几个圈子，第一层，猴王、大老婆，那里离食物最近；第二层，二老婆、三老婆和孩子依次排开；后边则是靠着体能混世的猴子了，根据自己实力站队，绝对不能错的。占尽了天时地利的猴王家族，自然不费吹灰之力就能吃到，其余的猴子都只能眼睁睁地看着，只有猴王家族胃饱肚圆，实在是吃不动了，它们才能走向前边，一边吃还一边看着这个蛮霸家族的脸色，兴许它们还有“宁可坏掉，也不与家奴”的想法呢？

猴谷主人一边投食，一边驱赶着这群霸道的家伙，还不时向远处也投一些食物，保证前边的和后边的都能吃到食物。就是这样，丢到后边的食物，也要看猴王家族的心情，若不想让吃，也回过头把你嘴边的食物抢走。胆子小的，怯懦地走开，就是胆大的也只能龇牙咧嘴地吼两声，表示一下不满情绪而已。

我去猴谷最为频繁，不仅因为和猴谷的主人猴梁是好友，猴梁姓梁，河南人，三辈侍弄猴子，圈里习惯叫他猴梁。再有猴谷就在办公室门口，抬腿即到。有天一游客在猴谷投食，猴王的大老婆连忙上前吃这些甜美点心，猴王或许是吃饱了，坐在一边宠溺地看着它们吃。几米开外的不远处，有一对母子，不谙世事的小猴依偎在妈妈身边，老想挣扎着去抢一点，从老猴那一脸的惶恐就知道，这是个最底层的猴子，满眼的不安。小猴远远地看着吃得正尽兴的猴子，想跑过来抢吃，惊恐万状的妈妈一把拽住它，嘴里发出低低的呜咽声。小猴一边做挣脱状，一边紧紧盯着那边的食物，几次三番。老猴终是按捺不住，把小猴一把拉入自己怀里紧紧抱着，并安慰似的用下颚轻轻地抵着小猴的头，以免小猴因贪嘴而受到猴王的教训和惩罚。老猴眼馋却无奈地看了几眼这个同类的吃相，最后悻悻地抱着小猴离开了平台，落寞地走进树林。

猴子对于羞辱和仇恨是最容易忘却的，很快就都在各自的地盘上快乐地玩耍，快乐着属于自己的快乐。论幸福指数，它们应该是最高的，忘却应该是它们的法宝吧。也不知道这帮大圣的后辈、人类的远祖真的进了佛门没有。孙行者在保唐僧成功取经后被封为“斗战胜佛”。

最动荡的日子是从每年十月中旬一直延续到年底。饱餐三季的猴子，积蓄了大量的体能无处发泄，这个季节它们集体发情了。发情期是猴王最头疼也最难管控的时期。这个时期，猴王的大老婆醋意大发，寸步不离猴王。猴王更是不得片刻安闲，它害怕疯狂的臣民会冒险给它顶“绿帽子”戴，那真是让它威严丧尽的事情，一点都不敢掉以轻心。

不管再怎么严密防范，千虑也必有一失。一只平时很下等的猴子，趁着一个月黑风高之夜，和猴王的三老婆私奔到围网边上苟且了。气不打一处来的二胖子，恶向胆边生，对这个犯上作乱的猴子欲置于死地。那只猴子机敏，始终没能让二胖子照上面。这桩丑闻还没有处理完，它的八房老婆里，七房都红杏出墙了，唯独看紧它的大老婆幸免。七窍生烟的二胖子，那些天发疯般地嚎叫，它不明白一向看似绝对服从的小贱民怎么说反就反了呢？真是翻天了！好在发情期过后，日子又恢复了素日的平静，它可以继续它的独裁统治，继续它唯我独尊的日子，除非哪一天，新的猴王取代了它。

好多群居动物都有头领，包括狼、狮子还有狗熊那类大型动物。没有首领的是虎，它们喜欢独居，不喜欢唯命是从，即使人为强行聚在一起，也各自为政，很少有窝内的争斗。

前不久听猴梁说，二胖子下台了，一只看去并不强壮的贝贝取代了它。我知道贝贝出身明星，在那里是个会表演的猴子，一身的才艺和功夫，在猴谷和不少大型舞台上风头出尽。不知道在争霸赛中，二胖子又受伤了没有，猴梁没有详细描述，不得而知。猴倒威不再，腭裂也一下变得不可怕，就像一些不凶狠的角色的文身一样。成了别家的手下败将，要么出猴谷落荒，要么就敢于忍受奚落和欺凌，当一只随遇而安的“贱猴”，除此，别无选择。

做猴王，二胖子靠的是身躯，贝贝靠的是功夫，明年不知轮流到谁家，这永远是个充满不确定的变数。可猴谷不会变，猴子除了老死的、新生的，还一定是那些猴子。不论谁做猴王，它们的日子会照旧。只要没有“朝田舍，暮天子”的机遇和实力，当好“臣民”就是。

在滑稽的表象后，更深层的那些东西，很值得玩味和深思。比如猴子想称霸动物世界的狂想，被鳄鱼和虎给灭了。它们环伺一下周围，很快就退回猴谷当自己的霸王，不去做不切实际的非分之想，说来也算是明智之举。

2014 年 8 月 1 日初稿

2018 年 8 月 28 日改定

大舞蹈家

它的身躯硕大无朋，羽翼已经退化得不能凌空翱翔，只好落地生存，舞蹈就成为它唯一的梦想。只有舞能够让它享受那滑翔的感觉，体验那无拘无束的时刻。无法不醒目的鸵鸟无论怎么样都是卓尔不群的，立在何处也不会沦落为鸡。没有哪一种鸟能遮掩鸵鸟的存在，它实在太醒目。即便如此，它还不忘展现自己的美丽，时不时就即兴地跳一曲“华尔兹”或“探戈”。它跳“探戈”，长腿优雅地一伸，瞬间定格，特风度，特绅士，舞王范。

说鸵鸟遇到危险会把头埋在沙中避风险，现在看绝对是一种谬说，是对它的严重诋毁和诬陷。跑马岭上的鸵鸟种群很大，几十只，先在步行区，后移到非洲区和它们的“老乡”——羚羊在一起。即使来自同一个地方，却不好一概而论。路对过的邻居长颈鹿，身躯庞大而健美，却神经质得要命。长两条“大辫子”的白沙剑羚、美丽精巧的跳羚都是出名的“胆小鬼”。东邻体健如牛的角马。看到角马，不免悲从心来。在非洲草原角马种群最大，每年的夏季寻找水源的大迁徙时，都要被守株待兔的鳄鱼堵截撕咬，至死也无丝毫的反抗和挣扎，一对锋利的弯角成了摆设，数百万的角马“大军”只顾自己过河奔命，看也不看遭难的同类一眼。真是愧对这无边际的大草原的辽阔和这副威猛的身板，枉长了一身腱子肌。角马再多，还是角马。鸵鸟却一反常态，见人一点都不避让，擅自进入它的地盘，它还会不客气地驱赶，直到离开它的领地。

鸵鸟和孔雀一样，漂亮的都是雄性。不用涂抹口红，它的喙红得艳丽；那深情的眸子、漂亮的双眼皮，绝对不是整容得来；清晰可数的长睫毛，更不是时髦女孩粘贴的那种一点都不生动的假道具。瘦长挺拔的双腿，粗壮且轻盈，跑起来空灵如鹤。宽实的身躯完全可以坐上个成人。可以想象，如果在非洲草原那样苍茫辽远的背景上，一大群鸵鸟一起奔跑的话，该是一幅多么壮观宏大的景象啊！很遗憾，我们只能在这个小版本中欣赏鸵鸟，大壮美的场面无法展现。

鸟的舞蹈风格是多样的。鹤之舞梦幻，充满了灵动和飘逸，老庄意味颇浓；天鹅舞是精灵之舞，那是灵性中升华出的韵律；鸵鸟舞蹈豪迈、优美而不失雄壮，有“大风起兮云飞扬”之势。这舞线条粗犷而细腻，是大手笔，属于生活派，舞台容不下。离开了茫茫非洲，没了那无边无际的草原，鸵鸟的舞蹈是纪念，也是回顾，回顾它们羽翼丰满的旧时光。

记得那年给鸵鸟搬家，有一只死活不乐意离开刚刚熟悉起来的“家园”，任凭怎么驱赶和食物利诱，也不向车前迈一步。这“钉子户”真难缠，一副和家园“共存亡”的架势。一群饲养员费尽了周折，也没能让这只“誓死”捍卫家园的鸵鸟让步。鸵鸟本喜欢迁徙，喜欢不一样的地方。可站在高高的山坡上这只却一反常态，一副拼命的架势，一点“就范”的意思也没有，急得这帮饲养员在那里团团转。

后来一个胆子大的壮小伙拿了把笤帚，仗着手中的“武器”，奔鸵鸟而去，以为“短兵相接”就会把它乖乖地轰上车。万万没料到鸵鸟不仅没有后退，反而迎面向他扑过来。它高扬着那细长的脖子，一双凤眼怒睁着，那艳丽的喙也大张着，嘴里还呜呜呀呀地说着什么，扑棱着一对翅膀，飞机般急速俯冲过来。小伙子一看这架势，有些慌，可还没等完全返回身，只见那“厮”抬起一只粗壮的腿，嗖一下踢在他的后腰上，小伙子连哼都没来得及哼一声就趴在地上。

一伙人全吓坏了，这脚能踢死狮子和豹子啊，大家七手八脚地把小伙子弄到卫生所。好在那只是一次高举轻打，“腿下留情”，可能念在数日喂食之情，只是“警告”一下，不然这小伙子的腰必断无疑，腰间那块淤青好长时间才慢慢地退去。

鸵鸟是樊篱的叛逆者，总是不喜欢安分，制造了不少“突发新闻”。2014 年 5 月 13 日凌晨，北京朝阳北辰福第小区附近惊现一只鸵鸟，在街上大步流星地奔跑，并超越了路上多辆汽车，潇洒的姿态吸引路人纷纷驻足围观。可把警察给折腾得够呛，一身“武艺”却束手无策，开着警车追赶堵截半天，费尽九牛二虎之力，才把这“爷”赶进笼子。这“惹是生非”的家伙，一般不出风头，出风头就不一般。

鸵鸟是动物世界首席大鸟，在地球上也绝无出其右者。早先看到鹈鹕和鸸鹋就觉得很是开眼了，当鸵鸟进入眼帘时，才发现鸟外有鸟。平日见到大象，就以为动物观止，而当知道鲸鱼存在时，方喟叹自己认知的局限。

鸵鸟园子很大，半封闭状态。游客聚集的时候，也是鸵鸟的“幸福时光”，客人们手里的食物五花八门，鸵鸟口福大饱，也就忍不住兴致大发，临场发挥一下，即兴来段舞蹈回报客人的“馈赠”。看得出鸵鸟的舞蹈像是一种礼节，但并不太在意观众的态度。它好像更关注自己开心不开心，对于喝彩和掌声不是太看重，眼神里有一种“冷”。它旋起身体的时候，两翼也自然打开，让人难得一见的羽翼是那样的曼妙，眼睛里没有乞求青睐的目光，而是望着满是白云的天空。它们的舞蹈更像是自娱自乐，不希求呼应，只是尽情表达自己的情绪和灵感罢了。有时，在空无一人的场地翩翩起舞，没有观众，它们依然那样投入。独舞是鸵鸟的常态，我常常独自入园，在人潮散去后，远远地看鸵鸟的独舞，美得心里发颤，我也消除了往日对鸵鸟“人来疯”及“哗众取宠”的误解。世上最美的舞是独舞。

小时候吃鸡蛋、鸭蛋，吃到比拳头还大的鹅蛋时，觉得那应该是蛋的“至尊”。可见到足足有几斤重的鸵鸟蛋，鹅蛋立马就成鹌鹑蛋了。鸵鸟蛋大却不是美味，满嘴的草腥气，十足的草原味儿。朋友送我一只镂空彩绘的鸵鸟蛋壳，我不大喜欢这品相不高且太匠气的东西，转手就送了别人。倒是有一枚抽空的原生蛋壳至今还保留着，时不常还拿出来看一看，那只巨鸟也就经常奔跑在我的记忆里。

凌空的巨鸟叫鲲鹏，是种神鸟，可想而不可及的一种鸟。庄子在《逍遥游》里描绘过它的神奇，他说这种餐风饮露的鸟，可扶摇直上九万里，大气磅礴，惊天动地。这大鸟美是美甚，可没大有烟火气儿，无法接地气，只能在意念中遨游，只能作精神版本存在。

鸵鸟离我们很近，它的自由之舞倾泻不朽的万丈豪情，它脱群的独舞是大，是意，是激励。前路有知己怎样？远行需要结伴吗？在精神层面上，鸵鸟是退化了羽翼仅存魂魄的鲲鹏化身，我想应该是。庄子意境，鸵鸟能迈进一只脚。庄周的那幅神游八极的大图，寻常人难见，若窥视到一点，也就与蝶一道“乘云气，御飞龙，游于四海之外”了。

2018 年 8 月 10 日

大野心家

猴子永远自我感觉良好，入园就在步行区自封了个“老大头衔”戴上，天天“惹是生非”，闹得“四邻”不安，欺负“街坊”成了家常便饭。“降服”了树上掉个叶子都恐慌半天的小熊猫还不罢休，索性把左邻右舍骚扰个遍。“嘿唬”安闲端庄的孔雀，甚至挑衅一下睥睨一切，都懒得看猴子一眼的鹰隼。见鹰隼毫无反应，还以为鹰隼也怕它，在满是粪便的地上捡拾一些肉屑，当战利品吞下。每次“侵略”，得胜“还朝”，还不忘要庆祝一下，猴谷乐翻了天。空谷里满是声嘶力竭的刺耳叫嚣，像是欢迎大闹天宫的悟空回山。

“水深火热”的步行区，“战事不断”，多了不少看点，游客都喜欢在这个区域逗留，没有人不喜欢看热闹。猴子在动物世界散养，最没“规矩”，“打家劫舍”“毁人家园”“恐吓妇幼”的事就没有间断过。

离着猴谷最近的小广场上有不少小动物，鸽子、兔子，还有小羊，都是“老实本分的孩子”，只要看见凶神恶煞般的猴子的影，就望风而逃。遇不上“对手”，猴子越来越有恃无恐，时不常也到鳄鱼池去戏弄干尸一般的鳄鱼。时间久了，也忘了自己姓啥，真把自己当了跑马岭的大王。

胃口大得在步行区已经找不到感觉，就开始琢磨地盘以外的事情。

再说“欺凌”步行区的“小不点”，不过瘾，连鳄鱼、雄鹰都成了手下“败将”，那些小鸡、小猫的就不足挂齿了，甚至可以忽略不计。很多事情如果不节制，欲望的口子就会越张越大，不干一票大的，也就很难尽兴。

猴子要大举“进犯”食草区，挑起场轰轰烈烈的动物世界“大战”。

食草区的动物体量要比步行区的动物大很多，别说骆驼、犀牛了，就是梅花鹿去了步行区也是老大。猴子进了食草区，看到金毛羚牛一点防范也没有，好像根本就不知道“危险”的逼近。金毛羚牛不理不睬，自尊受挫的猴子急了眼，轻捷地跳到金毛羚牛栏杆上，向园里撒尿，以示警告。见金毛羚牛还是无动于衷，又结队一齐呜里哇啦地喊了半天，金毛羚牛还是那个老样子，一点对话的意思都没有。猴子有些泄气，自觉无趣地离开了。羚牛不战而降，来食草区的挑战第一役，算是首战告捷，旗开得胜。

金毛羚牛在秦岭靠着群体力量和自身的凶猛，猎人见了都不敢轻易妄为。看到这群吱呀乱叫的猴子，像是大人看见一群没正形儿的“皮孩子”，肯定不会“一般见识”。爱进来逛逛，就逛逛好了，显然是把这群“心怀不轨”的猴子当成了过路的。

上去那个大坡就是鹿的区域，这里的鹿有多种，麋鹿（四不像）、马鹿、梅花鹿，还有罕见的黄黇鹿、白黇鹿。鹿的世界安宁，相安无事，少见“干戈”，这是片快活的地。只是它们与生俱来的胆小，一点风声鹤唳都能使其草木皆兵，毛骨悚然。它们面对来犯，从不对抗，只会屁滚尿流亡命一般地逃。这群大出猴子身材数倍的鹿，看着一个个歪戴帽子斜着眼、流里流气的猴子不请自到的造访，就知大事不好。未等猴子近前，全撒丫子窜了。前边安详的骆驼不明就里，张着双敦厚的大眼，一个劲儿往这里看，不知道邻居出了啥大事情。羚牛也漠然地抬起头，看着林间弥漫起的扬尘，对这群“胆小鬼”投来轻蔑的一瞥。动物与动物也有“哀其不幸，怒其不争”。

食草区有两个，前面那个叫非洲食草区，这个区叫亚洲食草区。黄麸鹿、白麸鹿却来自欧洲，这名字取得就有些不严谨，应该是亚欧食草区才准确。

匪气十足的猴子得意扬扬，看着望风而逃的鹿群，更是感到自己的八面威风。从对金毛羚牛的“小胜”到对鹿群的“大捷”，真是一个胜利接一个胜利。直到进入牦牛区域，也是如入无牛之地，牦牛懒得理它们。过惯“逍遥”日子的野驴、野马一般都在树林深处，整天神龙见首不见尾的，没有和猴子“遭遇”的机会。再往前一点就到了真正的巨无霸犀牛那里，猴子看那壮硕的身躯、铁板般的皮肤，还有那对坚实的大角，仿佛也意识到什么，没敢轻举妄动。

慢慢接近后，犀牛依旧不慌不忙地踏着重重的如同打夯的步子，并没有令猴子不安全的举动。猴子就哗啦一下围在犀牛的池沿上，然后各自显能地开始调戏犀牛。发现犀牛真是个彻头彻尾的“窝囊废”，就肆无忌惮地乱来了。有个胆子大的家伙，居然跳上犀牛的宽厚平坦的脊背，玩起了杂技，那个得意忘形的劲儿就别提了。看去很像是一个苦心经营良久，一获提拔就得意忘形的小人，兴奋得不知道手脚如何安放，像是孙悟空在如来的手掌里翻跟头。

横扫非洲区，同样没有遭遇到抵抗。过了齐长城就是猛兽区，想控制整个动物世界，就得让老虎、狮子还有狗熊、豹子都俯首称臣。制服它们，才真的是王。踌躇满志的猴子没有犹豫就进了猛兽区，十几只猴子，虽说不上浩浩荡荡，多少也有几分猴多势众。

到了猛兽区，刚刚看到狼，还没看清那个耷拉着的大尾巴，就猛地听得一声虎啸，海啸一般，树林的鸟呼啦飞出一群，惊慌地往高处奔。猴子不知怎的，掉头就往回窜，有撞在一起的就赶紧滚几个跟头，也顾不上“埋怨”，翻身起来继续逃，比那些惊慌失措的鹿还要快，生怕掉了队会落入虎口。这群捡了条命大汗淋漓的猴子，跑回猴谷半天还惊魂未定，心都快跳出喉咙了。它们至今也不清楚那声地动山摇的虎啸怎么有如此大的威力和震撼力，一声就足以让它们魂飞胆破，从此，它们再也不敢光顾猛兽区了。

再后来，有两只猴子先后因挑衅鳄鱼而毙命，猴子似乎懂得就是猴谷这块巴掌大的天地，才真正属于自己。野心渐渐地退去，安心当猴子，不再踏进猛兽区半步，在步行区做“小霸王”也倒有一份难得的快活。也得感谢鹰隼没把猴子当回事，要是真当回事，再多几个猴群，也得覆灭了。当然，也不能一样，一样了，就成了鸽子，整天为混饱肚子而挖空心思。“虎啸山林，鹰击长空”，猴子呢？闲来在林间“荡秋千”吧！再就玩点“偷、摸、抢”的勾当，当好自己的“泼皮”，过好自己的“无赖”日子，足矣！千万别去琢磨老虎、鹰隼的事情。在动物世界，到底有多少大家伙有能力让猴子万劫不复？还真没细数过。

2014 年 9 月 16 日初稿

2018 年 8 月 12 日改定

大阴谋家

读《聂小倩》《婴宁》这些令人心醉的文字，再也看不到狐狸狡猾的一点影子，都让蒲松龄先生那支生花妙笔给颠覆了。在《聊斋》里飘来飘去的狐狸成了美，成了善，成了世间绝有的真性情，往日的不良印象自此一扫而光，艺术的魅力真是神奇。蒲松龄也凭着这部说狐的《聊斋》，屹立在世界文坛上，与契诃夫、梅里美一道，成为并驾齐驱的短篇小说大师。

狐狸世俗形象全新反转，当然仅仅是蒲先生一家之言，和自然界司空见惯的狐狸出入很大。那张媚得不行的脸，还有藏不住的满眼狡黠，无法进入“好人”队伍。

野生动物世界猛兽区改造后，在上环的沿途专门饲养狐狸，没有仔细统计过，好像得有几十种。对于狐狸，多半印象都来自《聊斋》，荒野中的狐狸生性如何？到底是个谜，少有人知道。狐狸除了皮毛颜色各异，相貌几乎出自一个模板，大耳，尖嘴，蓬松的大尾巴，最显眼的是那双精灵古怪的眼睛，不大，却亮亮地闪着光。猴子的眼神也透着机灵，却没有狐狸的幽深玄密。

把狐狸安放在猛兽区，与狮子、豹子、老虎搭邻居，设计得有些匠心，自然让人想起“狐假虎威”这个成语。可在这里，狐狸却没法借势，狐狸的笼舍底部用水泥浇灌得固若金汤，上半部用光滑的玻璃围挡，易于观赏又能杜绝狐狸攀爬逃逸。客人站在高于笼舍底部的平台上居高临下地看狐狸，一览无余。狐狸却在逼仄的空间里只能看到井口一样大的天空，下半部被不透明的墙体遮得严严实实，外面世界是个啥样子，它一点都不清楚。跟虎近在咫尺却不能见，只能闻其声了。这样的老死不相往来的日子，狐狸想拿老虎说事真的比登天都难。再说，过着不用自己谋生、按需分配食物的日子，费那个心思也真是多此一举。

狐狸在这里看起来有些不太协调，太跳跃。游客从封闭的狮虎区欣赏罢王者风范，再有幸闻听一声地动山摇的虎啸狮吼，心潮激荡不已。还没等心情平复，到望岳亭下车徒步回返，娇小玲珑的狐狸映入眼帘，视觉无疑是坐了次过山车。说来明显的差异化也是蛮高明的手法，这里如果再放置和那些大家伙并无二致的动物的话，可能就视觉疲劳了，老看无差异化的东西容易乏味。猛兽看到狮虎基本就可观止的，再看什么也没了新鲜和刺激，当然除了恐龙再现。

狐狸最早进入园区的时候，住的是围网的笼舍，地面也没硬化处理，它们不甘过“囚禁”日子，还打洞逃跑过几只。那时孔雀和猴子一样，散养，满园子跑，过着最为闲适的日子，让所有的禽兽都羡慕不已。宠物狗最看不得一点“不公平”，只要猴子和孔雀路过它们那儿，都要汪汪狂吠上半天。羽翼退化的孔雀飞不走，就不需要担心跑掉，任其自由行走。成群结队的孔雀迤逦在绿绿的草丛间或者树荫下的时候，真是一道风景。大连老虎滩的“孔雀东南飞”，是个很出彩的节目，人人喜欢。看过表演，知道孔雀可以短距离飞行。

仔细看孔雀的眼，它的目光是一条直线，毫无戒备。它们不像狡猾的猴子，被惊吓一次，知道山大王的厉害，很少光顾猛兽区，猴子和狐狸比就是多了分侥幸，记错不够牢固。孔雀一生活在岁月静好的世界里，满眼的朋友，它们喜欢成群结队地来此造访，弄不清楚食肉的和食草的有什么区别，更不会觉察到一双双狐视眈眈的眼睛已经盯上了它们。

孔雀还没到围网近前，有性急的狐狸就往外扑，撞得围网哗啦哗啦地响个不停。孔雀就惊恐地四散而去，远远离开笼舍。一计不成的狐狸肯定懊悔自己的鲁莽，心急吃不得热豆腐。过早暴露意图，蛮干的失败不知会总结吗？再犯同样的错误，肯定不叫狐狸了。聪明之所以聪明，是因为不重复自己的错误。

又一天清晨，毫无睡意的孔雀起了个大早，迈着优雅的步子，像是一群公主，气定神闲地到猛兽区散步。早有准备的一只银狐翻身倒在地上，一动不动，像是猝死。孔雀见状心生疑惑，不知道狐狸怎么了，就一起靠近围网，有好奇心的几只还把脑袋伸进围网的缝隙中去。

看准时机，身下如同安了弹簧一样的狐狸，瞬间腾地跳起，还没等这群孔雀反应过来，一只孔雀的头已经被死死地咬住。孔雀群一哄而散，惊魂不定地撤到路边。这只倒霉的看稀奇的孔雀，连哼哼两声都没发出，脑袋就入了狐狸肚子，几缕血丝顺着围网径直流到地上，霎时草地殷红了一片。得意自己杰作的狐狸，美滋滋地使劲抱着孔雀，顺势从脖子到身子撕扯着这新鲜的美味。

这一幕闪电般的秒杀真是太经典了，比温酒斩华雄的关羽还要迅疾。

狐狸没有玷污自己名声，诡计多端。蒲松龄先生不过是借用了狐狸之名而去塑造一种臆想美，狐狸性格深处的东西他没用，就剪裁掉了。真实的狐狸完全不是那个样子，比如说狐狸多疑，对这个世界缺乏起码的信任，在野外如果被其他动物发现了洞穴，它们一刻也不迟疑，会在第一时间搬家。它的眼睛是最警惕的，嗅觉和听觉是最灵敏的，它两只尖尖的大耳朵，就是一精密度很高的雷达，能准确判断声音的方向和位置。还有美丽的山鸡，也是声东击西的高手，在那山下蛋，到这山叫。

对于这一肚子《孙子兵法》的狐狸，蒲松龄看也不看，他远离狐写狐，描绘的是一个似狐非狐的“美狐”画廊。

狐狸胆子说大也大，说小也小，是典型的小大胆。一点风吹草动，都能唤起它的高度警觉，可只要确定了自己力所能及可捕获的食物，就会想尽一切办法弄到手，不达目的绝不罢休。在动物世界玩阳谋的，那是狮子和老虎，可以明目张胆地告诉对方目的。凭实力，说到更能做到，还有豹子。狗熊个子大，却没有这气度，终算猛兽中的末流货色。

不管是蓝狐、银黑狐、赤狐，还是彩狐，都有一身华贵的皮毛，特别是那个大尾巴做成围巾，特能彰显尊贵。近些年，养狐狸谋利的人越来越多，人们再也不在意它的妖和邪。狐狸早年和黄鼠狼一样，当“大仙”敬着，在荒宅废墟里如果发现了，不去伤害，反而焚香跪拜。不过黄鼠狼是更厉害的角色，一只黄鼠狼入鸡窝，可以让整窝子鸡灭门，那么一点点小东西，能量大得出奇，它的牙齿锋利，可以咬断铁丝。黄鼠狼的皮也很值钱，尾毛可制笔。黄鼠狼捕食“硬来”，狐狸“软打”，都喜欢夜黑风高，在黑暗中完成“绞杀”。两种小精灵美则美矣，都美中不足，体味很大。这是与它们优美形体不相匹配的短处，有时还可以当应急自卫的武器，威力足够大。

圈养的狐狸，不用为一日三餐费尽心思，长一身油光闪亮的毛发足够了，在动物世界主要用来观赏。闲来“计杀”孔雀，只不过炫耀一下“伎俩未眠”，给无聊的日子添一点乐趣罢了，纯属即兴，如相声中的“砸现挂”一样。再说，送到嘴边的美食哪里有不享用的道理。

能在猛兽区里立足，狐狸是有资格的，并不一定仅凭外在的体量。狐假虎威也不过是意之所适时，演一折情景剧而已，狐狸的生存不需要老虎。

若是夸一个人聪明，就说他像只老狐狸，听着也不像真夸。骂一个漂亮而轻浮的女人，喜欢说“狐狸精”，贬义居多。还说“狐狸再狡猾也斗不过好猎手”，也未必是颠扑不破，从近些年反腐大案看，很多“狐狸美女”，赢的概率很高，有的发了财，也有的做了不小的官。蒲松龄先生笔下的狐清一色的言“义”，现在的狐媚女个顶个冲着“利”去。但仔细看很多“猎手”，发现他们都像是“假摔”，或故意“放水”。

说到底，狐狸的那些伎俩，还停留在小把戏的层面上，它那张脸让人不放心，还有看去尽是歪主意的眼神，注定狐狸做不了大事。老谋深算的是鳄鱼，修炼得也到家，平时一动不动，永远合着眼睛，像死了一样。放松了警惕的刹那，就是最危险的时刻。

我说狐狸是大阴谋家，实在是高抬它了。

说句实话，也是题外话，为文实在，实话实说，我只能做一文字爱好者，源于看见啥写啥。蒲松龄仅借一狐狸外形，天马行空，营造一个浩瀚博大的狐狸世界，是毋庸置疑的大师。

2014 年 7 月 20 日星期日初稿

2018 年 8 月 20 日改定

颠覆狼

《狼图腾》把狼写得太神，具有超常思维、纪律意识、团队精神，是冲锋陷阵勇往直前的战士，又是运筹帷幄的战略家。别说智取猎物了，就是和人对弈，一点都不落下风。我差点把这部思想之作读成武侠，但又觉想当然的东西太多，有些离谱，只好看作小说家言。跑马岭也有不少狼，从最早的七匹，几年时间就成一个规模不小的群体。看它们也许太少，也可能是不太用心，一直没发现狼有多么神奇。对狼的印象多半是耷拉着尾巴，时而龇牙露点凶相，时而贴着铁网边沿，焦躁不安地跑过来跑过去，一副时刻都要大祸临头的样子。从面上看给人的感觉，狼警惕性十足，危机感很强，也就一直认为狼根本就不凶，而是胆小怕事的懦夫。

狼整天夹着尾巴，相貌猥琐，看一眼就丢三分好印象，还不如看德牧犬。德牧又名狼犬，就是我们平时说的狼狗，和狼模样近乎孪生，养得好威风凛凛的，煞是挺拔俊美。哈士奇、日本秋田犬，体量、形象和狼近似。拉雪橇的阿拉斯加犬更帅，有这几种同类和狼生活在一个区域，几乎把狼给忽略了。观光车进了狼区，狼不是藏在草丛中，就是蜷缩在自己打的土洞里，一个个都是无精打采的样子。游客兴致大减，督促司机快行，赶着去看前边的狮虎。

这些在草原上靠群体大杀四方的家伙，活动空间浓缩了之后，变得如此谦卑，让人很难懂。狼难道也仰仗扳着“门框”，才不可一世？狮子远涉万里照旧威猛，狗熊谁抢它东西它就和谁“拼命”，豹子的急性子依然，虎更不用说，在哪里都是王。作为猛兽的一族，一“出门”就变了样，让人很费思量。饲养员有时给狼投一些活食，如鸡，还有兔子，光吃生肉动物野性容易退化，再说也都愿意看动物捕食。鸡被扔进狼区，嗅觉格外灵敏的狼就坐不住了，耳朵天线似的竖起来，一副各就各位等待发令枪响的神态。司机把手里的鸡从小窗口里拿出，在空中来回摆动，一边是鸡凄惨的呜咽，一边是精神百倍的狼，如进入临战状态的战士。鸡落地的刹那，众狼迅疾上前，瞬间一地鸡毛，还有狼嘴上刺眼的血滴。

跑马岭的生态近年来越来越好，野生山鸡、果子狸，还有松鼠随处可见。名副其实的野生动物和这些“美其名曰”混在一起，同生在这片草木浓密的大山上。野兔的数量最多，行走在园区里，它们时不常就矫健地在人前跳过。晚上值班，进园区巡查，几乎每次都能和野兔不期而遇。

大眼睛的兔子说来不蠢，狡兔三窟证明了它们也属“智慧”一族。神话中还被嫦娥看中，寸步不离地跟在美女屁股后面，长年累月兢兢业业地鼓捣药面子。这“敬业”的兔子还是有些莽撞，有次就亲眼目睹过一只野兔误入狼区，惊魂未定的野兔还未回过神来，狼群已经完成合围，把所有的退路都给截断了，四角八方都给堵个严实，无论想从哪个方向突围都已经成为不可能。平素看去战战兢兢的群狼，此时个个精神抖擞，两耳直立，眼冒凶光，身体前倾，如嗜血的角斗士。一旦头狼发出指令，每一只狼都会箭一般以最快速度抵达目标，准确无误地执行任务。

野兔被狼群围困其中，左腾右挪，做最后挣扎，希图撕开个口子逃命，它万万没有料到狼是这样的高效，只能后悔自己的大意。圈子越来越小，此时的野兔也好像坦然了许多，知道命已休矣。与其徒劳挣扎，还不如听天由命。圈子越扎越紧，直到几只狼头碰在一起，几只嘴同时下口，四溅的鲜血弄了狼满脸血污，一场惊心动魄的屠戮顷刻间就完成了。

跑马岭还引进过一种色狼，个头比这些北方的狼要小，两色，因棕色斑纹得名，它们本名非洲胡狼，给它们起这么个诨名真有些冤枉。很多人想当然以为色狼胆子会很大，可能还会对异性有不良倾向，其实是把人与狼闹混了。几年前刚到跑马岭的时候，我们去拍片子，没想到色狼吓得到处乱窜。它们惊慌失措的样子，让人不觉得心生好笑，徒有虚名啊，有色名无色胆。看到漂亮女孩子，连眼都不敢睁，更别说“非礼”了。

再后来移到平台之后，见的世面大了，依旧没有改变胆小的习性，遇见人多，还是惶惶不可终日地四处乱躲，惹得无数竞相看色狼的美女掩口而笑。色狼啊！无色胆，也无色心吗？和小熊猫像是亲兄弟，从小是被吓大的而不是长大的。

齐秦有年到济南演出，听说了跑马岭的狼，前来认养了两只，他有狼缘。《我是一匹来自北方的狼》我很喜欢听，歌词写得好，几个意向就把寒冷、寥廓、孤寂的情景描绘出来。凄厉的北风 ，漫漫的黄沙，两声长啸，咬紧冷冷的牙，这就是北方独狼。最后那句“只是为了美丽的草原”，才觉得有些暖，狼向往的地方也是阳光蓝天的草原。听过一次就记住了，好的辞章，无须费力就能过目不忘。词作者懂狼。

《东郭先生与狼》，这篇文章名头最大，国人妇孺皆知，忘恩负义的主题很容易深入人心。这个寓言，让狼背了那么多年的“黑锅”，还有一句话就毁了形象的专吃老鼠的“夜猫子”。《狼》是蒲松龄脍炙人口的名篇，写屠夫卖完肉归途遭遇狼，狼得了骨头又得寸进尺，想吃屠夫。两只狼前引后袭，但最终阴谋还是没能得逞。狼魔高一尺，屠夫道高一丈，琢磨天天玩刀的“杀手”，看来是个错误。“狐狸再狡猾也斗不过好猎手”，它们可能没听说过。比起那个寓言，蒲先生的小说就靠谱多了。

道听途说一般不经，谬误很多，比如认识狼。《狼图腾》把狼演绎成近乎神话，夸张得就太离谱，也许他想刻意强化些什么理念。狼“战术素养”高，已经被实践所验证，无法否认。东郭的狼最不靠谱，近乎“栽赃”一个“罪名”让狼背上，蒲松龄的狼估计也是个故事，对狼的“行为规范”讲得很生动到位。恺撒的归恺撒，狼的就归狼。姜戎试着给狼“翻案”，但矫枉过正，把狼塑造成了大智大勇。关于狼，寓言也好，故事也罢，包括我眼见，都非全狼，近乎盲人摸象，还是一鳞半爪。轻易地结论见闻，很容易片面。前两天我看一视频，一只狼一边吃肉，一边给近前找食的乌鸦叼几块肉，“友好”地扔过去。眼前现实就是狼，能在兴头上照顾弱小的鸟，又该怎么定论狼的“义举”？

几年前我看过一个让我感动良久的视频，漂亮的女画家李微漪养狼的故事，又轻易地把我对狼的认识颠覆了一次。李微漪养了只小狼崽，长大后放归草原。一年后来草原寻狼，本是大海捞针，茫茫草原，希望很渺茫。没有想到，意外就这样来了，狼好像有感应，如期跑来和李相见，亲昵得如久别重逢的亲人，围着李一圈一圈地转，深情舔舐着李的手掌和衣服、脸和腮，非常感人，让人嫉妒。真的喂不熟的不一定是白眼狼，这句俗话应该是也说错了，狼子野心、狼心狗肺、狼狈为奸这些词，又该咋读呢？

2014 年 6 月 23 日初稿

2018 年 10 月 1 日改定

二进宫

跑马岭不论是亚洲动物还是非洲动物，绝大多数喜欢闷声吃草，自我约束能力很强，只要有东西吃就一了百了，几乎不大用管。特别是亚洲食草动物，早熟，最省心。猴子不行，事多，劣迹一抓一大把，像个素材库。标新立异，摁倒葫芦瓢起来，要故事有故事，要细节有细节。管教猴子愁坏人，谁家要是拉几个猴崽子，家长这心就别想有操完的时候。想不让猴子乱说乱动，差不多就是痴心妄想，打，不是个长久之计，多次的关禁闭也同样收效甚微。

阿丘是步行区猴子首领，每次做坏事都是它领头。它的罪行罄竹难书，数不过来：恃强凌弱，抢小熊猫食物它带队；让同伙葬身鳄鱼湾是它的主意；去食草区招惹是非也是它教唆。每一次干坏事，阿丘都脱不了干系。

上次游禽湖打劫，喽啰们都抓进猴谷，更不能便宜了阿丘，便关了小号。很矮的笼子放在门口示众，阿丘抬头很难，蹿和蹦，想也不用想。笼外还竖了个牌子，贴上张布告，把阿丘所犯罪行公之于众。说来也公正，阿丘当猴王平时好处捞得多，分赃也总是拿大头，犯了事从重也就不用不平衡。能干多大事就得有多大胆，阿丘还真像条汉子，没一点㞞的意思，更别说悔罪了。它不是叫就是咬，还逮着铁棂子使劲晃，不服气地继续叫板。关，也就吓唬吓唬小胆的。

游客看了，回头给跑马岭写信，要求把阿丘放掉。有游客写得情真意切不说，还附带处理阿丘的建议。说猴子如孩子，不能当真，该让它们重归自然才好。也有说关几天就罢，刑期不能太长，下次去要是看到还关着，就去动物保护机构投诉。不管什么意见，全是一颗爱心，让我们动容。来动物世界一趟，提高了保护动物的意识，正是我们希望看到的。再说动物没有法律条款，怎么量刑都缺乏依据，抓和放还不都是一句话啊。听从游客建议也是从善如流，放出去取保候审以观后效。

阿丘太不成器，这摊子稀泥糊不上墙，不长记性。出来没一周又犯事了，这次变本加厉，比上次厉害，真是拿它没有办法了。谁家摊上个这样的祖宗，家长天天出去赔不是，得跑细了腿。阿丘却一副无所谓的样子，和惯犯一样，进去出来不过走了趟亲戚。

至于毁坏点东西，翻墙出去摘个桃、偷个栗子啥的，实在情有可原。猴子毕竟是猴子。接受过教化的人屡教不改的都有，何况生灵。说教老觉得有“化腐朽为神奇”的能耐，可对于崇尚天性至上的动物就没用。传说中猴子是从石头里蹦出来的，捋着这根线走，不知是说它冥顽不化，还是顽劣品行坚如磐石。当然这也得看是谁，食草区那帮子，鼓动它们“出轨”也难。

动物的世界靠什么教化呢？应该是自然规律吧！人这张嘴再能言善辩，如苏秦、张仪之流，说穿了不过占些嘴上便宜，兜售些奇技淫巧罢了。谋得一时而非一世，更别说改其本性了。这次阿丘还不痛改前非，撩了人家女孩裙子不说，还抓伤了人。这可是正经八百的“流氓罪”加“伤害罪”，抢点吃的没啥大不了。这事性质有些严重，不能再姑息。

那天来了群红男绿女，比猴子都欢实，叽叽喳喳的，雀儿般围满了小广场。久未做大哥的阿丘跟在屁股后面，一边瞅着手里的食物，一边警惕着这些活力十足的小伙子。后来男孩子都去了长臂猿那里瞧稀罕，把这帮女孩落在广场上。有个焗着火红头发的女孩，火把一般在人群里招摇。可能初来动物世界，见到这些花样百出的家伙觉得新鲜。女孩很大方，一点也没有保留，把香蕉、糖果全给了猴子，还有吃了一半的苹果。自作聪明的阿丘，觉得火炬脑袋姑娘身上就是个取之不尽的百宝箱。女孩飘逸的大裙子，还真像是个宽敞的大口袋，阿丘就认准那里边肯定有更多的美味。

阿丘这次却犯了想当然的错误，把裙子错当了包袱。一不做二不休，恶向胆边生的阿丘急前一步，扬爪撩开了姑娘的裙子。姑娘又羞又怕，没有料到这个泼皮来这么一招，吓得哇哇大哭起来。一个男孩应声跑过来追打，还被它抓伤了胳膊。空欢喜一场的阿丘也不久留，赶紧一溜烟似的跑得无影无踪。

女孩半天还回不过神来，一怒之下还投诉了单位。平时小错还可以睁只眼闭只眼，这次可没法原谅，再次将不思悔改的阿丘捉拿归案。这之前还有个案子给阿丘攒着，那次阿丘带猴子下山，进果园吃村民苹果。猴子作孽坏得出奇，只要不打它撵它，吃几个再带几个就拉倒。村民拿石头砸它，猴子并不立刻逃走，反而爬到树梢使劲晃，快熟的果子落了一地。这次关它，算是两罪并罚。前脚出，后脚进，阿丘上演了“二进宫”。

不少人都喜欢说：老不看《三国》，少不看《西游》，怕老人贼上加贼，也唯恐孩子无法无天。《三国》看不看的不打紧，人有太多的心机未必是好事。一丁点年纪就端端正正，那是未老先衰，“小大人”是悲剧。没有无忧无虑的童年，没有懵懂调皮的少年也是人莫大的缺憾。见过不少只要有了芝麻粒般的小职务，就整天一脸哭丧样故作成熟状的人，他们活力消亡了。变着法地让猴子听话，比关它更难受。

《二进宫》是一出名戏，全剧简称“大、探、二”，由《大保国》

《探皇陵》《二进宫》三折戏构成。川剧、汉剧、河北梆子、秦腔、豫剧都演，说的是明代忠臣徐延昭和杨波为护持万历幼主，说服垂帘听政的李艳妃，下决心拿下她爹李良奸贼的故事。京剧版的戏看过多遍，我不关注李艳妃任人唯亲，也不担心李良“谋篡龙楼”的剧情，一任唱腔带我享受。旦、生、净的三人对唱美得要命，“李艳妃坐昭阳”一开口，人进了旋律就出不来，比《智斗》好听得多。但滑稽的是，后来都把“二进宫”演绎成了多次进班房，有些风马牛不相及。再说这宫是昭阳宫大殿，怎么成了监狱？放在朱翊钧那个时代，这样乱说不杀头就对不住你。我也不能脱俗，写下这个题目，继续沿用以讹传讹，想想习惯挺害人的，一不小心，就跳将到误区里去。

2014 年 8 月 7 日初稿

2018 年 12 月 24 日定稿

付风臣

付风臣，济阳仁风人。仁风产一种小西瓜，有名。西瓜袖珍，仅两只拳头大小，叫蜜宝，黄瓤，沙甜。风臣是跑马岭第一批饲养员，在那帮农校学生中年龄最大，大家都尊称他老付。记得和老付第一次见面，连话都没说，印象中他一张黝黑憨笑的脸，老成持重的样子。有次跟他开玩笑：风臣不如风尘，容易出名！要么你媳妇“落花”，你“流水”，更般配！他并不反驳，只是嘿嘿笑两声，慢条斯理地说句：净点化人！就忙去了。他媳妇骆花，说话像连珠炮，他们家的话都让她一个人说了。

风臣在两个食草区各自转了一圈，亚洲的非洲的动物他全喂过。最后轮转到长颈鹿这里，再后来当队长，养动物队长是干活带头人，不脱产。上班他到得最早，到岗就像台打着火的永动机，一刻不停地忙碌起来，再也没有片刻安闲。放下扫帚就是拖把，他满眼都是活。风臣干活说不上快，但少有停歇，像挑山工。在跑马岭上做事，如置身画里。外人看着很诗意，就会想当然，觉得满是情调，跨时空想象生出向往，不少人产生了想体验一下的愿望。咨询的人很多，开园后就从没间断过。2001 年，山东大学一个在校女学生张扬，就做了一周饲养员，风臣是她的体验指导。

第一个活就难住了她，别看那么一大个子，张扬举着大砍刀半天，居然没能奈何得了一堆接近半成品的肉，刀俎硬生生地输给了鱼肉。简单的事让她做复杂了，仅仅按规程剁了几块肉，就筋疲力尽地蹲在地上，为难地抹起泪来。跟着风臣去打扫长颈鹿笼舍，进门一个踉跄把她给熏回来。发酵的粪便杂货味更难闻，饲养员早就在鲍肆而不知其臭了。很多看去很美的东西出乎她想象，估计她更不会忘掉这段经历。

风臣做指导也与众不同，他不说这该如此、那当怎样的一二三四。重身教，轻言传。拿出块肉，他一刀一刀地剁，张扬就在那儿看着学。然后怎么给长颈鹿切水果，切多大，喂多少，弄完他看一眼张扬，再看一眼他切完的东西，张扬心领神会，整个过程像是哑剧。一个星期，张扬对整个流程也差不多都熟悉了。她知道这活跟唱歌不一样，不是李白的诗，而是杜甫笔下。目前，风臣这个徒弟，已经在美国读完博士定居了。

个子大了就占便宜，想不高看一眼都不行。不管你势利不势利，看长颈鹿你眼皮都得往上翻，想平视它，没那资质，俯视它更难，没那高度。不管它尊贵不尊贵，都得仰视它。长颈鹿不光个子高，身价也在那儿摆着，待遇更不差，苹果、胡萝卜，都“常备不懈”，时不时还要注射些营养针剂，日子过得滋润快活。离开草原，不用再担心狮子的追杀，这里虽然离狮子近在咫尺，狮子却无法越雷池半步。动物世界是一个禁锢的和平世界。

骆驼老实，还有那些胆小的鹿都好打发，把草捆子打开，往那一撂就不用管。喂长颈鹿是细活，不能囫囵吞枣，水果要洗净、切好。风臣手持个大铁笊篱，在水池里给长颈鹿洗苹果，洗干净的苹果放上案板，叮叮当当地切匀实。然后一手一只篮子，顶着刺鼻的味儿，歪歪扭扭地走到食槽，迈着大长腿的长颈鹿应声而至。长颈鹿舌头长，仅为饱口福用，完全伸出来如半截子腰带。它的舌头好像贴着磁石，所有的果子块都自动往上跑，然后它轻轻一卷，就悉数填到口里。

长颈鹿吃东西嘴闭着，轻易露不出牙齿，无吧嗒嘴声响。猪吃相和长颈鹿大相径庭，猪吃食没命，疯了一般，只要有两头猪就挤着抢。嘴完全插进食里，哐哐的声响震得人肚肠拧劲。一头猪吃东西也这样，即使没有别的猪来争，也是这德行。不过这样也好，吃得多，吃得下，长得也快，长成了，挨刀也就近了。不过猪对屠刀早就麻木了，肚子不亏欠就行。

长颈鹿京海生得风流倜傥，是国内首屈一指的配种健将。它“老婆”多，小三、小四遍布国内名城。奔上海，下西安，走天津，风光，风流，快活，这些大都市动物园的小长颈鹿，都是京海后代。在国内是一流一线大腕。京海不是一般的清高，自傲，看人看物，眼神里都带着不屑一顾。就“出塞”配几次种，胀饱得像个钦差大臣。京海和风臣对眼，很贴心，一见面就用脖子蹭他胳膊，像是在炫耀和风臣的交情。

找风臣有事得赶紧说，不一气呵成，可能他就去干别的了。那次扭头去趟厕所的空，转身就不见了风臣，费了好大劲才找到他。他一个人弓着身子，在上面清理花脸斑羚的笼舍。扫完又用铁锨装进筐子，然后装车拉走。不大的笼舍，杂物粪便弄了好几车。我穿着厚厚的羊毛衫，只穿一件半袖迷彩的风臣，头上雾气腾腾的，背都浸湿了。

夏季，风臣喜欢让长颈鹿多吃些鲜草和树叶。好在跑马岭林草茂盛，非洲区还有千亩刺槐，让风臣不为无米发愁。跑马岭的雨怪异，说来就来，提前有征兆的时候不多，迅疾得像诗人的灵感。那次风臣就被不期而至的雨淋了个正着。刚刚割下的草不舍得丢掉，背着一捆草冒着雨往回走。在一个陡坡处滑了一跤，人一下子就仰面摔倒在地上，湿人变成泥人。

长颈鹿吃着带雨滴的鲜草，看着有些狼狈的风臣。两只长颈鹿一齐弯下脖子，头轻轻地触在风臣的肩和胳膊上，像是在安慰他。长颈鹿无语，风臣无话，四目相对，默默无语，却有一种温暖在他心里流淌。前两年随着动物世界搬迁，长颈鹿是走得最早的那一批。不久风臣也换了个单位，去了市区另一家动物园，仍旧养长颈鹿。每天只要看到长颈鹿，他心里就格外舒坦。

2014 年 9 月 1 日初稿

2019 年 3 月 6 日定稿

风骨媚者

怎么也没有想到，这个平时伶牙俐齿的家伙会跟我闹了一夜，更没有料到一副乖巧模样的小东西竟是这样没完没了。再者，我没觉得冒犯您啥啊！不就是叫得让我心烦，没法睡觉，在笼子上搭了件T恤，想让你也歇一会儿吗？怎么也没想到会闹出这样大的一场“风波”。早知你得理不饶人，还不如由着你，爱咋地咋地呢。

去市区参加一个展览，是热热闹闹的旅交会。从野生动物世界带了不少的动物下来，小狮子、小老虎、小狗熊的拉了一车。旅交会是个热闹差事，羞羞答答地上不了台面的那些神经质肯定不行，必须喜欢抛头露面，“人来疯”成了优先被选择的。出来混就不能沉默，装深沉更不行。有硕大身躯、色彩艳丽的南美金刚鹦鹉，不仅有着醒目的体量，光那声叫就能掀翻屋瓦，不用商量就是首选。鹩哥也是无二致的第二鸟选，生得精致，主要是拟音，是鹦鹉那含混不清的学舌无法比拟的。它的吐字清楚，声音洪亮悦耳，普通人也未必到那水平。

在生态馆鹩哥备受瞩目，比黑天鹅还得宠。几声动听的“你好!”还有“恭喜发财!”就能拉得你不想再离开它。白居易喜欢鹩哥，写诗“耳聪心慧舌端巧，鸟语人言无不通”。显然，鹩哥的乖巧打动了白居易，并得大诗人由衷赞美。八哥也能说话，相貌和鹩哥最为近似，可放在一起就能看出差异。鹩哥精致，漆黑闪亮的羽毛，脖颈周遭一条V字形的黄色羽毛，像是一条丝巾，红红的喙，三种颜色搭配得是那样的巧妙。八哥的身子要大出鹩哥一圈，很是笨拙，还有头上那一小戳毛儿，更是土气得要命。鹦鹉是一种俗鸟，呜呜哑哑的，想说话又说不清楚，声带不好，却又痴迷演唱。鹩哥之于它们，真是一个千金不卖，另者则一金不买了。

跑马岭的鹩哥没大刻意训练过，但说得都不错。说话的本事多是来自天赋，再就是和饲养员拌嘴。刚开园那阵子，几个年轻的饲养员还都是单身，平常议论较多的词汇是“媳妇”二字，鹩哥也“近朱者赤”，那段时间说得最多的就是“媳妇”。有时进来个妙龄少女，它也猛不丁大喊一声“媳妇”，弄得人家半天回不过神来，然后又看着一脸认真相的鹩哥，笑弯了腰。不知它们是否有能力辨别男女和识别身份，不管是谁进来都是那句“老板您好”和“恭喜发财”。是不是老板无所谓，暖心的话、好话都喜欢听。到此游玩的人应该是最开心的，看见一脸愁容、丧门星一样的面孔肯定会腻得好心情大打折扣。

可也别当真，这是鹩哥的“逗你玩”。好话未必是对你的，这是自娱自乐的“喊嗓子”，和美声的“妈妈妈、咪咪咪”一样。

没受过培训，正经话也说不了多少，没事就絮絮叨叨地说这几句，很单调。不过如此清晰的声音，像是训练过的声带一样，只有专业歌手才会有的纯净声音，还是打动了很多人。好多一进门，未见其鸟、先闻其声的客人，听到如此逼真的问候，一下回不过神来，然后发现说话的居然是一只漂亮的鸟，也惊讶得半天合不上嘴。鹩哥也能学习方言，那句“靠边（读biai），靠边，后边有大官（读guai）”的章丘话说得也很生动。

带鹩哥出门的时候很多，晚上一般都得拿进房间看护起来，和人一个待遇。那日晚上，我忙活了一天正想休息的时候，两只鹩哥兴之所至，没完没了地聊起天来。那高亢、嘹亮的声音，在夜里显得是那样悠远，让我又喜又烦。困顿的我哪里有心情聆听啊？这事来得不合时宜。我把衬衣搭在鸟笼上，以为暗一些就能使它们静下来呢，没想到这一下竟惹怒了两个家伙。不多时，我那件为活动买的新衬衣，就被啄成了渔网，它们还一个劲儿地向我示威呢。那一宿我困意全无，一点觉也没睡成。

再后来，我经常去生态馆看鹩哥。渐渐地发现，鹩哥可不是宠物，是由着自己的性子说话和唱歌的鸟。任何指令和诱惑都是不接受的，有时还逆反，你高兴不高兴不关它的事，遇上挑衅，会毫不犹豫地扬起那锋利的红喙。我想这种鸟应该不大好养，性情有些像眷恋长空的鹰隼。

那些听去恭维的话，都不过是习惯的练声而已。这漂亮的小生灵无法温顺，它说话的时候，眼神根本不冲人，时而还有睥睨在眼里亮着。

我小时候在老家见过一种鸟儿，土名叫黑马勺，和喜鹊一比也是立马就能分出天壤之别的那种，但是这种鸟也是无法做家禽的那类，性情刚烈，很难驯服。做巢要选高大的杨树和榆树，筑在顶尖上。谁要去树上逮它的幼鸟，它就会跟谁拼命，一般都很难得逞。即使捉到，也养不活。

鸟类还有这样一些性情，真是也让我开了眼界，有时竟让我想起“风骨”二字。原本第一印象认为这是种媚鸟来着，没想到一下来了个这样大的转折，真是我始料未及的。

会说人话的鸟有不少，鹩哥显然是翘楚，从古至今还有说鸟语的人，像孔子的学生兼女婿公冶长，据说能和鸟对话，他讲真话还是胡说不得而知。指鹿为马的那些大师，历代也没少过，像是眼下有个讲防雾霾的大师，高论说只要心里无霾，霾就不存在。还有向国家建议呼吸也要收税的“专家”。如此的高境界的鸟语，是说给人听的吗？

2014 年 7 月 15 日初稿

2018 年 7 月 15 日改定

“高富帅”出使天津卫

在野生动物世界非洲食草区，最受游客宠爱的莫过于长颈鹿，在长颈鹿馆集万千宠爱于一身的当数京海。京海是一只雄性长颈鹿，生于上海，长于北京，正值青春年华，落户于跑马岭。京海个头雄健魁梧，比普通的长颈鹿明显高出一头，身上斑花像一枚枚古意甚浓的铜钱，要比其他同类深许多，彰显出与众不同的华贵气质。

在长颈鹿群里，京海无疑就是名副其实的“高富帅”。长颈鹿馆是游客喜欢聚集的地方，这里可以下车和长颈鹿零距离接触，饲养员也会提前准备下一些桑叶和苹果、胡萝卜之类的东西让游客投喂。所以这里要比其他地方热闹得多，大人孩子都爱和这些大个子亲近一下。别说身高了，仅脖子就二米四，比姚明还要高。迈着优雅步子的京海，从容淡定地走出馆舍，听着一声声被舔手的尖叫，它伸着长长的巨舌，优雅地吞卷着游客送上的各种食物。那份气定神闲，如周润发在《上海滩》吸雪茄的镜头一样，魅力四射。

雌性长颈鹿是标准的“长舌妇”，舌头长度可达四十公分。群居的长颈鹿多温文尔雅，很少打斗和顶撞，估计和这些“幸有长舌”，却不乱“嚼舌头”的贤淑雌性有关。京海作为最帅的“头牌”，也没看出它哪块骨头长得“媚”。长颈鹿眼睛长在头顶，像是探照灯，视野很开阔。耳朵更是敏锐，一双顺风耳朵能听到很远处传来的声音，稍有危险就迈开长腿撒丫子。长颈鹿跑得很别致，典型的顺拐，不是前后，而是左右一起动。

在长颈鹿界，京海的地位是绝对的“男星一号”。长颈鹿在国内雌强雄弱，少有如此气派的雄性长颈鹿，京海就担负起在很大范围内繁殖优良品种的任务，进京走沪，不停蹄地行走在年年做新郎的风流快活之中。

前年，天津动物园有三只母鹿都处在发情期，动物园肯定不会放过这一良机，于是紧急向野生动物世界求援。作为多年合作的老朋友，自然没有话说，一口答应下来。京海要再次踏上援津的路，经此一行，它的直辖市之旅，仅剩下重庆。在天津它要小住半年，在这个真正的曲山艺海大码头，它接下来的日子会真哏，好吃好喝地伺候着不说，还一下就能“娶三房太太”。

器宇轩昂的京海很绅士，温良谦恭，一点都不傲气。本来长颈鹿的装箱是件很麻烦的事，因为长颈鹿是神经质类的动物，是典型的胆小鬼，胆子比老鼠都小，一点风吹草动都赶紧撒开长腿奔命。生长在非洲草原上的它们，如果没有足够的警觉和奔跑能力，也真的很难存活下来。它们有踢死狮子的能力，可它们一般不向狮子开战。一般长颈鹿装箱，事先都要在馆舍外面的围挡口上，接上个大大的箱体，不仔细看俨然和围挡就是一体，在里边放置一些水果和草料，让长颈鹿进进出出地适应后，找个合适机会，把后面的门子一关，就万事大吉了，然后用吊车把大箱子装到大卡车上。温顺的京海当天就顺利地进了箱子，它似乎意识到了这次远行，再说常出远门的京海也习惯了，对于陌生它也充满了好奇。

运输长颈鹿是件很壮观的事情，装长颈鹿的卡车在前，后面还得跟着一辆车服务，主要是用来观察过障碍的情况，有什么信息及时通知前车，以供前车适时调整进退，直到安全无误地通过为止。

上了路那真如唐僧西天取经一般，历经“九九八十一难”还多，跑马岭海拔八百九十八米，山路九曲十八弯，一点疏忽都不能有。特别是对长颈鹿的长脖子，务必悉心呵护好，那么小的心脏，高于成人三倍的血压，可不敢掉以轻心。司机小心翼翼地开车，拐弯处几乎就是用怠速前行，一不小心碰撞了脖子，那真的就前功尽弃了。一个多小时跑了八公里的山路，山下的乡镇到处是线网密布，大小车辆的拥塞，车只能是蜗牛般慢慢挪移着，那种尽心竭力、一丝不苟真的像是在伺候一个十世单传的婴儿。历经两个半小时，终于上了高速。

上了高速依然不能快，特别是过桥，就像那则《羊和骆驼》的寓言一样，羊的优势是能轻松地钻过桥洞，骆驼的优势在于高大，树上的叶子抬头便及，而在钻洞就成了劣势。好在京海出门多，悟性高，经验也多，见桥自然就弯下头，让后面跟着的人好不畅快，前车上的工作人员也免了硬按鹿脑袋之苦。长颈鹿典型的高血压，头能弯一弯，不能长时间低头的，它平时一天才睡两个小时，还得分几次睡，一次也就二十分钟。你想想，从它的心脏到头颅的供血扬程太高。好在有惊无险，提着心，吊着胆，一路紧张、一路欢呼地进了天津卫。

见过拉牛的，也见过拉猪的，恐怕很少有人见过拉长颈鹿的。这辆车一进市区就成了焦点，到处是伸出来的相机、手机，还有一双双惊奇的眼睛，人们争睹这个难得一见的庞然大物的风采。有的甚至改变了目的地，一路跟踪不舍，几度造成拥堵。到了市中心，疏导半天才能重新前进。京海真是风光无限，有“万人空巷看梅郎”的味道。真的来位明星，也未必如此大阵势吧。这长颈鹿胆小但不讨人嫌，既不招惹是非，也不群居内讧。靠着美的身材、美的相貌给自然添彩，获取应有的青睐。在狮子、豹子、斑鬣狗严重威胁生存的状态下，始终忘不了向这个世界展现美，性情温润如玉，当属一种难得的尊贵。

京海不辱使命，半年后，三只雌长颈鹿如期怀孕。接京海回济南的时候，那三只身怀六甲的长颈鹿让人想起《西厢记》里长亭送别张生的崔莺莺，竟然那样的依依不舍，喂什么东西都不吃。上车离开的那一刹那，眼里竟然汪汪一潭。

2014 年 5 月 13 日佛惠山初稿

2018 年 10 月 9 日改定

逛 新 城

跑马岭离济南一把距离，和泰安近在咫尺，山顶望月亭距玉皇顶仅十二公里，一箭之地。南山水好，无一处不干净，呼一口这里的空气，一身重负没了。动物撒着欢生产，在别处患不育的棕熊，在这里却收不住，呼呼啦啦地一连生了十几只。生多了功劳自然大，得个“英雄母亲”称号。

小崽子生下来金贵，多胎的虎奶水不够吃，还需要借母狗来当“奶妈”。黄师傅和老曹都是很合格的保姆，比金牌月嫂不差，小动物的月子都亏待不着。老叼着奶头骄纵难长大，断奶就得进“幼儿园”，小狮虎自然分在一个“班”，小狗熊单独一个班。虎和狮、熊不一样，它们是独居动物，强行关在一个园子里，也就顺从了。生拉硬扯，不合群的也就合群了。

步行区的小广场是动物“幼儿园”，不少小动物都要来这里聚集，有十几个班。小家伙们还没撒够娇就独处了，好处是不需要自己谋取吃喝，这里除了吃就是玩。即使在野外，动物一般也不“啃老”，牙齿一丰满就得独立。

童年没有顽皮，没有恶作剧，那是残缺的，一夜之间就长大，挺可怕的。这群小霸主的园子，就是一幅快乐如斯的金色童年图。正闹的光景，如遇投食，齐齐地和为贵，放下“战争”，竞相奔向食物，去比胃口的大小和吃相的优劣。虎吃相优雅，动嘴之前还不忘抖净滚了一身的尘土，不像饿死鬼托生的狮、熊。虎进食慢慢悠悠的，一点都不担心被抢，虎咽不像说得那般生猛。虎和狮都是动物圈的爷，合在一处却不争高低输赢。平常的打仗也公平，你打我一拳，我回你一掌，不想吃亏，也不想占便宜。做戏的成分大，纯粹的表演，不动真，就是寻开心而已。谁是老大？它们倒是不在意。

青梅竹马，两小无猜地在一起玩，按说该生出狮虎兽。像马和驴一样，待在一块儿非生骡子不可。狮虎却矜持，不去跨过那界限。人喜欢猎奇，都期盼着能生出狮虎兽或虎狮兽，要是真生出个二尾子来，看热闹的人肯定会挤得漫山遍野。

小家伙们见过不少人，却没有进过城。有年“六一”，带它们去济南逛了逛。一出大门，满眼就不够用，性子急的狮子把脸贴笼子铁棂上，使劲地往外瞅。绿油油的庄稼它们稀罕，五颜六色的花朵有些炫。慢悠悠的狗熊也不甘寂寞，九曲十八弯的山道，一转弯就是一个不一样的画面。唯独虎安静，蹲在笼子里一动不动，一副无所谓的样子。小虎和大虎一样，与生俱来的睥睨一切的眼神，进城却看不出一点兴奋。

后来的每次下山，不管是去展会，还是电视台，都是如此的翻版。每次回来狮子和熊都不老实，东张西望。拐弯和刹车它们收不住，脸被笼壁碰得满是伤痕，像是斗殴挂的彩。而虎蹲着就安然无恙，毫发无损。

进了市区新鲜更多，流水般的汽车，林立的楼房，层层叠叠的立交桥，变幻莫测的红绿灯。还没好奇够，更开眼的泉城广场到了，偌大的泉城广场着实吓它们一跳，像是蛤蟆跳出了井口，都快不知道东西南北了。

各色的稀罕让狮、熊都有些眼晕。一大堆的陌生都堆进脑子，它们就停在广场鸽那儿下车，没想到这儿鸽子不怕人，温顺得像自家孩子。鸽子不是从人手里叼食物，就是漫不经心地款款踱步，从容自若。摩天大楼一幢接着一幢，护城河里船来船往。耀眼的大屏幕，高耸的泉标，壮观的喷泉，大开眼界。不一样就是不一样，这次出门可长了见识。

小家伙们出其不意地到来，搅了在广场搞活动的商家的局，台上主持人喊破了嗓子，台下还是聚不起人来。几个又唱又扭的女孩浑身都湿透了，台下仍旧冷清。只好提前拿出礼品撒手锏，才吸引人们拥过去。商家发完奖品，还没有来得及吆喝完广告，人们就像退潮的水一样，又回到小动物这边来。最后，忙活了大半天的商家只能是一声长长的叹息，悔不该赶上和小动物同场竞技。它们把他们的戏份给抢没了。

来不白来，还坐上电瓶车，很是那么回事地巡游一遭。能目睹广场全貌，多亏了广场的负责人悉心观照。坐上车居高临下，东瞅瞅，西望望，后边跟了一大群人围观。频频闪亮的手机和相机，把它们捧成了明星。

后来它们又参加国庆花车巡游，从珍珠泉出发沿泉城路西行，经趵北路绕行一圈，那人山人海的阵势，它们还真没领略过。不过这几年济南变了很多，一批批新建筑拔地而起，现在再来，估计会有更多的想不到。

幼儿园的无忧无虑呼啦就过去，稍大就得进表演团学本事。集体同吃同住，同训练同表演。它们还是毫无顾忌地打闹，鲜见有撕破脸皮。

快乐是童年的永恒主题，不管在自然界，还是藩篱中。被人赏玩，却无殷勤可献，自己无意识，也就当不了玩物。进城去看物看人，自己却成了中心，相互好奇。在丛林中，伤害难免，食物的链条决定了动物当如此。如果它们从小就远离嗜血和杀戮，基因中某些残忍的东西就会永远沉睡，应该会自然消亡吧。

丛林无法改变，大自然就是大自然。但法则自有局限，仅在小区域里运行，非放之四海而皆准。

2014 年 8 月 18 日初稿

2019 年 1 月 22 日改定

猴梁的江湖

猴梁不姓侯，但属猴，姓梁，大名梁占祥，南阳新野人。南阳、新野和“三国”关联紧，天下头等智者刘秀、刘备、诸葛亮在这里谋过大事，滴水粒土都带着灵气。藏龙卧虎的地也出杂耍高手，猴梁上几辈都玩猴子，到他是第四辈。猴梁打小的玩伴是猴子，直到十六七立了门户，天南海北地闯荡，连姓都颠没了。江湖上混这么个绰号，也恰如其分，猴梁和猴子混在一起，很难撕撸开。

河南玩玩意儿的多，帝都文化生了不少零碎，中国耍猴的多半出自中原，至今还有不少人靠此谋生。仅靠手艺混饭吃，省心，活好脾气好就成。早年串乡补锅的、戗剪子磨菜刀的、锔盆锔碗的，放下担子干活，干完活一笑收钱，挑起担子走人。说评书的、唱大鼓的，嗓子嘴巴好就可以，不需要太劳神。耍猴这一路算来最不好伺候，带着几个祖宗出门，处处得加着小心，弄不好半路蹿了趟子，几年的调教心血就白费了。没两把刷子不行，老话讲“宁带千军万马，不带十样杂耍”，这活好汉不干，赖汉子还真干不了。

小说名家刘震云是河南延津人，他在《一句顶一万句》中写了个玩猴的，最传神的一笔是猴子虚晃一枪，骗过朝夕相处知根知底的主人逃了。多年的阴谋居然隐藏得如此深，主人竟拿它做了心腹，这家伙城府够深，耍猴的反被猴耍了。能玩得了河南人的人，天下还真不好找，这猴本事顶天大。刘震云这一笔不是乱写，他对猴子有研究。

从前的乡下热闹来自这些乡串子，耍猴最稀罕。一般只要听到哐哐敲得震天响的大铜锣，就知道是“鬼精灵”的来了。货郎担的铜锣敲得小气，似乎有些放不开，生怕扰了乡亲，紧一声、慢一声地噹噹敲。卖香油的铜牌更是慢节奏，铜牌被一根长长的绳吊着，要旋起很高，像是荡秋千一样，才轻轻砸一下，那声音悠扬，是一种可以在街巷里回荡很久的声音。耍猴的锣急促响亮，很是有些野性，和其他锣声区别很大，猴子来得少，动静小了不成。

耍猴的腔调，跟菏泽的口音有些近似，口齿不算太清，说些话还啰里啰唆，仔细听，发现话语里含着不少方言的幽默。一般先要嘟囔一通“祖国上下一片形势大好”，路子对头了再张罗生意。那句莺歌燕舞被他说成了莺歌练武，引起周围一片哄笑。然后按惯例拜拜码头，给乡亲们客套半天，大叔大婶、大哥大嫂地喊上一圈，不然耍完不好挨家敛粮食。要饭的也这样，自己必须往小辈里钻，以博得好感。不然，这碗饭就不好混，猴梁这一套很熟稔。

开场白太烦琐，等得小孩都快耐不住了，妇女都一齐嘟囔：这裹脚布啥时搠饬完啊！耍猴人却不急不恼，不慌不忙地开演。先出场，是只悟空打扮的猴子翻跟头，翻完跟头做着鬼脸走钢丝。小猴在一条细细的钢丝上，摇摇晃晃地走，走得人们心都提到嗓门上。越担心，猴子就越是故意玩悬的，一个不小心就从上面掉下来，围观的人都大呼小叫，胆小的甚至合上眼睛不敢再看。这时，猴子却一个空翻稳稳地落在地上，毫发无损。人们这才松口气。心还未静下来，接着又开始表演更惊险的猴子接飞刀。耍猴人手里拿几把明晃晃的刀子，嘴里虚火着说：这一刀我插你眼睛，后边接着说，接不好我插你屁股，最后说要插猴子心脏。在大家经历了本来就多余的担心之后，猴子每次都有惊无险稳稳地接着刀子，最后更惊险的是，背身和蒙眼扔飞刀，训练有素的猴子照样全部接住，只是赚足了大家的心跳罢了，都呼过瘾。最后敛东西的时候就都觉得值，没有打折扣的。

电视呼啦一夜满了村庄，想看啥有啥，让很多来不及换行头的杂耍几近灭绝。江湖杂耍也是非物质遗产，这动态的东西还能走多远，真不好说。真要消亡的东西也挽留不住，快速行进的时代缝隙里很多生命没法存活。人对这些曾经的东西失去了原有的热情，有也行没有也行。好在天无绝人之路，他们摇身一变，有的走上舞台和各种表演场，延续这门古老的活计，有的进了公园景区，成为新的一景。猴梁也由行商改坐商，蹲在景区当起了猴老板，算是个大猴王，这倒多了份安逸。

猴梁队伍里，做得一手好烩面的老肖，满嘴河南话，完全按乡间表演那一套，他能原汁原味地演。老肖的表演让有些看过杂耍的人，轻易地就能回味起过往，回到从前贫瘠的乡村记忆里去。老肖后来另谋高就，不知云游到哪里去了。老肖一身的乡下打扮，像个忠厚的伙计，猴梁则像《红牡丹》中那个马戏班主。出席某些场合的时候，背头梳理得油光水滑的，还有身不算挺括的西装，长期生活在室外，穿上笔挺西装，衬着古铜色的脸膛，特一个味。

猴梁对猴子秉性摸得透。那些五花八门的名字，也都是猴梁取的，斗狠的“小鸡子”，盛气凌猴的“二宝”，不怒自威颇具领袖范的“贝贝”，蛮横跋扈的“二胖子”，都是猴梁走南闯北的“亲信”。这支嫡系成全了猴梁的江湖立足，也是猴梁谋生的本钱，猴梁拿它们当心肝宝贝。

猴谷每天早餐很壮观。猴子不像狗熊，逮着机会就酣然大睡。它们喜欢早起，一听猴梁的哨子声，就都朝着猴谷平台集结。这里是早餐的露天大餐厅，猴梁一大早就把各种食品端到这里。猴子是杂食动物，吃的东西很多，忌口的东西几乎没有。早起的鸟儿有虫吃，早到的猴子肯定也有意外收获。猴子出树林集合的样子也很有意思，有的一阵风似的疾跑，有的不紧不慢踱着方步，从容自若。

窝头、栗子、花生撒了一地，还有苹果、香蕉。休息了一宿的猴子，一边机警地看着四周，一边吃得不亦乐乎。贪婪的本性也暴露无遗，猴子的口中有个食囊，可以储存一些不急着吃的食物，几乎每个猴子食囊都是鼓鼓的。看去像是长了个肉疙瘩，这大包看去很不舒服。

每天晚上，猴梁要给猴群中的老弱病残开小灶，加餐相当于消夜。身体单薄白天抢得少，就要单独约来自己房间，再补充一些，以保证其大量活动消耗掉的能量。那些平时飞扬跋扈的家伙给关在门外，它们可以放心地吃。二宝生病期间，他几乎就是个保姆兼保健大夫。下肢瘫痪的二宝每天都要注射针剂，调整的食物也都是含钙较高的。伤病痊愈后，整天倒着身体的二宝终于恢复了它的本来面目。那些天，猴梁特别高兴，像是中了大彩。

猴梁在国内有不少地盘，江苏的花果山、烟台的动物园，加上海南，还有刚刚开发的山西大峡谷，有六七处了，也该叫个什么集团公司了。猴梁的孩子也不错，挺有出息的，大姑娘大学刚毕业，儿子就考进了大学。孩子都没选择猴子，到他这儿估计差不多是最后一茬人了。他很是惶惑，不知道将这门手艺传给谁，更不想在他手里断掉。

猴梁爱好文学，读了些书，也背了不少的诗词典章，还喜欢一些小浪漫。他没事时还喜欢琢磨一些形而上的话题，都同动物有关。他喜欢猴子的容易满足，却又贪婪，逢仇必报却又不记仇。他还把猴子的世界描绘得很理想、完美。实际上，仅仅是他个人的愿望罢了。

猴梁是河南人，可他喜欢说自己是烟台人，他把家安在了烟台，过得却是云游四方的日子。出门在外肯定要吃不少苦，可和早年芒鞋破钵的和尚比，他的家底是厚实的。我劝他自信一点，上亿人口的一个大省，出几个不地道的人很正常的，再说哪里人也不见得都好。

好长时间没有见到猴梁了，想起这个当我面背诵“庆历四年春，滕子京谪守巴陵郡”，到“至若春和景明”洋洋洒洒的，如此顺畅的朋友，一点也看不出他是个玩猴子的人。有次晚上，在山道散步遇瓢泼大雨，我赶紧向护林房疾行。猴梁却无动于衷，一边喊着“不管风吹浪打，胜似闲庭信步”，在暴雨里不慌不忙。他赶到护林房时，人淋成了水毛鸡，他捋一把满脸的雨水，像是刚从澡堂里出来。我知道，这是江湖给他的东西，他有自己的情调。

他在山西的时候，常给我打电话，把高兴不高兴的事都跟我说说。他现在在千岛湖，那里的冬天很冷，他给冻感冒了，前两天通电话，鼻音重得说不清楚话，我知道他和猴子在一起很开心。猴梁有些时候能站在猴子的角度看人，觉得人心机太重，少了很多该有的，多了很多不该有的。像他，完全有资格为猴子代言了。

2014 年 9 月 13 日初稿

2019 年 1 月 18 日定稿

穿越黄石梁谷

跑马岭较大的山谷有两条，一条在大门口往里一点，右首，放养着群猴子，叫猴谷。另一条处在最东端山梁下，就是黄石梁谷。猴谷浅，简单明了，一眼就能洞穿，从谷口可以看到不远处的村庄、河流、远山，一大群猴子在谷里上蹿下跳。黄石梁谷幽深曲折，七遮八挡，全貌难窥，谷顶上成群豺狼虎豹隐匿林间，在下面只可闻其声，难得一见真面目。

猴谷像个窗口，不需太劳神，外边的世界就在那儿搁着，随便看。黄石梁谷则不然，要费很多辛苦，一目难以了然。此谷位于猛兽区和非洲区交界处，是两道山梁夹峙的一条峪沟，紧贴着齐长城。一道横切山崖立在谷上，峭壁云峰，格外壮观。齐长城西起平阴，东至黄海，只是打这儿路过，留一段不长的遗址。齐长城资格更老，非秦长城兄长，而是前辈，要早几百年。

黄石梁谷横里一刀，谷南的主峰被分离开。齐长城好似不忍，架桥梁又把它连接起来。占据主峰的猛兽区卓然独立，也是跑马岭最高点。若把跑马岭比作人体，这块应算是头颅，其他偌大部分是它身躯无疑，齐长城显而易见就是脖颈。大自然就是大师，似乎觉得跑马岭太平淡无奇，于是，毫不客气来一悬念之笔，跑马岭便身首异处，也给齐长城留了做善事的余地，看似画蛇添足，实则功德无量。自然不凡，永远要超越凡人的描描画画。

齐长城北段有座大型动物表演馆，是游客放松开心的地方。前边走过几大区域，身体免不了疲惫，看表演一乐，身心就完全放松下来。趁高涨起来的兴致，可以去看猛兽，也可以去御马亭一坐。从齐长城小口入，走几步可见御马亭飞檐，掩映在浓郁松柏丛中，再复行数十步，一处茂树芳草野花覆盖的幽谷映入眼帘。如在此放开喉咙大喊，一半声音给对面山壁荡回，另一半声音滑入谷底，如清风带着流水，慢慢去试探着前行，越走越远，越走越深，也好像一缕轻烟，入了远处的深林，不见其踪影。

黄石梁谷藏得严实，但奔着动物来的客人往往将此忽略，都很难想到这重叠山梁中，还隐着这样的美景。说美景，一点不假。春天，在此静坐，赏对面山梁上连翘。花，每年都会将此画绘满山崖，一簇簇鹅黄将你的心溢满。这幼童一般的花，只需看一眼，有多少冬日不快，都会在这里遗弃得干干净净。和野外的梅花一样，可以“寂寞开无主”，即使凋谢了，化作泥土，但芳香如故。

雨后一谷烟云，弥漫得到处都是。风是大手笔，挥舞烟云写画，那变幻莫测的景，丰富得只可意会，说不出口的。曼妙的云，像是一群穿着白纱衣裙的少女，轻灵地在谷底的树梢上舞动，千变万化的舞姿让人入定。陶醉久了，半天回不过神来。

坐在御马亭，听着猛兽声息是特有趣的事。偶尔飘来一声声尖厉狼嚎；闷声闷气，一定是懒熊在争抢食物；瓮声瓮气的狮子叫声力度大，像背了个低音炮；虎一般不叫，叫就不一般，一种能使同类闻之色变的声音。不管是低沉还是高亢，黄石梁谷照单全收，慢慢地化了，像是重拳打在海绵上。在这里感受猛兽，一切都柔柔的。

兜了大半天圈子，回过来说黄石梁谷。没有谁去考证过这名字的来由，和大隐士黄石公有关系吗？不清楚。编御马亭是李世民带马在此歇息的作者，还需劳神再杜撰个黄石公故事才搭配。这位胡编兄有些眼界，说李世民看好这里，还是比较靠谱的，起码风景不俗。听附近村民说，进谷采过药材，林子太密，不敢走得太深。可能是老人说山洞有大蛇的缘故，让年轻人心生恐慌。

我喜欢穷究根源，不进去看看遗憾莫大。而今禁忌少了，那些子虚乌有很难再束缚人手脚，天坑地缝都照闯不误，何况一区区壕沟。一支探险队很快雄赳赳、气昂昂地开赴御马亭。一身专业装备，头盔、砍刀、军靴一应俱全。绳子上头系在御马亭的石柱上，顺着崖头就一个个溜下去，像是玩杂技的道具，让人心悬着。不过回头看那根粗粗的绳子，别说人了，吊头牛也没有问题。

队员按顺序顺着山崖下滑，很久听到一个微弱的声音传上来，先锋已下到谷底。其他人接着陆陆续续地往下滑，绳子上像是拴了串蚂蚱，大约一个小时才全部下到底。刚开始还能听到喊喊喳喳的声音，不大工夫就什么也听不见了。除了过树梢的风，谷重新恢复了往日的宁静。这个平时令人感到恐怖的峡谷，到底会有什么奇异，或是秘密呢？我紧张的同时，也充满了期待。

两个多小时后，我到达后山云顶酒楼，见到了满身湿透的探险队员，暗暗目测了一下，一个不少，心才平静下来。同时，一大堆问号一起涌上心头，但今天只能听他们说。按说问题需要亲自想，事情需要亲力亲为，道听途说一般不可信。不然，探谷的人如喜欢信口雌黄，也可能让你轻信一辈子。一群人可能有多个说法，每个说法都是含了自主的一部分，都未必是真相。老家的一处水库，老人都说里面藏了蛟，后来成人了才一笑了之。一个想当然口口相传，哄骗了我好多年。

陪他们吃午饭的工夫，我就把更多的疑问提出来，希求那个我期盼已久的答案。他们有说有笑，根本就不像是探过一次人迹罕至的山谷，更不像经历了啥惊心动魄。打着闹着，吃着喝着，像是去哪个熟悉的景点走了一遭。他们难道一点新发现没有？居然没有一个议论谷底见闻的，我心里凉了半截。

队长看我一脸疑惑，就笑着故意卖关子，酒足饭饱后才告诉我：你一定以为谷底很神奇吧？我告诉你，其实除了一些中药材，植被都是原生态，没有人迹毁坏，保持得原汁原味，再就是荆棘丛生不太好行走之外，和上面的树林子一样。看上去深不见底，其实落差不过三十米，纵深多说五百米，这样的小山沟子济南不少。

我如此看重的地方，他却如此轻描淡写，不在意我的感受不说，简直是个重大打击，让我的固有想象全“稀里哗啦”了。尽管我也知道，没造访的地方全充满未知诱惑，看了却不过尔尔。看景永远不如听景，但我不信这话，雪山没去过会有体验吗？还有戈壁和荒漠。队长嘴里的不过如此，因他算得上见多识广，这样的谷已经没法撼动他。我心中的黄石梁谷，只能停留在他三言两语的描绘上，那是他的心里、眼里和口中的黄石梁谷，不是我的。哪怕黄石梁谷真的一无所有，我也该跟着下去一看。一个人一旦接触到真相，才能不回头相信谎言。随即我决定选个合适的时间，要下去一走。

一来二去，就拖了很多年，其间我也多次去跑马岭，可因种种琐事牵扯，都未能了却心愿。黄石梁谷我至今未能造访，那股刨根问底的劲儿随着年龄增长，一惰也就散了。时间让我一天比一天变得庸碌，让我变得混沌，每一天的目标仅仅是填充满食物。对于探寻，对于终极，态度冷漠，清醒太稀缺了。躬行很简单，只是如我者甚众，真相只能成为迷，累加在脑中，堆成一串串虚假。喜欢一个异性则不同，千万别走太近，一旦看得太清楚了，美要打不小折扣。

2014 年 8 月 25 日初稿

2019 年 8 月 14 日定稿

金毛羚牛阿哥嘞

进入跑马岭亚洲食草区，盈门纳客的是两头体态健壮的“六不像”，威风凛凛地把持着这大片区域的“关隘”。它们形体怪异，长相奇特，看头像马，角又似鹿，蹄却如牛，尾巴差不多就是驴子，它们就是金毛羚牛。

金毛羚牛有三种肤色：西藏、云南一带的毛色呈深褐色；青海、四川地域的则为红棕色；唯独秦岭山脉的是金黄色，是名副其实的金毛羚牛。

别看有那么壮的体态，却也是群居的动物，少则十几头，多则上百头。如果在山林里行走，偶遇一支这样的队伍，看穿着倒像是一支正规军，最起码着装统一。遇上迁徙，一般都是老弱病残居中，强健少壮的开路和压阵。除了豺对它们尚有一丝威胁，几乎没有天敌。它们性格不算暴烈，但也执拗，惹着就得弄个“过来过去”才行，没有“说法”不拉倒。

它们原本生存在海拔两千到四千米的高原上，来到济南这片植被覆盖率高达百分之九十、海拔还不到一千米的山林里，很快就适应了环境。动物与人一样，由俭入奢总是比较容易，不用再为一日三餐而忙。动物的关注度和相声小品差不多，演员长得太周正就缺乏看点和笑点。

由于相貌与众不同，游客都喜欢看，长得像个耍贫嘴的却不滑稽。观光大巴进入这片区域，游客都要求停下来看个稀罕，自驾游的客人在这里也是驻足良久，看够了，拍够了，才恋恋不舍地离去。

金毛羚牛性别严重失调，雄多雌少，上海野生动物园几年里一连生了十五头小羚牛，仅一头是雌的。后有人就此做过一个统计，雄和雌的比例是十比一。跑马岭开园之初，有三头金毛羚牛落户，清一色的男丁。单身了七八年后，都成了“大龄青年”，再不想办法，那就真的是“老光棍”了，成为“鳏夫”的概率越来越高。

看来怎么样生活，只要成为习惯，就能够适应。一辈子没有见过异性，也未必就真的痛苦。三个“光棍哥”每天情绪都格外高涨，器宇轩昂地巡视着大片领地，唱着单身情歌。邻居梅花鹿、麋鹿都胆小怕事。马鹿虽身高马大，也是除了逃跑，就会投降的路子。金毛羚牛有铁围栏，那些鹿都没有，就常跑过来，隔着栏杆相互看看、嗅嗅，玩够了才走。鹿群和羚牛有概念上的区域，而无明确的界限，说来就来，说走就走，无须办理“证件”。

动物也靠实力说话，羚牛比马驴更擅长抵御侵害。头顶上那两只弯弯角，可不是摆设，是它们的独门武器。它们悠哉乐哉地活着，也有凛然不可侵犯的大将风范。三个“老光棍”的幸福生活也是一台戏，蛮有滋味的。角马的角看上去威风八面，但当遭狮子和豹子杀戮时，却很少使用这武器。被鳄鱼咬疼了，只是摇摆一下脑袋，角派不上用场。就是喊疼喊破嗓子，猛兽能停下嘴吗？

前几年交流出去一头，剩下的这弟兄两个，在有些空旷的区域里，天天都亲亲密密的。动物对于合合分分、生离死别看得应该更开，也没那么多惆怅不解。整个亚洲食草区都是规模庞大的种群，鹿、牦牛和骆驼都是几十只的样子。金毛羚牛以其独特和威猛被安置在最显眼处，成为点睛之笔，当了忠实的亚洲区“哨兵”。

然而就在费尽周折，引进了两头雌性小羚牛之后，本以为两个“光棍兄弟”会一起过上幸福的“老夫少妻”的日子。可随着两头小羚牛的到来，一切都变了，速度之快、力度之猛超乎人的想象。弟兄两个瞬间反目，多年的手足情一下烟消云散。弟弟靠着强壮，一点也不讲情义，愣是霸着两头小母牛，哥哥靠近一点都不行。原来“哥俩好”的结构，一下子变成一夫二妻，加一孤零零的“老光棍”，羚牛园以往的平衡打破了。

朝夕相处、亲密无间的日子也随之结束了，现在园区的情景是三一结构。那头剽悍的羚牛弟弟像守护神一般，侍立在两头情窦未开的小羚牛左右，须臾不离。草料送进来，它像个卫兵一样看着两只小母牛吃得津津有味。有时还做出一副少有的媚态，用嘴去舔一舔小羚牛的身子或者脑袋。两头小牛也格外地乖巧，做小鸟依人的甜蜜状，依偎在它健壮的体魄下讨娇。在园区的另一头，羚牛兄看着这一幕，眼里闪着不可名状的光，是不是别有一番滋味在心头呢？

两头小雌羚牛是西藏、云南的亚种，毛色灰暗，这样的品种进来，交配后生出的小牛不至于是近亲。也许是太年轻，一副不解风情的样子，来到园区后，就知道好奇，东瞧西望的。由于体型小，围栏的缝隙大，有时还溜出来放放风，甚至到胆小的鹿群里走走，全然不清楚千里迢迢干啥来了。

两头老金毛羚牛自从小羚牛踏进园区的那一刹那才意识到，这些年过的日子是极其不正常的，似乎也恍然大悟了“牛生真谛”，惊喜过后，本是双喜临门的好事，却由于羚牛弟弟不知道犯了哪门子邪，狠下心要吃“独食”。本来一开始牛兄也想靠近它们，没有料到招来的竟是弟弟的一声断喝，身子高高地跃起，两只军刺一样的角高高挑着。让人惊异它弹跳力的同时，围栏边一棵树的粗枝应声而断，这是羚牛在野外经典的招牌示威和警告。牛兄知趣地退避三舍，明哲保身吧。自此，羚牛兄便郁郁寡欢起来。

牛兄有次趁着羚牛弟小憩，试探着走向小羚牛，还没等它亲吻一下小羚牛的身子，羚牛弟已经双目圆睁，那颗硕大的头颅几乎夹在两腿之间，两只锋利的角闪着寒光，朝着羚牛兄一头顶过去。羚牛兄措手不及，被顶得在山坡上翻了几个跟头，跌到山坡下，肚皮上还受了伤。

金毛羚牛每年八月份发情期，是要通过打斗争夺配偶的。胜利者进入丛林交配，落败者离群跑单，这是不讲任何情分的决斗，有着物竞天择、适者生存的残酷。金毛羚牛这物种目前野外仅有一千三百多头，已近濒危，不明白如此强悍的家伙，繁衍起来却这么艰难。

很想给这个并不庞大的家族写句话：愿所有的金毛羚牛都成眷属。看来这只是我一厢情愿。金毛羚牛让我不自觉想到一个单词“ugly”，看去有些英雄气概的金毛羚牛，到了情场上说翻脸就翻脸了，比翻书还快。有了实际利益，丑陋也来了，正如它们的相貌。好在它的反目是明火执仗，比起那些深藏内心的阴险来，不需要费更多的心思防备。

2014 年 7 月 4 日初稿

2018 年 10 月 31 日改定

看上去很美

若论华丽，敢和孔雀媲美的鸟不多，那迤逦华美的羽翼，像贵妇或明星的拖地长裙，其他鸟只有兴叹的份儿。开屏孔雀如雨后彩虹，那瞬间的美更是让其他鸟儿、雀儿自惭形秽。没有美女不羡慕孔雀的羽毛，也恨造物不公，连垂青都那么“偏心”。

稍稍地了解孔雀，源于中学课文《孔雀东南飞》，自作聪明和博学的老师还做了个很蹩脚的类比：人家写孔雀东南飞，五里一徘徊，怎么就不说老鸹东南飞，五里一喳喳呢？讲完还定睛看下面，期待自己的高论带来满堂彩的效果。大家跟着附和笑了笑，并不十分热烈，未达到自己预期的老师很是失望。我们认为孔雀和飞到黑猪腚上的黑老鸹，这是哪跟哪啊！说不到一家去的，凤凰比鸡，不搭！

遇到一见倾心，没有谁会吝啬词句，可劲地夸赞。把最华丽的汉赋写到极致的司马相如“孔雀集而相存兮，玄猨啸而长吟”。刘向“夫君子爱口，孔雀爱羽，虎豹爱爪，此皆所以治身法也”。大诗人李白、杜甫更不会缺席为孔雀鼓掌的队伍，也掺和进来附和。“孔雀未知牛有角，渴饮寒泉逢抵触”这是老杜的句子。李白还是回到焦仲卿和刘兰芝那儿，借典说话，蹈了窠臼，“孔雀东飞何处栖，庐江小吏仲卿妻”。一堆名头大得吓人的名人，都说了一堆再实在不过的话，绝对说得一点错都没有，但读来却空落落的，少了出奇的惊喜。

升华版的孔雀那是凤凰，有了雌性的图腾，就不能让它“守空房”，另一种蛇身鱼鳞体的龙应运而生。两圣物在我们精神世界里交相辉映，支撑着我们这个民族飞天翱翔。

在野生动物世界，满园子跑的除了猴子就是孔雀，成为两大流动的景观。猴子调皮没正形儿，鬼头蛤蟆眼的。孔雀莲步款款，稳重而沉着，像是皇室后宫的三千佳丽。一快一慢，一动一静，构成一幅流动的图画，倒也妙趣横生。

整日祸乱不断，猴子被赶进猴谷，失了放浪形骸，憋得整天大喊大叫。孔雀也有了好去处，一片最漂亮的红松林改建成孔雀园。园子里面横七竖八地排列了不少苏州奇石，作为围挡的也尽是一排排竹子，园里园外还生着那么多不知名的野草野花，跟《红楼梦》里的大观园差不多。

孔雀和鸵鸟一样是典型的“男性美”，漂亮的都是雄性，这是个“男性”恃宠的世界。蓝孔雀有尾羽的是雄性，雌性的尾巴是秃的，和人正好翻了个个儿，让人很容易想起中国戏曲中男扮女装的“四大名旦”。扮上装的男性，娇美得一点都不逊色于女性，尤其是梅兰芳先生。

早年皇室里有一类不男不女的“公公”，最会揣摩上意，做主子所未做，想主子所未想，空前绝后地玲珑，可人却不可爱。他们行为举止，所作所为是媚，而不是美。有人喜欢美，也有人喜欢媚。历史上最后一位太监孙耀庭，被割后昏睡了三天，醒来后清廷却倒了。“英雄”没了献媚之地，也是莫大悲哀。奇怪的是现在还能从某些人的脸上看到那种笑，知道那一种东西也不会轻易消亡。

雌性孔雀真的像落地凤凰，它们没有招摇的尾翼，更引不起人关注，平常只能默默地担负起相夫教子的义务，也只能是夫唱妇随的一种陪衬。遇上有客人入园，也不争先恐后地往前靠，兴奋不起来。受冷遇的时间一长，也就成了习惯，再去凑无趣反倒不得劲。

对于美谁也不会熟视无睹，不大的孔雀园也是人气最旺的地方。孔雀性情温良，不排斥每一个到访寻美的客人。人越多的时候，还禁不住一而再地亮相。有时几只孔雀竞相开屏，绽放的美丽让人目不暇接，看去多了几分激动和眩晕，这种众屏齐开的场景是很罕见的。人群里一片又一片的欢呼，好多小女孩竟效仿撩起自己的裙裾。孔雀擅长表现，观众越多就越兴奋，它们喜欢在这自然的舞台上充分展示自己。节假日看到蜂拥的人群，它们往往让自己数度开屏，引得众人差点挤破了园子。

步行区还有种美极的大鸟，那就是平时很少能看到的黑天鹅，产自澳洲的华贵飞禽。很容易想到托尔斯泰笔下，穿着一袭黑衣卧轨自杀的贵夫人安娜。黑天鹅身上尽是欧洲风情，《天鹅湖》中翩翩起舞的却都是白天鹅，黑天鹅的缺失可谓遗憾。想起天鹅湖，就想起圣洁，美的旋律会在脑中出现。黑天鹅更美，殷红的喙，那样艺术地嵌在脑袋上，平添了更多说不出的韵致。

早些时候，黑天鹅寄居在一个封闭的大型馆舍里，和相貌丑陋的鹈鹕、犀鸟在一起，真是受了莫大的委屈。如果要想搞个美丑对比的话，这里是再合适不过的。再有那个大大的建筑由于太封闭，很多粪便的气味排不出，发酵之后更是令人难以忍受，进门能把人熏个踉跄。后来才移居到九曲桥下的游禽湖里，和绿头鸭、鸳鸯搭起了邻居。游禽湖水面不小，一湖碧绿的湖水让黑天鹅的性情得以释放。当懒惰的绿头鸭全部堆在岸上睡懒觉，鸳鸯也不再调情，这片水域就成了黑天鹅独自的空间。跑马岭水洗一般纯净的蓝天，映衬在碧绿的湖水里，几只黑天鹅轻盈地浮在水面上，那样畅意。平静的湖面在它们身后展开丝丝三角的涟漪，一池的春水皱了。安静且安详的黑天鹅，湖面上是一曲优美的华尔兹。

还有些遗憾的是，这里也不纯粹，如果没有蠢笨的绿头鸭，还有紧紧相依、情感卑微的鸳鸯，这个湖完全可以叫“天鹅湖”的。如果让醉心于琵琶的白居易看到，他肯定会认为黑天鹅身后的波纹就是琵琶音律，其他鸟禽就只能是村笛和胡琴了。《琵琶行》有这样的句子：“岂无山歌与村笛，呕哑嘲哳难为听。”原来被曾经批判过是小资情调，现在看很多东西是有格调和品位的，物与物无法等量齐观，这也是客观事实。

搅坏我印象的是听到孔雀的鸣叫，一种声带极度压抑的感觉，像是胃里不舒服，要吐出食物偏偏吐不出一样。开始我真的不相信这是孔雀发出的声音，还以为是挂在外边的大金刚鹦鹉呢。半天我才确信这声音就是来自孔雀的声腔，尽管我还固执地不愿意相信，只好匆匆地离开，很长时间不去光顾，我不想破坏我心目中定型的美好。

有次街上遇一美女，真是美得不行。可等她开口说话，除了一口里出外拐的牙，还满嘴的粗话和脏话，像是看到一块麻将牌中的白板，让人避之唯恐不及。

某天我也惊然发现黑天鹅的眼睛是直线的，有些呆痴。我也见过它褪掉一身黑衣的时候，赤裸的身子和那些蠢笨的鸭并无二致。看杨丽萍的《雀之灵》，最好是远离舞台欣赏，别希求更近距离，太近可能会有更多的意外折磨你。

看一眼就走，完美就留存下来。看上去很美就行了，刹那就是美。把瞬间的美记住，忘不掉就是永恒，也不算自欺欺人吧。

2014 年 7 月 10 日初稿

2018 年 10 月 18 日改定

快乐的鼓手

跑马岭非洲动物食草区，散养着鸵鸟、羚羊、犀牛，多半是非洲土著，但并不纯粹，也有外来户杂居，如澳洲居民——鸸鹋、美洲野牛、欧洲白黇鹿。亚洲物种野驴、野马性情不羁，也喜欢“越境”来这里串门。站在高处远远望去，多种肤色的动物相聚共欢，正经八百一和谐的动物世界。自由往来当然也仅限食草区，和猛兽绝对不能“拆了墙就更是一家人”。真的废除了藩篱墙，食草的就成了食肉的美食，那弱肉强食的丛林法则就不可避免。食草的大多性情温和，大不了有个小磕碰，都是狗撕猫咬、鸡毛蒜皮的事，不用担心谁会被谁灭了。

鸸鹋属鸟纲鹤鸵目鸸鹋科的唯一残存种，在澳大利亚的国徽上，左袋鼠、右鸸鹋，可爱的考拉委屈落榜。尊贵自有尊贵的道理，因为它们独到。鸸鹋体型比鸵鸟略小，呈纺锤形，黑头黑脖颈，一袭灰衣，目光尤其犀利。鸸鹋羽翼退化得比鸵鸟严重，隐在身体两侧的小翅膀几乎看不到。只有遇上鸸鹋疾行，雄健的身躯两侧翅膀才挓挲起来，却可怜得只有巴掌大小，像是大鱼身边浮游的两只小蝌蚪。彻底告别了飞翔，不知还眷恋长空吗？无法遨游的人，做梦都想着高飞，鸵鸟和鸸鹋却不约而同选择了着陆。鹰隼依旧扶摇万里，看来人鸟各有志，未必循了一个路子去。鸵鸟双脚趾，而鸸鹋是三脚趾，如果脚上沾了水，走过的路径上是一串的“个”字。不过鸸鹋的“个”字，写一地很壮观，手笔也大。栖栖遑遑的小书画家永远也写画不来，他们只能机械地描摹。

鸸鹋性情温和，群里乱子很少，从未见过它们“斗鸡”的风采。从步行区迁居的时候都很顺溜，没有一个闹别扭的，没费劲就乖乖地上了车，和“钉子户”鸵鸟大不相同。草原物种迁徙是家常便饭，多数没有故土难离的情结。无根基也好，那随处都是根基，在哪里扎根都能活，也很快能蓬勃壮大起来。来跑马岭之后就明显地看到，它们适应新环境最快，几乎都不用倒时差。

鸸鹋喜欢优雅地踱着，慢慢地走来走去，整个非洲区仿佛就是自己的闲落庭院，想去哪儿就去哪儿。不管是城里还是乡下，富人和踌躇满志的官员，都喜欢这样的做派，乡下人这样描绘：背着胳膊，迈着四方步，吐着圆溜吐沫。放松自然就好看，故意要效果，拿劲，看着别扭。孔雀也喜欢漫无边际地走动，只不过稍有个风吹草动，轻则六神无主，重则一点形象也不顾，落荒逃亡。鸸鹋步履坚实，处乱而不惊，那份淡定孔雀学不来，鸸鹋好像不知道啥叫怕。若是选美，一般都是冲着外形去，首选肯定是孔雀，可它和鸸鹋在一起，在气质上要逊色不少。孔雀缺乏自信，美要打不少折扣，动物如此，人亦如此。

鸸鹋更是个发声狂，我觉得它最合适喊嗓子的，就是《空城计》里那段著名的西皮慢板：我本是跑马岭散淡的鸟！诸葛一脑子功利，满肚子野心，再怎么标榜也站不住脚。卧龙岗摇鹅毛扇的孔先生太虚伪，立这样的牌坊没用，也怪不得实在人张飞不喜欢他，气得要放火烧他房子。世人宽容，看客由着这帮子人睁眼说话，看破会心一笑，没人说破罢了。

鸵鸟骨架大，本事也大，却没大“架子”。鸸鹋见鸵鸟，却不“参拜”，既无亲昵，也无疏远，大大出乎意料。本以为“老二”见着“老大”，要连连作揖，啰啰个没完呢！让我想不到的是，鸸鹋看鸵鸟和看灰喜鹊没看出有啥两样，仿佛比它们大出一圈的鸵鸟不存在，更别说“唯鸵鸟是瞻”了。

鸸鹋在道上散步，见人却不让道，就是见车也不躲。大羚羊也三三两两地横了半条路径，都一副旁若无人的样子。非洲园区有千亩刺槐，开槐花的季节满林子香气四溢，四望满眼雪白。人与鸟兽会在一处，鸟追兽逐，欢声笑语，夹杂着槐香阵阵，一幅生动的感人图画。后来这半个区域就不通车了，改为步行，担心把这温馨和谐的场景破坏了。

鸸鹋乡下孩子般实诚，喜欢直来直去，一点戒备没有。它把谁也不当外人，给了食物有时能放你走，遇上它顽皮，不掏空口袋不好脱身。它们讨要食物和猴子不一样，绝没有“强梁”行径。它们吃东西不慌不忙，很沉得住气，不像猴子饿死鬼般风卷残云。没有谁讨厌鸸鹋的不依不饶，步步紧逼，全都当成了忘不掉的趣事。不兜圈子直奔主题的人际，开门见山地谈天，时下也变得珍稀起来。

非洲区是我常光顾的地，隐隐从它们身上感受到“世事洞明”“鸟情练达”，鸸鹋和人和鸟兽都保持了一个适宜的度，只是表现得没有“世故”和“圆滑”而已。它们不畏大，也不欺小，区域里无过从甚密的“朋友”，也无仇深似海的“敌人”，与邻里都能和睦相处。不知道这种鸟，魏晋时期来过中国没有？它们身上竟有“竹林七贤”遗风，不结盟，更不入伙。不同的是嵇康弹琴，鸸鹋打鼓。这是标准的“采菊东篱”，南山不光是在眼里，更是在心里，这悠然让人好生羡慕。

鸵鸟蛋圆圆的，个头大得吓人，鸸鹋蛋则是椭圆的，和它们身体形状差不多，个头也不小。颜色是在海底才能见到的那种深墨绿，这颜色深沉，是多年沉淀才有的绿。案头摆一枚鸸鹋蛋，闲来可端详可把玩，能让人在浮躁中沉静下来，心无旁骛地做自己喜欢的事情。

鸸鹋的鸣叫很特殊，听来很像打鼓，腹腔里像是安放了大功率功放机，咚咚咚咚地响个不停。它的发音部位不是喉咙，而是在丹田，沉重的低音，充满撼动人心的力量。大舞蹈家鸵鸟只要在那边起舞，鸸鹋这边鼓声就能响起，默契得像是心有灵犀。跟着鸸鹋的鼓点节拍跳舞，就不再是华尔兹和伦巴，而是劲爆迪斯科。它们平时相见默不作声，此时居然如此步调一致，心照不宣，想来也匪夷所思。一只鸸鹋打鼓，像非洲手鼓，一群鸸鹋打鼓，就是爵士了。沉闷重音底鼓、激越军鼓、澎湃嗵嗵鼓齐鸣，响彻整个非洲区。赶上鸵鸟跳舞，敲！吃饱喝足来了兴致也敲。有客人围观，打！空无一人，还打！打鼓成了它的日课，如果没有听过鸸鹋叫，还以为这里有演出呢！幸福着自己的幸福！快乐着自己的快乐！

伯牙抚琴，渴求的是知音；鸸鹋打鼓，却纯属自娱自乐。爱听不听，不听拉倒，泯灭不了的个性在鼓里，打磨不掉的棱角也在鼓里。总之，鸸鹋不随大流，说幼稚就幼稚吧，快乐开心最重要，媚什么都是负累。这样的不成熟才是大熟！虽行为离经叛道，鸸鹋却不见半点仙风道骨，朴实得不能再朴实，应是现实主义的范畴。不解的是它的超然物外是来自哪里？这疑惑一时半会恐怕找不到答案，但也给我大大惊喜，现实主义的形式同样可融进浪漫主义情怀，说来不矛盾吧，出和入没有什么能禁锢，全凭自己内心驱使。鸸鹋，快乐的鼓手如是！就境界论，它是真正无为的大艺术家。名家之所以名家正因为名家，大家之所以大家正因为大家，名家、大家哪里是一句轻薄的话就能荫封得来。

2014 年 8 月 25 日星期一初稿

2018 年 10 月 22 日改定

吴有贵

吴有贵脑子活泛，鼻子也尖，跑马岭一开工建设，他就嗅到了票子的香味儿。第一个在动物世界大门口摆摊点，无争议的地摊商首席。他心心念念地挣钱，一两年日子就殷实起来，该淌的油都浸出来，只是流油流错了地方。他身上的孬油全都糊在领子、帽衬上了，亮亮地晃眼。不该抛洒的都没浪费了。说啥有啥，想啥来啥，别人钱包瘪着，他却鼓囊起来。那时我们抽"红大鸡"，他不是叼着"白将军"，就是"红塔山"。

吴有贵的家离这儿不远，抬脚就到，来回搬运东西，省了不少脚力。传说当年秦王李世民蓄谋造反，率一帮人在此操练兵马，跑马岭的名这样得来。他们闹腾得动静很大，隋兵循声而至，搜捕反贼，李世民屈身藏在庵中，躲过一劫。李登基后此庵改为藏主庵，小村也因庵而得名，一听来历挺唬人。小村不大，三家一片、五家一块地在山坡地上立着。

野生动物世界落脚前，村庄和山下的联系就一条狭窄的羊肠路。赶趟李家塘集，十五里，出门披着满天星，卖的卖完，买的买下，就得顶着月亮往家赶。很多果子和药材都出不去，除了自己用一点，剩下的就自生自灭了。现在这里的柿子，秋天黄灿灿地挂满树枝，还是无人采摘。软柿子不好运输，路稍长就颠簸坏了，关键也卖不成钱。

吴有贵脸黑，除了那口牙，几乎见不到白地方。他做事不腻歪，小眼睛却闪着机警。他和谁说话都客气，去他那儿拿点小东西，只要熟他都不要钱。过节在单位值班，饭点容易拖，肚子经常饿得咕咕叫。有时路过他的摊位，还没等开口，他就把一根刚烤熟、热乎乎的烤肠递过来。他还知道我喜欢吃旺旺食品，经过他摊位的时候，他咋呼一嗓子：接着！顺手就将一包仙贝扔给我。不经意的时候，还往往吓一跳。和那个开饭店的小钱比，一个天上，一个地下。

大家买东西自然去他那里，摊子前人多了，游客也被吸引过来，里三层外三层的。吴有贵的摊子最火爆，他送人的那些小东西，顺便就摊销完了。吴有贵好说：吃不穷，没人理就黄了！他懂生意经，知道如何舍得，小算盘拨拉得精到。

吴有贵邋遢，他摊子周围，遍地都是包装纸，烤肠机下一片片的油污。一不小心踩上去，得把鞋子粘下来。过节去他那里检查，他也不知哪根筋不对，不识时务地蛮横起来，好像扳着门框就硬气，怎么说也不理会。争吵升级就要变成肢体接触，没等年轻气盛的负责人抬腿，吴有贵忽然间开窍拿腿跑了。后来见面还不忘幽默一句：要是跑慢了，我这条腿肯定残废了！大家忍不住笑他，剑拔弩张变成一团和气。吴有贵回过神来，敬一圈烟。

吴有贵和开饭店的老毛不对付。老毛当过兵，一身的蛮力，一语不合就动手。人多的时候，吴有贵捣鼓了两个摊子，一个在大门口，这是游客必经之地，另一个居然摆在了老毛门口。老毛还没等他铺摊子，就携子将女打将出来。老毛壮得像小牛的儿子，横眉竖眼的姑娘，三下五除二，就把他的摊子掴了个底朝天。吴有贵脚下生风跑了，远远看着散落一地的货物，听着老毛一家的怒骂，竟得意地笑了。老毛骂的时间太长，买东西的绕了道，全都上了吴有贵这里来。生气和拳脚不是生意，吴有贵的声东击西还挺灵验。

吴有贵早早地买了车，在这小山村，不是第一，也出不了前五。过节时漫山遍野全是人，出租拉不迭，在外地打工的儿子，赶回来山下山上拉游客。村里男女老少齐上阵，吴有贵全家拧成一根绳，八仙过海，各显神通。过完节，小村撑得肚皮鼓鼓的，再出门都昂首挺胸。他的摊位也越来越大，品种花里胡哨的，有很多蹊跷的东西，都不知他是从哪里鼓捣来的。

吴有贵有时穿单位发的工装，其余时间，他不是一身夹克，就是西装。脚上那双烂糊的拖鞋不见了，穿起了皮鞋。原来不是有草就是满头皮屑的脑袋上，居然也能看出粗粗梳理过的痕迹。衬衣依旧油渍麻花，不合体的西装，包着那个和从前不一样的吴有贵。

喜欢动物的人永远不厌其烦，这里一年到头就人流不断。村里做生意的人更多了，从山下到山顶，沿路开了不少小店，还有路边摊子。见人多了，胆子也就放得开，发财心急的，追着游客兜售东西。路边也有人把喂饲料下的小鸡蛋，当山鸡蛋卖高价。很多人买回的水果山货，回去称都不够分量。乡村也渐渐地弥漫着些说不清的东西，还好，损失轻微，谁也不会太在意。挣钱上了瘾，心思也就挖空了，商品加上小农一搅和，不伦不类就有了，成就了不少扬扬得意的小贩。

我在动物世界时，吴有贵跟我说过多次，请我去他家喝酒。我知道，他请客肯定和老庞不一样，和老庞喝酒是性情，和他喝酒那肯定是炫耀。他用家当和席面告诉别人，他日子过得不错，别小看了他，说来也算比较朴素的动机。去他家标准肯定差不了，上不了茅台、五粮液，至少得是三十四度趵突泉吧。这种地产中档酒，也算当地名酒，一般店都能卖到一百多元，生产这酒的工厂，也在南部山区。吴有贵管得起好酒，只是我从没下过决心赴约满足他一次。对吴有贵的总体印象还不错，世上本无完人，况他！

2014 年 8 月 20 日初稿

2019 年 4 月 26 日定稿

冷血“酷哥”

要是数一数不受待见的动物，鳄鱼算一个，生得太丑陋不说，那张哭丧脸更败兴。想见鳄鱼笑容，比看铁树开花还难。鳄鱼典型的“老奸巨猾”“阴险毒辣”，杀机隐藏得最深。同样阴冷的蛇虽面无表情，但还能从它眼睛里传递一些信息呢。真揣摩不透这些“老谋深算”的家伙，肚里藏的究竟是什么货色。禽鸟活得简单，叽叽喳喳着悲与欢，聆听以情带声的鸟雀“唱歌”，是件很开心的事。

跑马岭上猴群最活跃，万亩园区几乎到处都有它们的身影，当然猛兽区是畏途。虎和狮子一个眼神足以让它们胆汁横流，一声狮吼虎啸，这群魂飞魄散的“小能人”，只埋怨爹娘少生了两条腿。个别胆大的，隔着猛兽区好远，扮个鬼脸，连狮虎的影都没见着就跑，以便溜回去“吹牛”，假些虎威震慑同伴。

国内动物园之间常交流动物，除了展出，也避免了近亲繁殖、种群退化。动物装笼很有意思，别看大型动物凶猛，一针麻醉扎上，几分钟就能束手就擒。猴子最难抓，它们的第六感觉特别灵敏，浑身好像长满了眼睛，吹麻醉针的吹管很难钉上它，猴子也因此更觉得自己了不起。捉鳄鱼最简单，只要踩住脑袋，几圈胶带往长长的大嘴巴一缠，鳄鱼就被废了“武功”，一点本事也没有。不厉害的厉害了，厉害的反而不厉害，狮虎、鳄鱼在这一点上都比不了猴子。

鳄鱼湾开园初最兴盛，有二百多条，像是被盗砍伐过的林子现场，横七竖八地满地都是。鳄鱼除了吃东西，基本不动，不潜水就蜡在地上。鳄鱼湾死寂一片，静得有些恐怖。紧挨着鳄鱼的长臂猿，却一天到晚报警器一般声嘶俱厉地喊个不停，这一静一动混搭成邻居，“一个哭的陪着一个笑的”。鳄鱼浮上水面，方能看清那双轻易不肯睁开的眼睛，闪着幽深的寒光，像是看不到底的古井。它们喜欢满身泥浆，贴着地皮晒太阳。这景象如陷阱，最容易迷惑人，所以，不大的鳄鱼湾需要铁栏杆围挡，以防游客疏忽大意。

猴子最喜欢逛鳄鱼湾，可能对这群悄无声息的“邻居”天生好奇吧。它们有恃无恐地跳过栏杆，极尽戏耍之能事，不是撩把水泼向鳄鱼，就是往鳄鱼身上扔石子挑逗。那种占了大便宜的开心，像平地捡了一大把钱，一副小人得志、沾沾自喜的神情。鳄鱼被愚弄嘲笑，始终无动于衷，像是进了大观园的刘姥姥。猴子整天盛气凌人，它们眼里自有自己，和大观园里荣宁二府的公子、小姐，还有时下的“富二代”一样，优越感强得要命

一个秋日下午，游客渐稀，天高云淡，一派诗情画意的景象。一群带着几分痞气、几分流里匪气的猴子吃饱睡足后，相约来鳄鱼湾寻衅。趾高气扬的猴子像是要在这里摆一个小品的擂台，看看谁最滑稽，谁最别出心裁。“猴戏鳄鱼”玩不出更多花样不罢休。对这群熟悉而又陌生的邻居，不管猴子如何闹腾，一池的鳄鱼依旧雕像样，好像根本就没有感觉到猴子的存在。这种安静不是刻意为之，而是一种习惯，更像修行了千年的功夫。

猴子使出浑身解数，简直快把鳄鱼湾闹成了猴谷。有的池壁上卖弄一下轻功，也有的翻出花样的筋斗，栏内栏外地跳来跳去。更兴奋的干脆踩着鳄鱼的脑袋，摇晃着身姿跳舞，在鳄鱼身上行走，歪扭着腰身，

如走平衡木。一声不响的鳄鱼仍旧保持着沉默。就在猴子玩得最得意忘形时，一只如同僵化了的鳄鱼，眼睛微微启开的同时，突然闪电般地回头，一口咬住了正在它头上蹦跳的猴子。围观的游客还没有明白过来怎么回事，鳄鱼拉着猴子迅疾消失在水里，水面上即刻泛起一大片殷红的血水，慢慢地扩散着，直到红得整个池子满是血腥。

鳄鱼的头部进化得最为精巧，狩猎时可以保证仅眼、耳、鼻露出水面，保持了很好的隐蔽性。

刚刚像是吃了“摇头丸”的猴子都呆了，不论是下池玩的，还是岸上观望的，一起哄然而逃，树未倒，猢狲却散了。这是以静制动的经典，本次猎杀比“温酒斩华雄”更快。慢的快了，快的却慢了，看来快和慢既可以一体，也可以矛盾，世上本无绝对。不久猴群就改变了散养的方式，被赶进猴谷圈养，不过猴子性情不会改，记吃不记打；鳄鱼也不会变，记吃更记打，不过，鳄鱼“犯错”的概率很低。

真下口一般不需要宣言。如果有人扬言要怎么样的时候，不用害怕，那绝对是虚张声势，吓唬人呢。真的杀手，不会提前告知。鲁迅先生说：人类的悲欢并不相通。我觉得动物更是如此。鳄鱼没有悲喜，所谓的鳄鱼泪不过是借泪腺排出的多余盐分而已。鳄鱼不露声色，善于伪装，冷血无情。猴子聪明外露，目光短浅，占点小便宜就够了。

实际上鳄鱼不是鱼，是爬行动物，恐龙时代的遗留。老王八贼，老狐狸精，更老的物种鳄鱼智商更高，据说高于虎。聪明得看不出聪明，那就成了大智慧。鳄鱼的头和龙有些近似，也许也沾了圣物的灵气。泰国的鳄鱼表演最盛，展现的是鳄鱼被束缚住手脚的另一种面目。枭雄遇到绝境，一般不做无谓反抗，顺其自然，留条命在就成，等待时来运转绝处逢生。鳄鱼也是，放上砧板当鱼肉，乖巧地任由摆布，不得已就委曲求全。一般爬行动物四个心房，鳄鱼五个，“肚里能撑船”的鳄鱼，也能受“胯下辱”。不过鳄鱼也有控制不好情绪的时候，咬伤和咬死过不少玩鳄鱼的。京剧《奇袭白虎团》里严伟才唱过：一旦间缓过劲来张牙舞爪又发疯狂。说的是美国军队，也挺像鳄鱼的。

中国到了汉代才有对鳄鱼的记载，唐代一度成了灾患，喜欢写奉承之作的韩愈还一改甜腻文风，写了凌厉的《祭鳄鱼文》，又许愿又恐吓的，据说吓走了鳄鱼。一书“退兵”，昌黎如椽大笔可谓神奇。鳄鱼鳞可入药，学名“土龙”，李时珍说可治“湿气邪气”，后又发现鳄鱼蛋白还可以杀艾滋病毒。邪恶到家居然一身是宝，鳄鱼皮名贵的可做服饰和鞋子还有各种箱包，且价格不菲。

远古鳄鱼身长可达十二米，因为环境，因为生存，进化成今天这个样子。早年鳄鱼和鲨鱼有的一比，不过鲨鱼离开水就没戏，两栖的鳄鱼却“能文能武”，水陆都神通广大。鳄鱼捕获猎物，不像猎豹和狮子靠追赶，它出其不意，攻其不备，一口就将河边饮水的羚羊、斑马以及渡河的羚牛咬断脖子。它喜欢烂泥塘，也有些“下三烂”，饿了，别说嗟来之食了，就是吐上几口，用脚踩了扔给它，它照吃不误。恐龙消亡了，它却能瘦身活到现在。凡是没那么多讲究，啥也不管不顾的，都能活下来，且活得都不错。这也许就是进化的“适者生存”吧！

在生物链条上，有温顺在生长着，野蛮也不会灭绝，鳄鱼也进入保护名单。如果将来有天大环境恶化了，它可能再继续瘦身，找一种存活下来的办法。跑马岭别出心裁，居然在没有温室的条件下，引进了这种只能活在热带或亚热带的物种，这是条死亡之路。要展示动物多样性，不是一味地不顾实际的异想天开，这小冷血“酷哥”究竟没有酷过有“小关东”之誉的零下二十度，全军覆没了。想灭绝一种东西，带它去最不易生存的地方就好，毁灭且兵不血刃。

2014 年 4 月 1 日 初稿

2018 年 9 月 25 日改定

绿林好汉

只要给猢狲二两颜色，绝对得开染坊，它们都是得寸进尺的茬、蹬鼻子上脸的货。到底自己几斤几两，还真没个数，猴子不照镜子更不称体重。别看猴王诚惶诚恐的三孙子样，可只要出来门，就不是它了，成了无王的蜂。三个一群、五个一伙的一群散兵游勇，无法无天的祖上德行暴露无遗。什么清规戒律啊，这纲那常的，对它们都不好使。

但是，如果话可以反过来讲，还就是猴子带活了这片区域。猴子要是整天萎靡不振，摔不死的瘟鸡一样，还真没办法让人提情绪。猴子好像生来就是挑战束缚的，随心所欲且逾矩。它们劣迹昭彰，并不为人讨厌，反而有无数的猴粉，甚至很多人专程来看猴子。任何动物要是抓住一瑕疵放大了看，忽略其余的话，就没有一种动物尽善尽美。

早年的跑马岭花果山一般，那些先入为主的猴子，即使山中有老虎，也有自以为大王的错觉。别说其他兽类了，就是贵为高级动物的人，它们也经常挑衅。猴子不仅察言观色，还会审时度势。见了高大威猛的男士，一般不招惹，遇上带食品的妇女儿童，想就此顺利过去，那还真不容易。

大门左侧的树林中，有群猴子活跃在这里，整天上蹿下跳的，把持着门口这个重要关隘。门口是所有游客进门的必经之途，守在这里，想吃什么想看什么全都“得来全不费功夫”。平时都在山坡上密林中快活，闪转腾挪着与生俱来的功夫。一会儿在这棵树上，眨眼间纵身一跃，腾云驾雾般又落到那棵树上了。若是争着吃东西看哪个不顺眼，上去就是一口，然后不等对方回过神来，就赶紧溜之乎也。吃亏的不善罢甘休，撒开四腿紧追不舍。追得上就一阵狂呼乱叫，猴毛飞扬。坐山观猴斗，事不关己高高挂起，没有谁管闲事。打起仗来看不出远近亲疏，“家族圈子”不管事，兄弟父子都看热闹，不打帮架。猴子没有“护犊子”这一好。

一天，一群靓丽女孩光顾，手里满是让猴子垂涎三尺的零食。这群天真无邪的孩子，马上就要看到五洲四海的动物了，此时正沉浸在兴奋中。这群觊觎多时的无赖，却犹如神兵天降，顷刻间就把她们围住。不知所措的美女们还没尖叫完，打劫者早就将手里的饼干、火腿肠、雪糕、水果一股脑儿地劫掠一空，嗖嗖地风一般没进林子。出手之快，简直就是金庸笔下的武林高手。较之古代的绿林好汉，它们进步多了，那时候打劫还需要寒暄，大喝一声“呔！此路是我开，此树是我栽，要想从此过，留下买路财”，显得啰里啰唆、拖泥带水的。遇上有闲情雅致的话唠，还能用些黑话嘎啦上一大阵子“天王盖地虎”，生怕“大水冲了龙王庙”。猴子来得简洁、明快，且惜言如金，半声不响。

传说跑马岭是以秦王李世民率军东征，在此操练兵马而闻名于世。李世民手下很多人都做过响马，我们济南老乡秦琼就在官府充当响马的“保护伞”，他和响马暗通款曲，黑白两道都吃得开。京剧《三家店》里，秦琼想洗白自己，开头两句的不认账很有意思：一不是响马并贼寇；二不是歹人把城偷。这个老实人不说实在话，他不说自己“通匪”犯事，反说杨林构陷他：杨林与我来争斗，因此上发配到登州。杨林是靠山王，那么大的官，和你一个县里的捕快斗得着吗？听着挺滑稽又牵强。尤俊达、程咬金老家离这里也只有一箭之地。听单田芳说《隋唐演义》，程咬金身上就有不少猴子秉性，喜欢挑乱子，几个人聚聚，要是打不起来，他就可劲两边架秧子。

猴子被圈进猴谷后，天天在猴王眼皮下，收敛了不少，杂牌军一夜间像是变成了正规军。给吃的当然不客气，但不主动去抢游客包里的东西。看上去训练有素，主要还是惧怕管理员手里的鞭子，也想着听话就能吃到他们的瓜果和干粮。定时投喂不再为肚子费心，看来仓廪实动物也知礼节。不过猴子天生贪婪，它们的腮上都有食囊，吃饱了还得存一些。不知它们在漫长的进化过程中，遭受过大饥荒没有，居然能衍生出这么个器官来。吃过食物的猴子，两腮挓挲着，一边鼓溜着一个大包，像是为充胖子，刚刚打肿了脸。

猴子和狼不知道哪个历史更悠久，两者都是群居动物，猴子聪明，狼智慧。狼团队精诚团结，头狼是表率，出行上顾老下护小，分配食物病残先得，不知是不是选出来的头。当猴王就为了多吃多占，仅管自己一家，其他都爱死不活，非猴王家族只能自顾自。厌恶猴子的恶行，又深深地体谅它们。动物本身秉性各异，不好强求一律。估计它们也愿意过“仁义礼智信，温良谦恭让”的日子吧？向好需要条件和理由。

关起来的猴子并没从根本上改变什么。猴子也就守着猴王家族，还有拎着棍子的管理员，看上去的乖巧不过是不吃眼前亏而已。惹怒猴王家族、冒犯管理员的代价很大。实际上内心并不听说听道，连把猴王也没当回事，偶尔的奴颜婢膝，暂时的俯首帖耳都不过是做戏。只要出了门该招惹的是非，一次也不能少。不久受不了藩篱之苦的猴子，有几只翻墙逃出来了，占据了九曲桥一带。这里有林有水，有平地和石崖，地势险要地形复杂。盘踞久了也就坐大了，在密林水畔神出鬼没，不光嘿唬人，看准机会还抢你个没商量。

单位负责人常进园区走走看看，他有个喜欢吃口香糖的习惯。那天他站在九曲桥上，查看游禽湖底防水该如何做，顺便掏出了块口香糖放在嘴里。这一切都被跟在他身后的猴子看在眼里，正当他倚着栏杆琢磨施工方案时，有个猴子已经悄悄地溜到了他的身后。说时迟那时快，猴子一爪插进口袋，没等他反应过来，就被掏了个干净。猴子抓了花花绿绿的一大把，转身就迅疾跑向湖对岸。

回到猴群中的猴子得意扬扬，一边嘴里嚼着战利品，一边看着他炫耀和挑衅。那些没有用的发票，三下两下撕个粉碎，然后爪子潇洒地一扬，那些碎纸片雪花般飘到湖里。好气又好笑的老总没想到竟然在自己的地盘上，被这样明目张胆地打劫了。口香糖无所谓，可那些发票还都没有报销呢，真是群祖宗！用黑话说是猴子没拿老总当“里口”（本地盘同伙），完全当了“外哈”（外地盘的生人）。老总也没顾上“么哈，么哈”，会说这个没用，只能“精神焕发”后“防冷再涂蜡”。

干过这票大的，它们胆子就更大了，作案频频。这次差不多相当于劫了“皇纲”，单位下决心收网，网子诱捕不行就吹麻醉针，猴子终究不是人的对手，被全部拿下扔进猴谷。做猴王的臣民心不甘，可又不老老实实，总是乱说乱动。笼子没法解决猴子的最终问题，一关就灵，可一放就乱，这是猴子骨子里带的。如来把猴子压那么多年，观音又给它戴个紧箍咒，也只能是应急，治标不治本。即使封了“斗战胜佛”，猴子也没能皈依，本性难移，到哪里不作孽不是猴子，猴子没佛缘，六根永远都不清净。

响马里有不少义士，不一味地打家劫舍，都是不得已而为之。程咬金那帮子人毁誉参半，估计不会单单劫富济贫。窦尔敦是个除暴安良的英雄，他去盗御马的路上自信满满地自我表扬：窦尔敦在绿林谁不敬仰。不以为耻，反以为荣。像个正气满胸的三军元帅。

想让泼皮猴子百依百顺，是人的一厢情愿，本就不该这样想当然。在自然中由着它闹，能闹出啥大乱子来呢？顶破天也就是抢点东西吃，好色，调戏一下异性，窥视猴王老婆美貌，也想着占为己有而已。猴子本有敬畏，听一声虎啸，受的教育却比读一大堆经书管用，鳄鱼池的血更能让它们记住，别玩大了！老是枉费心机地管，猴子都会暗自发笑，不自量力是最大的愚蠢。

2014 年 8 月 4 日初稿

2018 年 12 月 19 日定稿

马 金 花

济南梯子山最高，并肩的跑马岭矮它一头，但不甘示弱，赌气一甩头摆尾，逶迤出大片层峦。梯子山高，跑马岭长，上山路快二十里，九曲十八弯，山上山下要差半个季节，山脚开花了，山顶背阴处还残留着雪片片。横七竖八的山褶子里，山脚、山腰到山顶，零星散落了些村庄。

马金花家紧挨着山顶，从家到动物世界，出门溜达几步就到。她肤色微黑，山石一般，身材修长，常着身迷彩工装，多了分飒爽矫健，笑容里漾着善意，像枝山花。她在省城读了几年农校，毕业后就来跑马岭饲养动物，园里的非洲动物、亚洲动物都养过。不管养啥，用不多久都和她亲密无间，和她关系最铁的是长臂猿。

长臂猿淘气，脾气比猴子坏。不是隔着笼舍，人根本就别想到它跟前，就是它看不惯的饲养员，也得保持适度距离。不加小心的话，锋利的牙齿还有爪子，随时都会招呼上来。马金花却可以抱也可以摸，有的甚至还主动跳到她怀里撒娇，温顺得像小熊猫。长臂猿乖了，像个突然间改邪归正的孩子，看着一时还不好适应。

马金花最早接触的就是长臂猿，缘分就这样结下了。后来长臂猿笼舍迁徙了几次，她都亦步亦趋地跟随着。长臂猿犯邪是家常便饭，不大好打发。平时看上去开心得不得了，又好像没有一件事顺心，遇上一点不得劲就发脾气，像是在更年期里。别看它们人前又跳又蹿，人后却是另一副面孔，任性得不得了。单纯喂养省心，调教起来麻烦，灵长类所有的邪性，它们一点都不少。让它往东，它偏往西，让它追狗，它偏偏去撵鸡。

娘胎里带来的东西，不好去，也去不了，真是麻烦，养这点小玩意儿，还不如养狮子老虎省心。食草区那些大块头的犀牛、骆驼，倒是很规矩，吃饱肚子就行。这些敦厚的食草者，不用约束，它们也不会折腾，都是大大的“良民”。

长臂猿闹归闹，但一点不影响胃口，有的人生气不吃饭，长臂猿不，想得开，吃吗吗香。香蕉、橘子、苹果、鸡蛋统统来者不拒，窝头里掺上剁碎的肉末也会大快朵颐。人吃饱了易生淫欲，长臂猿则惹是非。好在整天胡吃海塞，身材却一点都不臃肿，比猴子还苗条，这应该归功于它们片刻不消停。天天在笼舍里翻飞跳跃，肚里那些瓜果李桃都变了能量，没堆积成脂肪。满身赘肉，走路都困难，就没法人前显能了。

灵长类动物有的漂亮，如金丝猴，有的可爱，像松鼠猴。长臂猿长了个好条子，身材一流，体操和杂技的能耐，无与伦比。它吃核桃和科比投篮一样，动作绝对不重复。磕，攥住核桃在地上碰开，一点一点地往外掏着肉吃。砸，用石头砸开吃。遇上兴致高时就拿着核桃，篮球一样扔够了，玩够了，再一扬爪，“啪”一声摔开。就对付核桃而言，它最少有三种方法。

跑马岭上林木茂盛，花花草草的漫山遍野。除了冬天，马金花上班的路上从不空手，她挖蒲公英，挖苦菜，掰槐叶、榆叶，还有小叶女贞。她割草时精挑细选的那些嫩芽，长臂猿最喜欢吃。一大早这群饕餮之徒巴甫洛夫的狗似的，恭候她到来，像是早年盼望赶集去的父母。一年三季，长臂猿都能吃到挂着露珠的鲜草嫩叶。渐渐习惯成了自然，赶上她休班，长臂猿会一脸的落寞和沮丧。

长臂猿天生爱美，住的笼舍却一塌糊涂。每天从后台到前台亮相之前，每一根毛都要梳理得纹丝不乱，像出嫁和赴宴一样郑重其事。一大早两只长臂猿就相互审视，看到脸上有东西沾着，就赶紧摘下来，头上哪绺毛呛茬了，就赶紧抚平了。不衣冠楚楚，绝不出门见人，它们互帮互助，也省了镜子。收拾干净利落恭候开门登场，像个角儿。只是有云鬓可理，无花黄可贴，不需脂粉自来俏，素颜也能打动人。光看光鲜外表不行，这些家伙金玉其外，败絮其中，笼舍内随地大小便，能把人熏个踉跄。马金花每天都要忍着头疼，把地面清理干净，夏天还要冲刷。冬季笼舍供上暖，发酵的粪尿，呛得人晕头转向，食性不好的能当场吐了。

不到一年，长臂猿看马金花的眼神变了，不再含有戒备，她抚摸它们毛茸茸的身体时，不再龇牙咧嘴地恐吓她。马金花心里激动得不得了，她的心血没有白费。当长臂猿趴在她肩上娇媚得不行的时候，她好像感觉这些家伙就是她的孩子，心里暖暖的，自己都要化了，一点也不次于上台领奖。

有次马金花生病，休息了一个多月。回来上班的时候，刚进了笼舍，长臂猿馆一片欢腾，如警报一般的吼叫此起彼伏，久久都停不下来，好像是欢迎她回归的一个仪式。那只从小就被她抚养起来的小长臂猿，更是一个鱼跃飞上她的背，从后边绕到前边，挂在她的脖子上，炫耀和马金花特殊的亲昵。后来还觉得不过瘾，又拉着她的手，做起了单臂大回环。

另几只也不甘寂寞，在原地没命地翻着跟头，好像是在比赛谁对马金花的感情深。折腾半天终于安静下来，然后都很规矩地跟马金花握手，一点都不像平日里的皮猴子。马金花掏出胡萝卜、大枣给它们，还有一大捆青草。看它们吃得津津有味，她开心得像个孩子。

乡间流言：喂不熟的马虎！马虎不是虎，是貔子，一种不大容易生性情的动物。猴子多变，也难喂熟，它们几乎不相信任何人，连养猴的都防着，吃东西从不放松警惕。长臂猿放下戒备，不再提防马金花的任何举动，和孩子深信家长一样踏实。

后来马金花去了非洲区养羚羊，离开的时候她的腿灌了铅一样，像是突然间离开自家孩子远行。再来到步行区的时候，她竟然一步都不敢走近长臂猿了，像是路过家门，并闻听到孩子喃喃。离得远远的，听到那尖厉叫声，她都心惊肉跳的。再来步行区，除非没有办法，一般她都绕着长臂猿走。

马金花肚子里没有《三字经》《弟子规》。对长臂猿她没打过一下，更无声色俱厉的训斥。只是千方百计让长臂猿吃得好，住得舒坦，玩得开心，少生疾病。浪子回头居然没用棍棒，真诚的力量无穷，爱是灵丹妙药。可着长臂猿耍闹，也没见翻了天，反而学了不少规矩，这是意料之外的。人则不然，娇惯宠溺，百依百顺，常出纨绔子弟，一味地感化未必在哪儿都灵。

就在前几年跑马岭的动物陆续迁走了，先是猛兽，后是那些食草动物，马金花又回到空旷的猴谷养羊。长臂猿最早就在猴谷里，她经常一个人默默地看着空空的笼舍发呆，想那些朝夕相处的曾经，想那些不分彼此的情谊，人就不由自主了。二十年一晃过去了，她从一个山村小姑娘，一晃人到中年了，儿子也马上读高中了，不过她对孩子很严厉。

2014 年 8 月 19 日初稿

2019 年 2 月 19 日定稿

猫　妈

猫妈人刚到中年，头发就灰了，还一脸忧郁。纯为一群猫，她跟着动物世界的班车，从济南到跑马岭来回跑，一跑十几年。对猫如此眷顾，我还是头次见，挺开眼，痴心不改好像就说的她。班车上热闹，像个移动沙龙，她几乎不接别人话，只静静地凝视着窗外，一车的鼎沸和她无关。班车上饲养员多，养啥的都有，就猫妈一个业余，成了稀罕一景。不就关照一群猫嘛！时不常来一趟就行了，这一车人，哪个都能托付。她不行，好像只有亲恭，猫才会吃饱吃好。爱，是不能委托的。

说实话，当时真搞不懂，她哪里来的这么大劲，照顾自家婴儿一样，精心呵护一群猫。跑马岭距济南四十多公里，来回一趟就一天，其他事情只能放下。一般人恐怕理解不了，这无功利举动的价值。切入实际谈她，根本就不成立，纯粹在时下毫无意义。她这些细小琐碎也很难被关注，甚至感动不了跑马岭，只能让为数不多的人另眼相看，心里暗暗给她竖几次大拇指而已。当然，作为一个人，无怨无悔地做自己喜欢的事，认可和不认可都无所谓了。

猫妈一潭静水的脸上，轻易见不到一丝涟漪和水花，总觉得深不可测，藏了很多不为人知，平常她很少讲自己。这些说不清，也就成了谜团。她怎么爱上猫？如何结猫缘？又是什么促使她年复一年地坚持着？

这一切，至今也没搞清楚，更没有答案。即使和她年龄相仿的女员工，也说不出个所以然来。

我仅仅是认识她，再多就是后来知道她姓徐，对于这个猫迷女人有好感而已，人无一点癖好挺可怕。有一天我陪客人进园，她急匆匆地喊住我。看她火烧眉毛般，似乎有急事的样子，我就将客人撂在一旁，认真地听她说些什么。没想到她是找我告状，说步行区有个小伙子，经常驱赶她的猫。她一肚子不快，一句话的事絮叨了十几遍，我马上表了态，她还一副不解气的样子。就像一个护孩子的家长，孩子被欺负了，出了气，也要再义愤填膺地声讨几遍才解恨。她细脚伶仃，祥林嫂般一遍遍地责备着：还是养动物的，怎么可以这样？

和她唯一的交葛，就是这一次。对猫妈的其他印象，不是道听，就是远距离地途说碎片。

换上别的事，我可能会敷衍一下，对她却觉得不合适，放下话就去生态馆找那个小伙子，告诫他今后注意，小伙子满口应诺。这件事后，我觉得和猫妈之间近了一层，自己的内心也似乎踏实了许多。毕竟还能帮上她，帮上一个感情全部寄托于猫、倾情又彻底的人。我小时也养过猫，浅尝辄止的爱好而已，和猫妈差了不止一截。

猫舍下边挨着海狮表演馆，上边靠近鹂鹊园。单位给了她几个围网，还有一些大木箱子。那些大木箱排成一溜，就成了猫的木平房。猫舍里铺的全是新被子、新毯子，看得出都是没有用过的。只是上面有不少鸟粪和雨渍，比世界地图还要丰富，好端端的表面给弄得面目全非。猫妈带来窝头、火腿肠、饼干，一大包一大包的。她不让猫吃剩饭，那些新被子，她说是生产小猫用的。

有幸目睹过一次猫妈喂猫。她先是蹲下身子，大猫的食物放在盆里，喂小猫的火腿肠拿着，一口一口等着吃完，放奶的小盘手托着，直到小猫吧唧光了。吃饱喝足，一群猫都围着猫妈呜喵地叫，她干脆就坐在地上，她腿上、肩上、身前身后全挤着猫。她摸完这只再摸那只，没有摸到的就委屈地呜咽，她就把这一只抱进怀里，贴着身子抚摸它的头和背。没养过猫，没见过大猫带小猫，这情景就看不懂。猫妈下山要走了，还有几只小猫跌跌撞撞地跟着，她只好又跺脚又挥手。慢慢地，慢慢地，她几乎是背着身，好半天才走出步行区。

没见猫妈穿过像样衣服，打扮几乎一成不变，只是人还收拾得紧趁利落。一个因陋就简的人，一个朴素到不能再朴素的女人，粉黛香水皆无，像幅素描。最扎眼的就是她那个包，鼓鼓囊囊地装满了各种食物，她拎着有些吃力。

据说她家里还有一屋子猫咪，老公不喜欢，没完没了地吵，慢慢地升级，直到离婚。自己家毁了，猫的家却完好如初。对于动物，人好恶不一，喜欢不喜欢都正常。养一只添个情趣就够了，要是三五只，屋里肯定待不住人。家里全是猫，这日子肯定没法过。当然，对动物态度可以迥异，不伤害是前提。广西小动物协会和屠户闹得不可开交，狗肉节几乎搞成了狗血节，狗毛满天飞，双方各执一词，至今还在打仗。

我曾带人到佛山街，去接一只老了的黄猫，赠者是一位六十多岁的老年妇女。老公常年在外地，她就养只猫做伴。儿媳生孩子，却坚决不允许婆婆养猫，不然就毅然决然走人。她只能妥协，决定放弃。即将装车带走的那一霎，老太太坐在地上撕心裂肺地哭。弄得我们左右为难，一时都没了主张。带猫回来的路上，大家很少说笑。刚刚目睹了一场声泪俱下，还有生离死别，我们兴奋不起来。那只已是风烛残年的猫，一路上一动不动，只是满眼狐疑地看着我们。猫丁兴旺，猫妈的队伍很快就壮大起来，眼下得有几十只了，这数量还会激增。猫妈还能独立支撑多久？不知道。在那条延伸进树林的道上，乃至整个步行区，到处都能看到猫妈的猫咪。猫是生命，不是玩物，猫妈的猫是亲人。我总觉得猫妈走得稍稍过了些，成了不折不扣的“猫奴”，爱一种东西适可而止才能更持久，乐在其中。一旦成为负荷，可能就会半道崩殂。这样看去冠冕堂皇的说法，却无法解读历史上那些画痴、竹痴、鹤痴、酒痴。像徐渭，像郑板桥，像刘伶，像林和靖。

后来她很长时间没来跑马岭，突然人间蒸发了一般。和她略熟的人也说不出她的去向，又成为一个新谜团。我知道没有极特殊的情况，她不会丢下猫一走了之。只是从那以后再也没有见过她，也没有听到过丝毫消息。一起坐了那么多年车，我们单位的人，没有一人是她的朋友。有关她的行迹，也就无从获知了。那几个小伙子吓唬过她的猫，她对这个单位有成见，看谁都爱搭不理的。只有小刘大夫和她相对熟一些，还走动过一段时间，后来居然也打不通她手机，这条唯一的线索也断了。

猫，有饭便是家，有吃在哪儿都行，和狗不一样，狗认家也认主人。树倒猢狲散，猫妈不来，猫也纷纷四散而去。转眼间猫舍只剩下一堆快沤烂的被褥，还有脏兮兮的碗盘。杯盘里都长满了绿毛，散发着难闻的霉味。孤零零的几个大木箱，还立在那儿，风雨淋得也有些朽，估计用不多久也就散了。她十多年的辛苦，就这样慢慢飘零了。猫妈功亏一篑，她苦心营造的世界坍塌了。

猫妈在时，猫一脸娇情，满眼友善。猫妈一走，猫渐渐地都成了野猫，机警如脱兔，见人就溜。远远地看到一只，眼里露出的全是凶光和敌意，让人不寒而栗。冷不防在林间相遇，会吓人一身鸡皮，继而唏嘘半天。猫特灵异，特别能和人亲密无间，它能看懂人心事，世事洞明。练达的猫寿命很短，只有十几年，比同是猫科的虎快差一半。这十几年她的第一代猫不少老去了，猫妈也恐难觅其踪，猫的老去是不让人见到的。猫是彻头彻尾的唯美主义者。

那些年，猫妈上山还算方便，回去却麻烦。她舍不得打车，只有步行，沿着近九公里的山路走下来，到李家塘再坐公交回市区。现在能想起的猫妈画面，是她走在山道上越来越模糊、风中还有些踉跄的身影。

真担心她薄如纸的身体，突然会像风筝被吹向空中。时间过得真快，转眼都快把她忘了。如写《跑马岭志》，猫妈不可或缺。她的虔诚，还有她和猫的那些事，值得书写一笔。

行文至此，我仿佛又看到飒飒风中，猫妈圣徒般走在山道上。春天来了，草青了，花也蓄满力量，可能就一夜间，跑马岭就万紫千红起来。周而复始的壮美，这是跑马岭挥之不去的外象。春风和煦，暖暖的醉人。不知猫妈一向可好？而今，猫妈还养猫吗？无功利心，也就说不上成败，什么结局都无关紧要。该爱的爱了，能付出的付出了，这就足够了。我也随即否定了我以往的世俗成败论。这段人猫情足够美艳，足够精彩。哪天，如和猫妈不期而遇，忆旧最容易伤感，和她聊天，我会一个“猫”字不提。

2014 年 9 月 16 日初稿

2019 年 4 月 9 日定稿

怎禁得一“愁”字了得

羚羊种类繁多，一部分就足以让人眼花缭乱，一眼能准确叫上名字，那得是资深饲养员。我有些脸盲，好长时间也没分辨出王朝、马汉，见张龙喊的却是赵虎的名字，和饲养员说话就露怯。羚羊面目各异，生动耐看，大弯角羚无疑是最漂亮的，透着贵气，看一眼就记住了。有种狗叫贵妇，除了一身卷卷毛，真没看出贵在哪里。娇娇滴滴的样子，最让人受不了的是那乞怜的眼神，说它贵简直是亵渎。大弯角羚独来独往，路过角马那儿从不停下来，看见犀牛更不打招呼，也不去羚羊群扎堆。在非洲食草动物区，斑马幸福的天伦之乐，鸵鸟热闹的家族之欢，似乎和它没有丁点关系。

羚羊家族庞大。白脸斑羚天生一张演双簧的小花脸，也像戏曲舞台上的丑角，长了个滑稽样，不用挠胳肢窝，看见一准笑。白沙剑羚威风凛凛，大将军风范，脑袋上那两只长角，像京剧演员的长翎子。掌中宝一样轻盈的小跳羚，让人看了顿起怜爱之心。庞大如牛的大羚羊，身段健美，这个族群天生一副好体貌。大弯角羚只有雄性长角，很长，呈开放的螺旋状，因而得名。它体呈黄褐色，侧有许多白色垂直的条纹。其他都是一群，唯独大弯角羚是一只，踽踽独行，如在草木茂盛的园区刻一道朦胧且清晰的忧伤，让这个区域多了几分伤感情调。

后来给这只孤单的大弯角羚征婚，我随口给它取了个名字“盼盼”。开园初期，从南非来济南途中，盼盼的老公不小心折断了脖子，离它而去。在度过短暂陌生的时日之后，安顿下来的羚羊兴奋地在新居撒欢儿。横跨三个洲，毕竟是件开眼界的事，在这里还能和老虎、狗熊、豹子比邻而居，却相安无事。没有撕咬，没了惶恐的追逐，没有惊心动魄的奔命，也没了弱肉强食，没有理由不庆祝一下。但唯独盼盼和《望江亭》里谭记儿一样，“独守空帷暗长叹，芳心寂寞有谁怜”。

不久，它有了自己的伙伴，是一只健硕的盘羊，敦敦实实的，肌肉鼓胀着，像练过健美。盘羊原来和非洲野牛一块儿玩，不知是它厌烦了这个憨乎乎的庞然大物，还是溜出来图个新鲜，觊觎盼盼的风韵？不管如何说，盼盼有了朋友，一个卫兵一样的朋友。盘羊很蛮，漂亮的是顶上有一副粗壮的角，可盘羊一脸懵懂样，哪里解得风情。看上去有了朋友，盼盼眼里依旧是深深的迷惘，好像并没有从悲伤中走出来。

征婚后，很快新郎就来了，来自天津的新郎，几乎是跳着蹦着来到跑马岭，“夜夜新郎”对羚羊也充满诱惑。那天整个景区过年一样，电视台、报社记者，看热闹的来了一大批。脖子上扎了朵大红花的新郎好帅，大家也都以为如此郎貌，盼盼定会春心复萌，后边肯定是缠绵悱恻洞房花烛共度良宵。长时间的寡居，苦了盼盼，半道添喜，还不一点就着！出乎意料的是，盼盼对于这趾高气扬的公子哥不大感冒，睬都不睬。挨到“婚礼”结束，就去愣头青盘羊那儿玩，把热情万丈的新郎给晾在那儿。“上门女婿”受不了这样的冷遇，一气之下，“拂袖”返回津门，尥蹶子蹿了趟子。

又半年多，盼盼的肚子还是瘪着，没有一点隆起的迹象。估计应该是想着那一个，心里也装着那一个，谁也别想再走近它。这种种切肤的伤痛，让它思念，思念美好的非洲草和那些无拘无束的日子。真搞不懂动物的爱居然如此深沉！如此刻骨铭心！想那只半途而丧的大弯角羚，该有多么的英俊潇洒，猜都能猜到那玉树临风的潘安模样，更重要的是与盼盼情投意合。盼盼的痴情，打动了很多人。盼盼的内心肯定很诗情，只可惜它不是李清照，不然它也会写一写这痛彻心扉的思念。

李清照多情，和赵明诚小别数日，就有如此美艳的两地书："薄雾浓云愁永昼，瑞脑消金兽。帘卷西风，人比黄花瘦。"她是写惆怅的大师，那么多绝句，美着阅读者内心。列举几句，恕我掉掉书袋。"正人间，天上愁浓""独抱浓愁无好梦""载不动，许多愁""一种相思，两处闲愁，才下眉头，却上心头"，全是美翻人的词句，盼盼也可借来一用。

突然有一天，盼盼怀孕了，肚子一天天地鼓胀起来，经兽医检查证实就是有喜了。"寡妇"怀孕这是新闻，有爆炸性，一向洁身自好，甚至可以说守身如玉，怎么可能做出这"不守妇道"的事呢？大家也纷纷猜测，盼盼的肚里成了迷，盘羊？不可能，非同类，基因有异。马可以和驴结合，狗和猫肯定就不行，不属于一科。就盼盼那眼界，谁能入它法眼呢？后来疑似大羚羊惹的祸，是不是盼盼看上了高大威猛的大羚羊呢？也说不准。再说，弯角羚喜欢夜间行动，夜幕下的事，谁说得清？当初园区还没有监控，可能一时激动，擦枪走火。

有家电视媒体记者对此最感兴趣，先期一连拍了很多资料，就等盼盼产崽的那一时刻，"生父"谜团就会破解。加上前期拍摄的素材，肯定是收视率很高的纪实片子。正等着盼着这个激动人心的时刻到来，却传来一个让大家透心凉的消息，盼盼流产了，且不知道那个不幸的小羚羊丢弃在了哪里。偌大的跑马岭，茂密的植被，苦寻好久无果而终。看着盼盼平了的肚子，大家都惋惜不已，最懊丧是那个记者，他的纪实连续剧泡汤了。

鲁迅先生有句名言：有一种动物受了伤，并不嚎叫，独自挣扎着回到林子里，倒下来，慢慢自己去舔那伤口，以求得痊愈和平复。盼盼也不想把自己的不幸展示给人看，是不是也要一份尊严？不好揣度。

盼盼“寡妇出轨”，这算不检点吗？有那份唯美的情足够了，不苛求的好。在所有了解盼盼的人的内心，那块“牌坊”定然倒塌不了，就是有“履历档案”，也不叫污点。不知道在羚羊群中，有谤毁没有？也让我想起一位很著名的文学大家，结发妻子早丧，他在妻子坟前发宏誓：一生就她！结果墓前黄土未干，两个月不到，就寻了新欢。坟前的要死要活，恨不能随着去了的话都成了糊弄鬼，特殊情况下说两句过头话，不要当真的好，也无须责怪。一旦被道德绑架了，谁都不会达标。

过完了“月子”不久，盼盼重出笼舍，依然迈着两条修长的腿。后来盘羊被交换到外地去了，失去了唯一一个与它朝夕相伴的朋友。看着它那漫不经心的步子、憔悴的面容，瘦削的身材更加骨感，眼里的忧郁也更浓了。长颈鹿那儿是个熙熙攘攘的地方，盼盼和它挨着，但总是绕着走，不想蹭别人家的热度。

我离开跑马岭一晃好多年了。几年中，这里已物是人非，动物大多乔迁去了另一个地方，盼盼的去留也无消息。不知道它近况如何，还是那样每天都独自站在那个高坡上，深情地望着远处半天不动，静静地发呆吗？它身上那几条写在肩部的白线，衬托出的美让人心醉，它的眼睛越来越凹陷，身子嶙峋得厉害。这是我离开那之前的大弯角羚的全部境况，看着就不免内心戚戚，像是看到茶花女的骨骸。它没有苏小小那份洒脱，情感模式很脆弱，受伤后难以修复，同林黛玉差不多。

这份孤独的爱，值得盼盼这样坚守吗？我一直在想，我用如此俗的思维方式和观念解构盼盼，可能永远没法抵达盼盼的内心。这份情不需再多说些什么，又“怎禁得一‘愁’字了得”呢！我身上眼里多的是红尘，我的灵魂更是结了不少垢，我内心固化了许多俗世标准。这样看人看事，容易走样，就是表层也未必看清，就别妄谈深层及核心了。

2014 年 4 月 27 日初稿

2018 年 11 月 22 日改定

梦回大漠

衣食无忧，对于好逸恶劳之徒来说，是巴不得的幸运，如吃货狗熊和猴子。可对于那些以跋涉为己任的动物来说，无所事事太煎熬，近乎行尸走肉。马革裹尸对于有着浓郁疆场情结的将士，是最为完美的归宿。边塞口号“黄沙百战穿金甲，不破楼兰终不还”说的大致就这意思。

鸡鸭、猪羊从自然走向家禽、家畜，不会太费周折，猫和狗的世俗化时间也不会太漫长。有说狗是从狼而来，不好轻信。猫跟虎的师徒说更是不经。猫狗本身固有的野性不多，轻而易举地就被俘获驯化。钱多了容易胆大包天，有人竟养狮子做宠物，富得满地淌油的那类，干脆养只虎炫耀，可算是新世新景。鬼可以推磨，但狮虎不可牢笼，有钱买不来应景。鹰可以养，蒙古、新疆就有猎人专门驯养帮着狩猎，但干几年活就要放掉。它需要的天地很大，不能长时间禁锢，那样还不如被杀掉痛快。虎豹更难家畜，因为它们没法被驱使，不能使人称心如意。

骆驼和牛差不多，可以野外生存，也可以拴槽与骡马为伍，它们对羁绊不敏感。早年北京就有把骆驼当作家畜养的，和骡马一样驮运货物。来到跑马岭，这群“沙漠之舟”就过上整日吃了就睡、睡醒就吃的日子，浑浑噩噩。没了风沙，没了跋涉，生活习惯坍塌得一塌糊涂，再也找不到一丝原有的影子。人无所事事久了，会脑满肠肥，骆驼完全闲下来，也会萎靡不振。骆驼的营养都积在驼峰，高高地耸着，像是一身无用的赘肉，好在骆驼不是生事的主。只在交配的那几天，释放一下全身的激情，算是平静日子的“娱乐”。

食草区进门不远，就能看到骆驼园，这是块较为平整的地。它的左邻是在秦岭不可一世的金毛羚牛；左上方是一群家族势力最大却整日心惊胆战的鹿，其中还有“四不像”麋鹿；右上方是“高原之舟”——牦牛，黑的、白的、花的都有，牦牛家丁兴旺，繁殖很快。这两“舟”来这里，好似进了港湾，但起航却遥遥无期，估计进了这个园子，就不会再等到那一天，它们会在这片陌生的山林里终老。

我曾在离骆驼园不远的地方，捡拾到一块长长的骆驼腿骨，知道在土层下面应该还有整个骆驼骨架，我没有继续深挖就离开了。这骆驼是伤还是病？没有深问。站在掩埋骆驼的“墓地”，再看一看园子里出生不久的骆驼幼崽，骆驼的一生好像一眼就能洞穿。在无路可行的沙漠里，见到骆驼遗骸，就像路边的石刻，只是个标记而已。在素昧平生的跑马岭见到骆驼尸骨，客死他乡，叶落未能归根，未免有些凄凉。沙漠之于骆驼是开始，也是终结。曾在广州白天鹅宾馆见到一位香港雕刻艺人，可以把骆驼骨做成很多精致小挂件，生意很红火。他们如此青睐这预示艰辛的东西，出乎我意外。细想想从手艺人到客人，他们不懂骆驼，他们更应该喜欢貔貅。

在这几个区域里，不停地到处客串的是两只白黇鹿，为骆驼的单调平添一丝快活。它们原产欧洲，生得娇小而华美。据说是幸运之星，外出遇上它会交好运，确切与否，不得而知，反正导游带来客人的时候，一遍又一遍煞有介事地介绍，像是放录音一样。但愿它们能给邻居尽可能地带来些好兆头，当然说说而已，它们不会让骆驼有半丝回归大漠的转机。

骆驼园不算小，进来要过两个陡坡。自驾游的客人喜欢在树丛中泊了车，下车给这些大个子喂喂草、拍拍照。骆驼不稀罕，有动物园的地方几乎都有，可一般很少能见到这样大的种群。有时单看个体见不到妙处，真的成了规模，那就完全不一样了。看一小片油菜花，并无新奇之处，可到江西婺源看漫山遍野的金黄，壮观到心潮澎湃，大美都有震撼的力量。角马，这种叫白尾牛羚的家伙太丑陋，有些惨不忍睹，可每年为寻找水源，上百万只角马在非洲大草原迁徙的时候，那种遮天蔽日的气势，也是天地间的大景致。骆驼多了也如此，权且称之“小大美”吧，所以不声不响的骆驼也能吸引不少人。

骆驼很少兴奋，习惯用忧郁的眼神漠然地看着四周。只要是驼峰上无重载，它的意识就是模糊的，梦游一般。骆驼不会刻意哄他人高兴，只是一丝不苟地吃着游客送上的草料，那深沉反而让人估摸不透。当然，也有骆驼开心的事，节假日拉一只骆驼供游人骑，骆驼好像才能找到些感觉，乐此不疲地驮着人逛游。骆驼喜欢忍辱负重，生命好像就需要劳其筋骨才能踏实。老舍先生懂骆驼，他把拉洋车的祥子和骆驼搁在一起，成就了著名的《骆驼祥子》。

这是个喜欢“低头拉车”的家族，骨血里没那桀骜。除非到了每年十二月份的发情期，公驼追起母驼来，速度可达每小时七八十公里，比骏马还快，性情也一改平日的温顺。荷尔蒙在身体内积累到了一定数量，理性就会顷刻毁掉了。寻求爱的动力如火山一般，一旦喷发，就不可遏制。

饲养员训练了两只小骆驼，周末就拉到步行区照相。开始不是太放心，驯养员就先是试着骑了几圈。没有想到的是，骆驼是那样的顺溜。缰绳一松，骆驼就迈开步伐踏踏前行，到了指定地点，缰绳一紧，它顺势就掉过头来，一副训练有素的模样。如此往返几次，骆驼就录入程序一般，按部就班地走起规定路线来。

骑骆驼先是踩上个大凳子，然后叉开腿骑在骆驼背上。在它宽大的两峰之间，可以坐两个孩子，也可以坐一个大人一个孩子。在步行区这个活动很受欢迎，能排起很长的队伍，成为家庭游的不二选择。一般是母子或母女坐骑，父亲手执缰绳。很多的孩子，骑一圈觉得不过瘾，骑两圈还赖在驼背上不下来，手扶驼峰，颤颤巍巍地晃悠着，不时发出大笑或惊叫。牵着一家幸福的老公，一脸心满意足。这里留下了很多幸福之家的光与影，这也是骆驼唯一的用武之地，快乐着他人的快乐。

就这样不停地走着，骆驼好像没有疲惫的时候。我经常到园子里看骆驼，总觉得这山、这树都不是它们的背景。春天骆驼换毛，一层一层温暖了骆驼一冬的驼绒卸去。退驼绒的时候，不是一蹴而就，而是一片一片地掉，像是穿了件破棉袄，叫花子似的，和拉洋车的祥子差不多。虎妞喜欢祥子不惜力气，不嫌弃他破衣烂衫，爱讥讽他：你这傻骆驼！不管怎么说，骆驼无“小账”可算，更没有“小算盘”可打，是个憨直到家的大个子。

骆驼的脚蹼很大，步履坚实，无论走在沙漠还是石阶上都稳稳的，过起伏的路段无颠簸的感觉。默默地前行，不事声张，这是骆驼。和那些做一个动作就要回头看半天的狗熊大不相同，再小的付出都要换回主人的奖赏和围观者的掌声。一点小伎俩都要满世界炫耀的猴子不会默不作声，从不看脸的骆驼在它们求赏赐的时候，已经走出很远。一个人，乃至一个民族更需要这样的踏实，才会负载着理想，走向远大和辉煌。鲁迅先生说过，我们这个古老民族里，有几种弥足珍贵的人，埋头苦干和拼命硬干的人，好像就是骆驼所为。一味地取宠和邀功，会让所有的努力变为虚无，变成纯粹的表演。

有一天我路过驼园，正赶上它们“午休”，所有骆驼都趴在地上，无精打采的样子，长长的为它们抵挡风沙的睫毛来回扑扇着。深深的焦虑长满了湖水般的眼睛，眸子上竟然挂了大大的泪滴，像是秋后草叶上的露珠，只是有些混浊。还有几只骆驼居然合上了双眼，微微地发出鼾声，想它们一定是有梦了吧！我耳边也仿佛听到那支熟悉的歌：攀登高峰望故乡，黄沙万里长。何处传来驼铃声，声声敲心坎。盼望踏上思念路，飞纵千里山。天边归雁披彩霞，乡关在何方。风沙挥不去印在历史的血痕，风沙挥不去海棠血泪……是啊！思念不老，希望就在。

那梦境一定是大漠，黄沙无垠，驼铃声声。是，一定是！驼走大漠，雁排长空，是最美的画。梦再大，它们也不会挣脱藩篱，逆来顺受惯了，这是骆驼。去了不该去的地，做了不该做的事，只能是不开心，哀莫大于心死，好像说的就是这事。山水大诗人孔孚先生撰写《骆驼峰》，为它们的回归呐喊：放它回风沙中去吧/看它眼都望穿了/落日那么大/一定在戈壁上跑呢！

2014 年 8 月 28 日初稿

2018 年 11 月 9 日定稿

哦，草泥马！

这群不伦不类的“自来熟”，进了步行区还没扎下脚，就蒙头上脸起来，见谁给谁亲，逮谁跟谁腻，热情得让人受不了，一时都不知怎么应对。这群看去少心无肝的家伙，真是少调失教。它们样子怪怪的，形体像微缩版的骆驼，面目有几分像羊，后来知道它们的名字叫羊驼，还有个动画名，叫草泥马。

步行区小广场是动物世界的“少儿频道”，很多小动物童年期都要在这儿度过。猴子关进猴谷之后，这里吵嚷声也稀缺了，像是散了的集市。没了喧闹，也就少了乐趣，看动物本就图个热闹，没人喜欢老老实实的痴呆相。早先猴子整天闹“乱子”，烦得够呛，可一旦安静下来，又觉得不对劲了。要是小动物都“小大人”似的，站有站相，坐有坐相，该皮的不皮，一准有病。

大人孩子都喜欢这个区域，这里趣事多，开心自然也多。小崽子不安分，小狗熊吃饱喝足，爬得满树都是，远远看去像是结了一树“狗熊果”。小狮子和小老虎喜欢玩“自由搏击”，“摔跤”掺和着“拳击”。无关输赢的打斗，这群两小无猜的青梅竹马，没有结出“狮虎兽”的果实，终是遗憾。狮虎的顽皮难见精彩，无令人捧腹的神来之笔。羊驼一出场，把它们的戏份给抢了去，愣头青猴子也只能甘拜下风。

动物世界不大适合上演正剧，全一本正经板着脸，看着忒累。半半青青的“二人转”、小品、相声、魔术、杂技、笑话，说唱艺术最开胃，动物的“曲苑杂坛”空前受欢迎。人都喜欢热闹、稀奇，一个相声段子可以反复听，一个小品可以反复看。羊驼傻小子来了，像是换了台更精彩的频道，但仔细打量羊驼那双大眼，水汪汪闪着光亮，看不出一丝呆气，倒像是济南话说的“掂憨”。

猴子太鬼、太坏，抢东西不说，不给就咬人。没心没肺的羊驼从不偷袭，要东西直接从人手里去拿。偶尔有个小恶作剧，也不让人反感。和人一样，动物生长在什么环境很重要，习惯来自经历。济南这两年在市区常见到松鼠，松鼠很机警，一看见人甚至听到声音，就远远地跳到树上，瞪着双眼和人对视。佛慧山的松鼠就不惧怕人，能跑到人手上吃东西，像是家里养的宠物。时下，这一幕很温馨，也很感慨。

羊驼故里是南美安第斯山，不知是不是也有踢足球的天分，反正属于多动症一类患者。有时没有任何理由，一群羊驼突然拼命奔跑，像是被子弹追着，到了栏杆边缘急刹住，头和脖子都到了栏外，身子却能稳稳地站牢。羊驼刹车性能好，属“豪车配置”，这也是山区练就的本领。它们自控能力超凡，即使在山间奔跑，到了悬崖边也会立马停下来。羊驼还有狗一样的听觉，一点声音很远就能听到，典型的“顺风耳”。

节假日，骆驼从食草区过来，挨着羊驼跟游客照相。看着自己放大版的近亲，小羊驼都兴奋极了，用奇异不解的大眼睛，傻呵呵地看着和自己撞脸的庞然大物，有的跟着骆驼亦步亦趋地学着它的步子。骆驼也一脸懵懂地看着羊驼，不知这群小个子是来自哪里的亲戚，边驮着人还时不时回头看。似曾相识，毕竟亲切。骑骆驼的人也跟着回头，后面跟着的这群缩小版骆驼，像是学大人样的小侏儒。亦庄亦谐，相映成趣。看热闹的人围了一堆，半天才能明白，原来不是“一家人”。骆驼和羊驼都能负载，可一个沉默寡言，一个活泼好动。

棕灰色的羊驼生了只小羊驼，黑色的，特显眼，据说羊驼有二十种颜色。小羊驼看啥都新鲜，吃完奶就怯生生地躲在广场一角，生怕有什么意外。那阵子正好赶上维修外围的栅栏，就在长臂猿的隔壁围网中，暂时把它们关一段时间。

市电视台对羊驼兴趣浓厚，来一拨儿人认养。几个如花的美女记者隔着栅栏，看着这些天真无邪的眼睛，掏光了包里所有能吃的东西。可放出笼舍的一刹那就不一样了，都疯了一般地往外窜，像是囚禁多年的越狱囚犯。几个姑娘吓得花容失色，一个还差点被一只不知轻重的小羊驼给撞倒。好在摄像是位稳重的小伙子，一个镜头不落全都拍了下来，成为难得一见的画面。

羊驼最喜欢吃苹果和胡萝卜，还有树叶和秸秆，有点像长颈鹿。和食草动物最大的不同，就是如果吃地上的草绝不拔掉根系。但只要见人手里拿着东西，就追着要，不吃到绝不罢休。东西刚落肚，就转头盯下一位，不过它们不硬来。逗羊驼玩，最好手里拎着食物。有一游客寻开心，故意将食物东躲躲西藏藏，还一个劲儿地疾行，直到觉得尽了兴，才肯把食物放进羊驼嘴里。对于这种戏弄，羊驼的忍耐也是有限度的。你要真的不拿它当回事，它就会趁你不备，一口黏稠的唾液喷到你脸上，让你也体验一下“绅士”发怒的滋味。

神兽羊驼的另一个名字，这些年很火，应用也很广泛。有次一家三口来玩，头上顶了一撮毛的儿子见了羊驼就禁不住大喊：哎！草泥马！哎！草泥马！一蹦一蹿地跟着羊驼，还一手指着爸爸。引来一片哄堂大笑，比相声抖个包袱效果还好。爸爸一脸尴尬，妈妈若无其事，责众人少见多怪：有啥好笑的？就是草泥马嘛！笑声才尴尬地打住。有位摄影记者朋友在某事上受到侮辱，气不过，发微信发泄，说自己心里跑着一万只羊驼。羊驼还能平复情绪，化解仇恨，这功能是无意得来的。国人都喜好委婉含蓄，骂人不吐脏字最高明。

羊驼住下来不久，和周围一堆动物都成了朋友。和小兔子那是莫逆，天天在狮虎那里转，小猛兽都抢着趴在玻璃围栏上，伸着脑袋亲昵。长臂猿是隔墙的芳邻，孔雀常来常往，见面点头互致问候。有些“二杆子”的羊驼出乎意料，它们自己不内讧，“内政外交”都搞得不错。猴子一肚子“坏水”，却落得猛兽区不敢去，鳄鱼湾更成了“死亡地带”。“蓑衣”猴子的最终结局，满园子一个朋友没有，连它们的近亲环尾狐猴和长臂猿也是见面就龇牙，不共戴天的样。

实际上所谓的完美不存在，有缺陷才正常。羊驼交配时，一群羊驼就一只雄性有交配资格，其他只能眼巴巴看着。别看平时和和气气的，一到交配就翻脸了，这有些像是金毛羚牛，比猴子还霸道。还有生育，每次只一胎，无法多胎生产，这都是羊驼的美中不足。交配的那只肯定是最健壮的，对于优生来说不是坏事，可其他雄性的“性权利”被无情剥夺了，也有失公平。

柏拉图说：我们看到由自身推动的东西是不朽的。我们可以毫不犹豫地肯定，这就是灵魂的本质和定义。也就是说，灵魂的本质是自动。任何物体的运动如果来源于外部，那么这个事物是没有灵魂的；但若一个物体的运动源于自身，那么这个物体是有生命的，或有灵魂的。羊驼被驯化了很多年，但并没有被驯服，因为羊驼有灵魂，可以自主控制自己的行为。简单如羊驼，放下所有该放下的，它不想长大。纯真让它年轻，纯真让它漂亮，纯真让它自我，纯真更让它幸福快乐地不停奔跑。

2014年9月15日初稿

2018年11月27日改定

不记仇的“小人”

天下没有不散的筵席。各色动物粉墨登场，在跑马岭上咚咚锵锵地要闹了十来年，尚未尽兴，就匆匆拉上帷幕，换了舞台。前几年，野生动物世界迁了，到济南东部新扎了台子。戏一散，飞禽走兽都不见了，这山、这林、这草木都寂寞下来。瓦蓝的天、洁白的云没了看客，闲得有些无聊。常想起的是那些猴子，那些市侩得令人生厌却又义举感人的猴子。猴子心胸也小也大，小到睚眦必报，大到可以撑船。反正猴子有了勺子碰锅沿的不快，撂爪就忘，相互没有永远的敌人。就连性命交关的霸主之争，也是胜负决出的那一刹那，恩怨一笔勾销，再无爱恨情仇的陈年老账。

猴谷是乱子窝，天天战火不断，这边还没打完，那边又交火了。想让哪一个发扬点风格，几乎没有可能，猴子从不顾全大局。这让管猴谷的猴梁很不省心，呜里哇啦地不停咋呼，又吹哨子，又打弹弓的，离着近了还成，远了喊也白喊。猴梁疼猴子，多是吓唬，他下不了手。他嘴里呜呜地说啥，听不懂，估摸有可能是约定俗成的口令。早年的乡下，见过犁地的牛能听懂“依依、喔喔”，拉车的驴知道“嘚驾”是啥意思。猴梁扔鸡蛋给一只瘦弱的猴子，却被一只大猴子上前抢了。猴梁高声呵斥，那猴子当成耳旁风，一边跑，一边看着猴梁追过来没有，叼着鸡蛋扬长而去，在远处煞有介事地吃，得了便宜还卖乖的样子，让人忍不住笑出声来。

二宝是只母猴，身怀绝技，是曾经风云一时的明星大腕，跟着猴梁天南海北闯世界，又上电视又登报纸的。过多的掌声让二宝不可一世，谁也瞧不上，连它母亲和妹妹都不放在眼里。它六亲不认，为争抢爬杆跳水，它恐吓过母亲，还咬伤过妹妹，脸都挠花了，背上还翻着块皮。在猴谷它一个朋友也没有，那时它年轻气盛，整天一副唯我独尊的架势。

二宝吃的是技巧饭，骑车、走钢丝、演小品，全套绝活，是表演团里的头牌。尤其它表演被枪决，天分毕现。这边一举玩具枪，它就做出怕死恐惧状，双爪抱头，一副大难临头的样子。枪一响，它就用爪子捂上胸口，趔趄几步，像是被击中了胸膛。再打两枪，它才歪歪斜斜地挺身倒下，完成一次被枪毙的全过程。节目很受欢迎，久演不衰，成了猴子的压轴戏。

小鸡子练就的是硬功，后来当了猴王。二宝却不把它当回事，死活不肯就范，不肯做它的妃子。表演猴吃特供，水果、花生、栗子、鸡蛋从没有断过，算是高酬劳。二宝是猴谷的闲云野鹤，干啥也不结伴。

天有不测风云，猴也有旦夕祸福。在一次表演中，二宝出事了。它演得太投入，一时疏忽摔坏了下肢。猴梁用了很多办法，打针抹药的，也没见好。它的下肢截瘫了，只能倒立着行走，不知道的还以为它是在表演呢。它自己倒是无所谓，可二宝刚出生不久的孩子就没法照顾了。

出乎二宝意料的是，母亲和妹妹不计前嫌，默默地帮它养育孩子，悉心的程度一点不比它差。姥姥整天宠着那只“星二代”，不是骑在背上，就是俯在肚皮上，只要有好吃的，都进了外孙肚子。这幕隔辈的亲情，让很多人看得眼里热热的。恰巧妹妹也刚刚产子，也全然不记姐姐的锋利爪牙在自己脸上、背上留下的伤痕，同时让两个孩子吃自己的奶水，照料外甥起居，视如己出，一点也看不出哪个是儿子，哪个是外甥。

有条发生在印度的猴子趣闻更感人，央视和不少地方台都播过。一只猴子被高压线电昏，掉下铁轨。另一只猴子迅速赶过来，不离不弃地又是拉又是扯，咬上颚，冷水激，用尽浑身解数，直到猴子醒来，才一起蹒跚而去。相拥离开的时候，受伤的猴子在前，另一只保护神一样，亦步亦趋跟在后面。这场景，让目击者都唏嘘不已。它们是夫妻？朋友？兄弟？无关紧要，都是猴子就足够了。

听猴梁说，猴子活得快活，在于它们肚里不搁仇恨，撕逼就一霎的事。遇纠纷可以寸土不让，拼死拼活，可顷刻间恩仇自泯，连手都不用握就可言和。没有谁和谁是铁哥们儿，少见不分彼此的闺密，该翻脸的时候，一点不客气。需要帮忙了，袖手旁观的少，出手相助的多。一言说不尽的猴啊！我早先给它们定义成唯利是图的小人，先入为主看来是错了，仅凭一分为二说不清猴子。

君子到底是啥？孔子如是说：仁义礼智信，温良谦恭让。君子坦荡，小人戚戚。但把君子和小人完全隔离开，君子就君子，小人就小人，也太绝对化了。孔子又说：君子不仁者有矣，夫未有小人而仁者也！君子也有行为不端的时候，但说小人一件正事不干还是走了极端。孔子刚刚当上鲁国大司寇，就找借口把理念和他不合的少正卯给杀了，这又该如何定论呢？说那些话的时候，老夫子心里估计也打着鼓。

离开动物世界有些年了，其间传来不少喜讯，特别是二宝的瘫痪不治而愈，让我不再为它担心。这次变故，二宝应有不小的触动，当然也只是有可能。反复无常、出其不意才是猴子。闲暇时，常想起在跑马岭的所见所闻，还有猴子的凌乱记忆，就像是看毕加索的印象画。远一些也许能看得更真切，如达·芬奇、伦勃朗、安格尔的画。《最后的晚餐》一眼就能识出犹大，删繁就简的写实，不需要火眼金睛。简单、聪明、快乐就好！什么君子小人的，上纲上线，对它们没用。

2014 年 3 月 24 日于林场初稿

2019 年 1 月 6 日定稿

跑马岭云雾

跑马岭风景的迷人之处很多。如果想选个最能让自己放松的季节，可以在观赏动物的同时，再独自享受一份自然之美，而且是一种绝对的纯净之美，那么秋天来较为合适。雨后的跑马岭真是天上的街市。

我看到过很多的画家画过庐山或黄山的云雾，名山大川的奇观美不胜收，自有一番特异景象。识不得真面目的庐山，烟云中的黄山，也微茫难辨，都是云雾惹的祸。山，不管是哪一座，断然离不开这些装饰，第一个层次是绿色的植被，第二个层次显然就是云雾，第三个层次则是文化了。

试想，一座光秃秃的山，不管在何处，多高耸，多奇绝，多险峻，都是煞风景的。没有水，没有云雾就太写实了，无法灵动。文化让海拔最低的泰山成为五岳之首，中国人看重的是人文。实在是委屈了喜马拉雅山，白白地荒长了8848.18米，在文化名山里，它是块白板。

秋季来跑马岭，沿途可看到潺潺的溪流，漫山遍野的泉水，流得肆意，流得尽兴，流得调皮。所有的叫不上名字来的野花都竞相开放，满眼都是五颜六色。秋日的花朵比春日的花要深沉得多，沉稳内敛，没有了搔首弄姿的炫耀。整个花的世界都浸透着成熟之美和落落大方的展现，少了份俏丽的花朵更觉典雅。

庄稼熟了，重峦叠嶂的堤堰上谷黄，果红。丰收的苹果压弯了树枝，梨子的清香溢满山野，挂在树上灯笼一般的柿子，把秋天打扮得酽酽的，加深了秋的层次。一地的庄稼散发着成熟的芳香。

九曲十八弯的山峦里，当你层层攀爬到半山腰的时候，眼前的景象就全变了，变得不再清晰，而是模糊一片，人已经在云雾中了。这时的车一定要行进得格外小心，慢行压着中间的黄线行走，交规在此仙境不管用了。

在云雾中前行，缭绕的云雾会将你裹得严严实实，不露一点空隙。有一年，有家外地电视台慕名来拍摄动物，恰遇云雾。那个年轻的司机竟然在云雾中不知所措，恐怖得哭了起来。我笑着说他：身在福中不知福，这样的奇观是可遇而不可求的，世间有几人能体验在仙境中的瞬间啊。

不大工夫云雾散了，那个年轻人才破涕为笑。真是没有办法，这种对美的熟视无睹，真让人无语。在这样的自然垂青中，居然是惊恐，看来欣赏美还真的需要些修炼和境界。有时，也能想到对牛弹琴那个成语。还有跟文盲谈《红楼梦》也是无趣的和索然的。

在山道上突出重围，云有时遽然散去，后又迅疾复拢。那云在你身后，在你脚下。你有了飘飘欲仙的感觉，脚下的路显然就变成了天路，你的每一步都感到是如此的轻盈，有了身有彩翼的感觉。也似开了天眼，很多神话的东西仿佛一一呈现在眼前，所有的动作都成了慢镜头。

看云的最佳处是大门口那个大平台。从这里远远望去，云在远处不停地翻滚着，时而一朵朵，时而一片片，时而又一缕缕，变幻着无尽的奇妙。那种种的奇妙变化让你惊心动魄，惊叹自然之神奇，给你更多的意想不到。思维有些时候是简单的，人往往在很多时候变得千篇一律，刻板得要命。做人做事单一化，甚至从艺的人也在单调着，做着毫无新意的事情。看看云吧，它能给你更多的启发。不受规矩的云就是个伟大的艺术家，让很多的墨守成规变成迂腐和可笑。云，出岫无心，去留无意，不想依附和牵袭任何人、任何事。

说跑马岭的云雾如画，那也是个俗不可耐的比喻。清代有个大画家钱杜，在画山水上很是慧心慧眼，他在自己的著作《松壶画忆》中说到山水画法：丘壑太实间以瀑布，不足间以烟云。山水之要，实空勿实。说了云才能出神，仅山是无味的。这绝对是个高见，于文与画都可受益的。他还说：意在笔先，画在意后。我觉得有些主题先行的意味。同时，我又觉得跑马岭的云像之丰富，笔是苍白的。来这里你需要忘记一切，感受瞬间之妙，不需要带着意念来。

我曾费尽心机地想拍跑马岭的云，最后却没有一张令我满意的片子，总想刻意地抓住些什么，云却不成全我。总想借云表现些什么，云也会让你失望。云的灵魂无拘无束，和海里的浪花一样，自由着自己，不去承载非自己意志的所为。想让云屈服你，那实在是太徒劳了。

云来得快，走得急，过眼即失。再美，储留心中好了，想拥有，不可能。浮华的烟云过眼即可，也别太当回事的好。

2014 年 9 月 10 日

你在他乡还好吗

能抵达海拔六千四百米的，也就牦牛，狮虎也望尘莫及。居高临下，来了兴致嚎叫两声会传很远，不沾秋风的便宜。牦牛涉足也够广，印度、蒙古、俄罗斯、吉尔吉斯，还有中国新疆，都有它的存在。它能上能下，能高也能低，像是志存高远。跑马岭还不足一千米，牦牛来了也没抱怨这里不行、那里不合适，安居乐业不多久就繁育出后代来。时不时就生几只小牦牛，都没法再当新闻报了。

牦牛和骆驼，天生一对，地造一双。牦牛住上坡，骆驼居下坡。牦牛善攀高，骆驼喜行远，都爱驮运货物和被驾驭，特像一家人。古时豪门大员，大户人家仆人，还有富人家长工，勤劳忠实，都和骆驼、牦牛有一比。“高原之舟”和“沙漠之舟”，是人类颁发给“公仆”的两张奖状。它们皆倾其所有，崎岖变为通途，风沙弥漫豁亮如昼，它们是动物世界不可或缺的劳模，也是人类在早期的前行中最亲密的朋友。

牦牛长得稀奇古怪，披一身长发，背毛不短，裙毛尤长，加上汗腺不发达，耐寒能力超强，能在零下三四十度的低温下生存。它的蹄子坚实且有软垫，擅走陡坡、沼泽、雪山，甚至激流，对于坦途反而没有多少感觉。红军当年长征就该多拉些牦牛，爬雪山过草地比马要济事，冷了可以在牛肚皮下取暖，渴了牦牛有现成的牛奶。牦牛绒衫比羊毛衫挺拔，更出款型。出肉率也高，差不多是牛自身重量的一半，它全身都是宝贝。青藏高原养牦牛可多处用，连粪便都能当柴火，用来做饭和取暖。驮运货物一天可以走三十五公里，驮人能更快，牦牛不欺群，一起干活更来劲。

鲁迅夸的孺子牛应该是黄牛，我们认同的也是黄牛。作家史铁生懂牛，他下乡在陕北放过牛，《遥远的清平湾》把牛写得真绝，他笔下的犍牛也是黄牛。水牛生在江南，常常成为画家笔下的代表，李可染的牛画得好，黄牛、水牛都画，《牧牛图》里水牛那出水一抹来神，大弯角很诗意。牦牛离人远，不大容易被关注，高处的东西冷，就被忽略掉了，如画牦牛，油画表现力更好。来跑马岭牦牛反客为主，喜欢在亚洲区挡道儿，车和人进来都不躲，玩够了待烦了才让开。一大群牦牛，黑的、白的、花的都有。它们有恃无恐的样子，显得那些胆小怕事的鹿更微不足道了。看去有些蛮横的牦牛实则性情温顺，合群性强，耐饥渴，易饲养。让它干活没有问题，只是还没学会看眼色。

牦牛没有骆驼心事重重，离开风沙就落寞。忆旧很累，也很容易伤感。牦牛生来简单，知道想多了没有用，既然生来就选择了跋涉，迁徙也就义无反顾。西藏有一座冈波斯山，主峰冈仁波齐，当地人奉为神山。藏传佛教徒喜欢转山，且一步一个大匍匐长头磕下去，据说转一遭，能增加一轮功德。听一位去过的朋友讲，寺内功德箱就是一个敞口的蒲篮，捐多少、怎么捐没人监管，一切靠虔诚。牦牛好像受过教化，心甘情愿地驮人载物。

审美往往会形成定式，当然也会有局限。“非我族类，其心必异”，脑子里满是黄牛，刚开始看牦牛就不行，毛羽哆嗦的，刚放开那阵，年轻人头发留得太长，就被认为是流氓。它也长得流里流气，身躯又那么矫健，少有黄牛的憨厚，就以为这家伙不地道，弄不好还咬人。一阵子港台武打片过后，就看惯了长发，自己还留了不短时间。晨曦中，牦牛一个个精神抖擞；黄昏里一幅幅的牦牛剪影，牦牛成了食草区一大景观。开始每次入园过牦牛那儿，不由得就放慢节奏，担心这些家伙会攻击我，两只锋利的角让人不寒而栗。真的到了近前，牦牛却跟个没事人一般，根本就无视你的存在。观光大巴车进来也头痛，有时需要滞留很长时间，反而让游客尽了兴。

牦牛群其乐融融，快乐如斯。花牦牛也放下尊贵的架子，和各色牦牛和平共处，花牦牛只有酋长女儿才有资格骑坐，属于牦牛里的贵族。刘禅乐不思蜀，甘做儿皇帝，为世人所不齿。牦牛难道也在脱离了跋涉负重之后，暖风吹得游人醉，直把杭州作汴州？在苍凉辽阔的高原上，与高天白云、皑皑白雪为伍的日子远去了。而今如履平地的日子过得如此开心，与生俱来的那种生活就此告别。世俗的小温馨特容易知足，甜蜜的享受更不好拒绝，即使回到高原，已无用武之地。前边的野驴、野马，好像也都早习惯了新居，看不出有半点不适应。

“六一”儿童节，跑马岭邀约西藏中学的孩子们来游园。大家一起围上去，和牦牛亲热成一团。牦牛更是温顺，任凭孩子们的小手抚摩它们的角、额头还有身体。牦牛四蹄腾空，在拥挤的空间里不停地跳跃，像是在跳锅庄舞。见到亲人格外亲，他乡仿佛遇到了故人，它们足足撒了半天欢，过年一样。平时仅仅是一种表象罢了，它们的心都拴在雪域高原呢！

农耕渐渐被淹没，高原的路四通八达，运输全都用车，黄牛、水牛、牦牛的用场都不大了，田里、村巷难觅牛的影子。除了野外的留守，走进公园做展示成为另一种出路，再有就是走向餐桌。杀牛比杀猪要壮烈得多，看过一次，牛被蒙上眼，夹在两棵枣树中间，屠夫用开山大锤猛砸牛额头，很长时间都心惊肉跳。老家有好几个地方的牛肉都煮得不错，在当地很畅销。现在的牦牛主要用来吃肉、剥皮、薅毛，同猪、驴一样。

牦牛自身优点很多，胸廓特别大，肺活量应该很大，不然怎么能在缺氧的高原纵横驰骋？但牦牛不喜欢独立做事情，喜欢当工具被役使，不知它们大脑发达吗？当然，这世界没有什么生活方式是完全正确的，因为在宇宙浩瀚的烟尘里，我们都一样。用自己的爱和信仰，为这偶然、荒谬又毫无意义的人生尽自己的努力，争取活出点意义罢了。

2014 年 9 月 15 日初稿

2018 年 12 月 7 日定稿

它们的未来不是梦

跑马岭一堆名贵稀罕动物，像孟加拉的变异种雪虎、金虎，身价不菲，最值钱的还要数庞然大物——犀牛。本世纪初价格就已高达七八十万元，眼下早过百万大关了，黑市上仅犀牛角一公斤就上百万。人活着值钱，很多动物死了值钱。药铺里犀角粉要用戥子称，不能大把抓，一次赔上一克，这药铺就不用开了。跑马岭这两只双角白犀是山东仅有的一对，也就成了跑马岭的“镇园之宝”。

除了大象，犀牛是目前陆地上第二大动物，最重可达五千公斤。别看体壮如山，可一点都不笨拙，跑起来最高时速能到四十五公里。犀牛园四壁坚固，但不需太高。一米的围墙，它就一点办法也没有，它善跑不善跳。动物来到这个星球，比人类早很多，是老资格，可除了人类，大象和犀牛没有天敌。草原霸主狮子见它，既无非分之想，也无友好之意，互望一下就散去。随便去哪个池塘喝水，鳄鱼也断然不打它们的谱。都是武林高手，即使狭路相逢，并不争斗，只是抱拳施礼，各自离去。

犀牛不大讲卫生，喜欢在烂泥里滚，本一身厚重铠甲，还觉得不够坚实，再滚上身保护层，以防叮咬。锐利枪刀不可怕，微不足道的小虫让犀牛很无奈，叮了就浑身瘙痒。不过犀牛有好友，犀鸟就专吃它身上的寄生虫，它身上就是犀鸟的盛宴餐桌。犀牛和牛不一样，眼眯着，不注意就看不清，视觉很差。犀鸟吃了牛皮里的美食不白吃，替犀牛当哨兵，一有异常动静，赶紧叽叽喳喳地报警。犀牛的敌人是人，那群猎杀动物的人。向往田园日子的朋友，建议养头犀牛，种五亩地，二亩庄稼三亩草。犀牛三季喂青草，一季喂秸秆，一头犀牛一年能拉十几吨粪便。不需要化肥，绝对草美粮丰，犀牛是个大号造粪机器。

犀牛皮糙肉厚，仅皮肤就有八公分，皮下有厚厚的脂肪，身体自然形成很多的皱褶。遇上生病就特麻烦，扎针的时候，需要用钉子慢慢地打上个眼儿，然后再把针头扎进去，给犀牛打上一针，兽医要忙出身汗来。皮厚了，当然就不知道脸红是什么。按说，有这样天生的面目做屏障，应该是怎么合适就怎么干，没有底线像是狗熊。托生成人最好，做什么事情都不知道脸红，可成就一番大事。任何场合不知道何为尴尬和羞辱的人，都是比犀牛还牛的牛人。

犀牛不大喧闹，样子很正经，可丑陋得让人恐怖，来看犀牛的孩子，常被吓得哇哇大哭。有些时候，形象是很重要的，像《巴黎圣母院》里那个敲钟的丑八怪扎西莫多，心地再善良也没法一眼看出来。猫头鹰和蛇是益鸟和益虫，但形象瘆人，北方人至今还不能接纳，习惯了以貌看物取人。

犀牛胃口是一个无底洞。饲养员放下两个结实的草捆子，没多大工夫，就不见了踪影。再倒进去一堆胡萝卜、苹果，又一阵风卷残云，顷刻间地上又空了。望着渐渐隆起的大肚子，颤颤巍巍的如同一面大鼓，看得人心惊肉跳。开眼了！见过能吃的，没见过如此能吃的。喂水，同样也是一大景观，眼看着一池水顷刻间就蒸发了一样。

春天是它们最有激情的季节，平时低调的犀牛此时也喜欢弄出些大动静来。在暖房里待了一冬也够郁闷的，相当于关了几个月的监禁，出来就想撒撒疯。犀牛赛跑很少人能够见，别看身躯那么大，跑起来的样子一点都不笨拙。围场一圈，瞬间就完成了，如不是场地的局限，还可能玩出更多花样来。最壮观的是四只如大夯的蹄子，咚咚地砸在地上，一步一个脚印，深度差不多得有七八公分，无与伦比的扎实。

在非洲草原，犀牛占据的领地一般为十几平方公里。除了黑犀牛，犀牛是为数不多独处的食草动物。犀牛园子看上去不小，可跟原来的天地比，实在是不值一提。它们的交配也需要奔跑很长的距离，这里犀牛活动不开，再说体能也肯定跟不上，雌犀牛要足够强健，才能承受雄犀牛交配时长时间的重压。在跑马岭多年，犀牛是唯一没有生育的动物。跑马岭的环境特适合动物繁育，一只在其他园不生育的棕熊，调剂来到跑马岭一生就不可收，几年里生了十几只小棕熊，被媒体誉为“英雄母亲”。动物的丁克不大常见，除了那些特殊的群体。没有小犀牛的大笼舍在常人看来，总是少了些什么。少了什么呢？还真说不出。

它们喜欢顶架逗乐子，但和羊抵架不一样。羊喜欢撒开身子，突然发力，顶得咣咣作响，以至血肉模糊。犀牛别看粗犷，顶起架来比羊要文弱得多。脑袋抵着脑袋，暗自发力，更像是一种内力的比拼，和拔河正反着。它们较量的是耐力，羊的顶架比的是爆发力。这种顶架看上去很温和，不血腥，一点都没有野蛮的样子，不该文明的却很文明。

我曾看过两个国外视频，在南非动物保护区，一头雌性犀牛被猎杀，小犀牛用惊恐的目光看着死去的妈妈，浑身不停地战栗。看着这个已经两天没有进食喝水的可怜孤儿，几个保护者心疼地用大毛巾盖住了小犀牛的眼睛，不忍心让它看到这血肉模糊的场面。在巴西一集市，一头牛为逃避杀戮，径直在萨尔瓦多海滨跳进大海。有人觉得惋惜，有人认为宁愿自杀也不被动挨宰，勇气可嘉，这是头特立独行的牛。真忍不住嗟叹“世间万物皆有灵性啊!”

没有买卖就没有杀戮，象牙、鳄鱼皮、鸵鸟皮、虎皮争相成为人类牟取暴利的目标，也让这些动物迅速锐减，走向濒危。所谓的高贵，背后全是血淋淋的虐杀。科学告诉我们：犀牛角由蛋白组成，其实和人的指甲、头发一样。我们迷信得要死要活的虎骨，同其他动物的骨骼成分并无二致，人参仅比胡萝卜多三种元素，燕窝没有半丝多余的营养。

它们祖祖辈辈熬过了行星撞地球，熬过了沧海桑田、大陆架漂移，熬过了奴隶社会，最后输给了这群没毛猴子的利益。它们的生活原本和我们毫不相关，但正是人类所进行的各种无节制的社会活动把各个种群带到了尽头。就犀牛论，我国野生白犀已经绝迹，全世界以每年盗杀一千头算，用不了多少年，野生犀牛就会彻底告别自然。一个又一个的朋友离去，最后人类只能吞下自己形单影只的恶果。就在前两天，我刚刚看到国家林业草原局颁布的新规，我国将严禁犀牛角、虎骨入药。欣喜之余，继而忧心，从前出台的公约、法规少吗？各种猎杀又能禁住多少呢？只能无奈地对动物朋友弱弱说一句：各位，请多多保重！但愿，它们的未来不是梦！

2014 年 9 月 16 日初稿

2018 年 12 月 14 日定稿

我不是唐柳

狼溪河上，伴我长大；另一棵生在跑马岭，和它有快二十年交情。离开老家多年，再见那树一点生分也没有。前些年在跑马岭，这一棵几乎天天见，心仪引为好友。两棵树都已深深植根于我内心，织就一道绿色屏障。和它们别后的很多日子，我的精神世界还常有习习凉风。

跑马岭这棵在山顶，葱茏得吓人一跳。山上生这么棵大树，且是柳树，实在太意外了！阴凉罩了整条路，来去都没法绕开它，想不庇荫都不行。它为路人遮风又挡雨，却不事声张，像尊菩萨。从防火检查站到树下多是平路，过了大柳树是个陡坡。崖头上有家射击中心，是个打靶玩枪战的地方。对过两处农家乐小店，小店的后面遮掩我最熟知的两棵大树，一棵是柳树，另一棵还是柳树。一棵长在我故乡藏主庵村。

大柳树成了地标，一副盛情迎客的样子。柳树、崖头、急弯、不长的一段路，营造出门外二度景深。

山上一般易生松柏、枣、槐、银杏、柿子树，大多质地硬朗。杨柳木质松软，气质与之不大相当。孔子却说：仁者爱山，智者乐水。柳喜水也乐与山为伴，到底是“仁”还是“智”呢？孔子说话都是一条线，非此即彼，融“仁智”于一体的事他不说。大柳树在跑马岭是树中魁首，像是个异类，一点不顾忌其他树种的感受，夺了所有树的彩头。独木难成林却成了景。大山没有“非我族类”的小肚鸡肠，不然也称不起大山。就长一种树的山不好看，像是统一着装，无法色彩斑斓。

大柳树三人还抱不过来，树身周长足够六米。主干却不算高，差不多和人齐胸，然后分出几枝斜着挓挲出去，把树冠撑成巨大绿伞。厚厚的浓荫足有半亩地，能放下十几辆车。分叉的地方，形成了一个小平台，能坐三五人。农家乐的主人就把饭桌搬上去，以“奇”招徕客人。树上临风把酒，尽情挥洒痛快。这份快活，实在难寻，就是下点雨也不打紧，一般雨淋不透。刘伶、嵇康那帮子人喝酒，只在竹林里折腾，树上返祖痛饮，这份古意，他们也没体味过。那几年，小餐馆的生意不错，白天晚上不断人。

柳树喜水，喜光，不怕贫瘠，更喜欢沃野。一般活二三十年，活过百年的凤毛麟角。不用费心去猜，它绝对不是有心插得，枝繁叶茂更不是人为，刻意栽植的树长不大。我想应该是某年某月的某一天，一团柳絮随风飘至，一粒种子无意着地，风滋雨润发了芽。历经多年，在被人忽略的地方参天了。它浪漫地生，浪漫地长，没有呼朋引类，一旦进了林子也就完了，在那里只能挽手并肩一起长，孔府里“先师手植桧”，我不相信为圣人所种。它旁逸斜出，无拘无束，一点《论语》里的规范劲也没有。

我喜欢大树，喜欢卓尔不群的生命。长清五峰山，龙洞矿村的大银杏树不止一次地造访。淄博峨庄的大流苏，也专程跑去拜谒。近期，正计划着去浮来山看银杏王。

我老家西桥头上那棵柳树，和跑马岭这棵差不多大，但紧挨着河，树下土基丰厚。整座桥都包在树下，是村民过夜纳凉最好的去处。只是村庄迁移了之后，仍旧孤独地绿着、枯着。村民拴了不少红布条，树大成神，看了不由令人苦笑。现在树芯有些空，有的枝干也枯了。冬日，陪着干涸的狼溪河，像幅苍凉的画。

老家那一带，挨着黄河。房前屋后，坝里坝外，柳树绝对主流。儿时，吃柳芽，冬天砸干枯的柳枝烧柴，夏天打柳条供大人编篮子的活，都没少干。每至清明，还要插柳。后来知道插柳纪念介子推，他那么不看重自己的生命，为重耳“割股做汤”，这奴才做得有些太残忍。柳，不该有这样丑陋的故事映衬，从此后过寒食，我折柳的兴趣减了大半。

旱柳喜风，垂柳更甚，不然婀娜的身姿就很难摇曳出来，也辜负了两件长短绿裙。跑马岭这棵南有高坡阻挡，南风到这里就泄了气，北风也凌厉不起来。东西风敏感，稍有风来树就跟着舞。东西皆空旷，东风来了它就往西晃，西风来了它自然往东摆。大树的独舞端庄、优雅、从容，节奏很慢。不像那些不起眼的小树，闻点风来就惊慌失措，拼命地扭腰摆臀，生怕别人不知道它的态度。

没有不想成材的树，除了不成器的灌木。和人一样，都想着龙凤。柳属于速生木，在乡下一般不会留到很大，胳膊粗的可以做杠子，大腿粗的可做檩，和腰一般粗就可做梁了。柳，木质软弱，也易遭虫蛀，承重能力差，一般梁檩派不上用场，除非日子过得很差的人家。只能打几只大小板凳，都是最简易家具，多用来劈柴烧火。现在柳树如果死了，恐怕都没人去刨，乡村几乎再也没人烧火，做劈柴都没了资格。从前遇上粗些的树，锯上一段可做菜墩。现在超市各种规格的菜板比比皆是，粗笨的老菜墩随便就丢了。

多年前，认识一位做扒鸡的朋友，很是有些内容，在县里算得上大器。二十几岁就下到基层蹲苗，作为后备干部培养。结果长成檩没起用，长成梁也没找到合适地方。最后看好他的领导走了，再没人帮他说话。不好安排，就只好下到企业，当一不大不小的老板。他自嘲：只能解板使了！小地方的栋梁不少都这样结局。

老家的柳、跑马岭的柳真是三生有幸，它们一路闯了不知多少覆灭险关，能活下来，能长成风景，实在不易！

天天看着大柳树在那儿招摇，景区就想着给它编个故事，自然不谋而合地往李世民那儿靠。这一带满是所谓李世民东征在此操练兵马的遗迹。山下有西营、南营，东山坡上有降甘（上箭杆）、下降甘（下箭杆）。大柳树边上就是藏主庵，园里还有饮马湾、御马亭。满是经历过冷兵器备战的模样，这是位说瞎话的高手，有不错的逻辑思维，倒是可以写历史小说。

编个故事，无非就想炫耀这树是棵唐柳，也不怕毁了清白。朴素的本相本来不错，何苦包装得面目全非呢？一个传说，信誓旦旦地当作历史解读，无疑是穿错衣服。很多《地方志》，被一些无聊小文人糟蹋得无法卒读，让人唏嘘。就是李世民复活，他也不一定敢如此信口雌黄，柳树做梦也活不了一千年，这是常识。

有位朋友混得不错，整天一副撩袍端带的架势，见人就想做指示，领导夸他：说瞎话比真话都真！我们都叫他戈培尔！他听后不急，反笑笑，好像是挺光荣的一件事。

这些年，有个别学者，好像就没大正经事。前两天，某教授就异想天开，兜售出一惊天考证结论：德国人来自山东德州，英国人祖籍英州，西班牙人是西安移民了。荒唐到让人无语，不过这样的无中生有，也会让很多人打鸡血般地兴奋。不过历史证明了，说谎的人都居心叵测，用心险恶。他不知道如此胡说八道，会把我们辉煌的文化废墟化，宏大的历史虚无化。唐柳的事是说着玩，当童言无忌好了。

每次回跑马岭和老家，都要在树下留置许久。它们顺其自然，而又竭尽全力，让人备受鼓舞。不管是贺知章的“垂下绿丝绦”“春风似剪刀”的唯美称赞也好，还是杜牧“东门门外多离别，愁杀朝朝暮暮人”

的伤感也罢。杨柳依依，依旧不骄不馁，不急不躁，一如既往地奉送清凉。给顶再大的帽子，它都不会戴。美到家了，还稀罕多几件本不属自己的衣衫。

2014 年 9 月 2 日初稿

2019 年 9 月 2 日定稿

樱桃王家峪

每年一进五月中旬前后，不少济南人就呼朋唤友，携家带口，蜂拥到王家峪摘樱桃。于是整个通往跑马岭的山道被挤个水泄不通。游客们则需要拿出市区高峰期的耐心，慢慢地蠕动，半天才能通过这一乡村版的交通梗阻。满山密密麻麻地挤满人，山谷里到处此起彼伏的笑声，平素寂寞的山村开了锅一般。

王家峪在跑马岭山脚下，从李家塘往上爬两个崖头就是。村子不大，二百多口人。早些时候，别说王家峪了，山清水秀的柳埠都少有人知。地里除了种点干鲜果，再就是五谷杂粮。庄稼糊弄着随便长，果子出不去，卖不成钱。年轻人多数都去城里打工了，村里留下来的大半是老人，冬天蹲墙根，其他几季在村里闲逛。挤在大山褶皱里的王家峪，有些寥落。

从王家峪再往上，紧挨着的是峪水村，半山腰是涝洼，他们过着差不多一个模样的日子。山顶的村子刘家门前、野鸡坡、藏主庵更甚，那些年连下趟山都成了奢侈，赶趟集算是见了世面，镇上就是孩子们心中的城里。早先路不好走，全是山脊上的羊肠小道，来李家塘一趟得一整天。看去葱郁的大山，和它们都好像没有多少关系。陶令勾画的诗情画意近乎乌托邦，和现实没法对照。没有丰厚日子的支撑，百姓也没法

“黄发垂髫，皆怡然自乐”。穷，无法益坚，再宏大的青云之志，也会落地坠毁。

跑马岭野生动物世界建成后，一条水泥路依山傍坡，蜿蜒曲折地盘了一山，开车也就十分钟。人，一窝蜂拥进来，峪水村的大玉杏、桃和山楂率先打出名声。果子成熟的时候，村里就成了大集市。山顶上那些村子的高光效苹果，还有个头不大的红嘎啦好吃得要命，山高也挡不住馋嘴的驱使，不几天果树就光了头。最火的还要数王家峪，这里的樱桃济南人最为钟情。整个五月，城里人疯了一般往这里扎堆。这些年都成了惯例，成了城里人自发的采摘节。

王家峪支书王洪和，眯着眼乐呵呵地迎来送往。过去村里不行，去镇上开个会，见了那些财大气粗的同行，自觉矮人家一大截儿。从这里往南拐过几个弯，翻过两道山梁的一个小村，村里好几个工厂。支书老早就开着本田，没几年又换了三菱越野。王洪和出门骑嘉陵“电驴子”。那村的支书跟人说话用喷口，牛哄哄的，嘴里天天冒着浓浓酒气。

樱桃声名鹊起后，王家峪的路就显得窄了。到了秋冬季，村里都要请了人来整修道路，可还是经不住潮水一样的人流。路越修越宽，摘樱桃的队伍也跟着庞大，好像是在摽劲。一过李家塘，就能看见卖樱桃的摊位，在路两侧一字排开，密密麻麻地排成长长的一列。篮子里、箱子里盛满了成熟的诱惑。如果不想动手摘，可以在这个小市上挑些自己可意的樱桃，直接带走。

我经常陪客人去采摘樱桃，也经常被搁浅在不透风的人流和车流里。但心情少了焦躁，出乎意外地耐住性子，拥堵好像是有十分重要的意义。就像早年赶乡下年集，不前呼后拥，不熙熙攘攘，就没有了年味一样。果林飘香时节，要是冷冷清清，那就太不应景了。

这个季节，被千亩的樱桃装扮起来的王家峪，简直就是一个彩灯笼的世界。路边、山坡、地堰的树上挂满了樱桃，红的、黄的，还有紫的，像节日的彩灯。晶莹剔透能将你的嗅觉、味觉，还有视觉一起调动起来，毫无二致地倾心。挂满樱桃的树，仅看看也是上好享受，樱桃观感不错，适合入画。

过去樱桃生得金贵，一般人享用不上，和名贵的荔枝、龙眼一样，是寻常百姓的梦。我是到了二十几岁才见过，也只能可望而不可即。这些好吃的东西都长在贵人私家园林，而今进村入户，栽植在百姓田间地头，这一步很长却又很短。现在不管谁，想吃就随便吃，不费一点劲儿。樱桃季快结束时，便宜到一两块钱，每年还都要毁掉不少。

在王家峪后山，最大的樱桃林就藏身于此。刚才路边看到的几片小树林，不过毛毛雨。山谷里层层地堰上全是樱桃树，树上树下全是采摘的男男女女。家家户户全员出动，村中无一闲人。但主人不需要动手，悠闲地坐在马扎上看着，不耽搁手头的其他活。嘴却不闲着，不时地告诫着采摘者不要弄坏树枝，还有这个季节什么樱桃最好吃，像个很称职的导游。等着客人篮子装不下了，包鼓得不能再鼓，他们就把樱桃一一过秤，然后收起一叠票子，心满意足地等着下一拨儿采摘客。

王洪和眯着一双不大的眼睛，站在村委会的大院里，陆续招待来此的客人。他喝的茶很浓，生怕不停地说话哑了嗓子，没法照应客人。院里大桌子上，堆满了各种樱桃，来人可以自由品尝，买不买都无所谓。这个季节不管认识不认识，老王一律热情相迎，来者都是客，相逢开口笑。好多人都冲着老王来，一星半点的他不大计较。现在来了客人，没时间“设酒杀鸡作食”，但樱桃绝对管够。

老王种了十几亩樱桃，算是大户。去年天太旱，樱桃减产了，老王说：今年得亏十来万。说得却一口的轻松，没事人一般，并不大在意一时的盈亏。十来万在城里也是个不小的数目啊！

车马在这里喧闹一个月，王家峪出够了风头。当樱桃渐渐稀少的时候，人们打点完收成心满意足，从沉浸在过年一样的心情中走出，洗一把晒黑的脸，穿上橱柜中的新衣服，赶集，进城，秋后报个团去外地。王家峪越走越远，他们更愿意看看外面的精彩世界。这几年，不少人到过新马泰。打开门，山村不再“藏在深闺”，路畅通，乡亲和外面互通有无。这片土地会更丰腴、富足。打开了门就再也关不上，王家峪索性敞开怀抱，迎接八方客人。

早年流传在济南一个段子，历城四个最穷乡镇，蚂蚱般被一条顺口溜拴了：仲宫、柳埠、八里洼、土屋。八里洼和土屋早早地被城市吞噬了，现在已无半点乡村痕迹，完全城市化了。而被另眼相看的仲宫、柳埠，则成了济南的后花园，一年到头，人流不断。早年的印象，一点影子也没有。时下山坳里的王家峪名声大得骇人，如雷贯耳，明星一般地招摇。

2014 年 9 月 14 日初稿

2019 年 9 月 22 日定稿

戌先生逸事

跑马岭猛兽区养了不少狗，都是大型犬，大丹、马仕提夫、藏獒什么的。说话像是刚吞下把辣椒面子、声音呲呲啦啦的马俊仁来过，还送了只“铁包金”给这里，玩田径的顶尖人物，玩狗也如日中天。迷狗的老刘是这里的饲养员，好像这样养一群还不过瘾，又在自己住的院子里养了一条。他养狗，看家是业余爱好，主要是出来溜达做个伴，下班后的山林里很空寂。鸡无法随行，主要是吃鸡蛋。满院子红绿蓝紫的蔬菜和瓜果，一般不用下山赶集。他那条德牧，伙食和他自己一个标准，休班去市区带回一大堆东西，给狗买的比给自己的还多。

老刘爱玩，爱好挺多，吹口琴、拉二胡。二胡拉得说不上好，还能听，不算太折磨人。下班后收拾完回去，滋润完两杯酒，不需要报幕员报幕，就一支曲子接一支曲子地吹。曲子很老，都是六七十年代的，像《社员都是向阳花》，还有《大红枣儿甜又香》《洪湖水浪打浪》。年轻人不愿意听，他们都是周杰伦的粉丝。吹完口琴也不用报幕，就换二胡，拉歌曲也拉样板戏，像《我们是工农子弟兵》《提篮小妹拾煤渣》。往往是这边胡琴一响，年轻人就纷纷撤离，生怕他的老调子把他们钙化了。只有那条狗，平心静气地蹲在他身边，竖着两只耳朵，恭听他如醉如痴的演奏。

夜晚，山上除了山风，照进松间的明月，再就是老刘的琴声在林间缠绕。在这美丽沉静的夜里，老刘思念在松花江上的家吗？但不用给远方的姑娘写信，不久他老婆来了。他老婆是他养鹌鹑的时候，在外地租房的房东家闺女，泼辣活泼，会唱二人转，没事嘴里就哼《小拜年》。多了个更近的人，可他的狗并没有受到冷落。

狗有个毛病，独处的时候一声不响，只要有人或者声音靠近，就开始狂吠不止，以示警告。再有，不能看到两种待遇，自己关在里面，只要看到犬舍外也有犬只，就没命地叫，一鸣不平，直到看不到外面狗的影子才罢休。大型犬稍好些，小型犬不行，遇上此种情景，翻天地叫。小博美、小吉娃娃跳着高，骂街一般地嚎。娇纵恃宠惯了，受不得委屈，一点不平都觉得比窦娥的冤屈还大。

老刘的狗叫黑尔，这只德牧犬很懂事，只要看老刘一个眼神，或是一个动作就知道要干啥。它只在院里看家护院，轻易不出来惹麻烦，是一只“只扫门前雪”的狗。天天围着院子转，它似乎懂得自己的边界在哪里，跑出大门不远，和外面这些大狗也没有交流，便折身跑回来。这狗地盘意识很浓，只管老刘住的那个院子。

大型犬形态各异。大丹像个牛犊子，山东细犬骨感得能让瘦身女性羡慕死，狮头、虎头的藏獒，性情狂躁，能把铁栏杆撞击得像是要散架。最帅的是日本秋田还有哈士奇，英俊潇洒，往那里一站，玉树临风，能羞煞满嘴流哈喇狰狞丑陋的沙皮。老刘的德牧体格健壮，比哈士奇高一头，比秋田大一圈，一身光亮亮的灰。德牧就是寻常说的狼狗，警犬和军犬主要的就是它。

老刘的院子好进不好出。来的时候，一定记清楚带了什么东西来，否则，走的时候拿了不是自己的东西就走不脱。

小张是这里的常客，喜欢与来自东北的刘大叔喝两杯，也顺便想跟老刘学点什么，不然晚上实在是有些寂寞。有次晚上来喝酒，空手来的。喝完酒，老刘顺手送了他几个西红柿，他也没有客气拿起就走。刚到门口，黑尔猛地站起身，先是围着他转圈，小张还未意识到什么，就径直往外走。黑尔不愿意了，紧跑几步直横在他面前。再走，黑尔呜呜发怒了，还用嘴轻轻地扯住了他的裤脚。后来老刘出来，抱住黑尔的脑袋，说了半天话，小张才得以脱身。它像列宁那个卫兵一样，拿了不属于你的东西，谁也不行。

跑马岭大门外的一家宾馆养了两只马士提夫，没有客人的时候就撒在院子里。有次遭了小偷，拿着东西正想出门呢，被狗给围住，扯住裤子和上衣，让他一动也不能动，直到主人回来。那个院子里的梨和桃从来就没有丢失过。

狗，恪尽职守，不会胡尔马约，更不懂变通。蒲松龄写过《义犬》，这只忠于主人的生命和财产、几乎丢了性命的狗，着实令人感动。有这样的狗友，比胡吃海塞的狐朋真是好多了。默默地值守着，从来没有当面一套背后一套的花活，更没有空话可说。

狗被骂得太多，也太狠，甚至超过狼。我想多半是误会，还有无中生有和“莫须有”。即使作恶，也为人所指使，并非本意。哈巴狗乖巧，主人开心，外人讨嫌，也不是狗本身的错吧！这些年宠物犬虽然多了，但有了各种各样的探头，也不再用狗看家护院，主要是寻开心。

有个时期狗名贵得如金子，呆呆的藏獒配一次种就几万元。乡下管狗交配叫“拉秧子”，城里叫“拔河”，先是同向，一上一下，然后就反过身，使劲往自己这边扯，中间连接的部分却牢牢的。逢这样场景，大人孩子都围上来，帮着使横劲，起哄架秧子。赶上没材料的人，就拿镰刀割，割断了狗就死了。始终不明白这到底是怎么一回事，大人说：猫有火，狗有锁。一直到后来在狗协会管了半天宣传，也没彻底搞懂。说人小气，就说这人属狗×，兴进不兴出，这话蛮形象生动。

戌狗亥猪，我们就尊称它们为戌先生吧，眼下老刘那样的狗不大好找了。很多神圣就需要忠诚，比如故乡，还有爱情。“狐朋狗友”这个词也应该分开，狐朋是狐朋，狗友是狗友，一半是贬，另一半则是褒，绝不可同日而语。

2014 年 7 月 12 日初稿

2018 年 11 月 7 日时值立冬改定

我们的生活充满阳光

跑马岭槐花开得迟，此花本狂放不羁，长在跑马岭就不一样了，就要耐得住性子。这里的花草树木和大山一样，内里都有份闲适和平淡在。早春时节，世间芳菲争奇斗艳，它们却不跟着争宠。好戏、压轴的戏都在后面。槐花一吐蕊，蜜蜂却沉不住气，闻香而至，纠缠在花朵上，贪婪地吮吸。山林飘香，甜蜜随之而来，幸福的日子满是阳光普照。

这片槐树林说大不大，说小也不算小，放到逶迤的跑马岭微不足道，可在非洲食草动物区就成了主宰。松柏在这一带反而成了点缀，不多的几棵散落在槐树间，有些形单影只。刺槐也叫洋槐，来自北美，树身有些丑陋，横七竖八地布满裂纹。树枝上长了不少的刺，和枣树一样，野性十足。国槐和刺槐大相径庭，一副老成持重相，像个肩负重任的君子。刺槐花香袭人，而国槐散发的是幽香，若不用心就闻不到。

这里的刺槐，直到五月才开花，原先干枯的一大片，冷不丁生生冒出个花园来，整个区域半空银白如雪，花团锦簇，闪人眼睛。黄巢说菊花“冲天香阵透长安”，这话我觉得水分太大，菊的清香偏冷，不会如此浓烈。槐花才会有这邪乎劲，如长安多种植，那肯定“满城尽带白银甲”。刺槐开花无遮无拦，没心没肺，很是招摇，弄得满山都弥漫着槐花香。从猛兽区的过街天桥上俯瞰，眼前这大片花，像个突然涌出的银色湖泊。

花，不管怎么开，是在深山老林，还是悬崖峭壁，都挡不住蜜蜂，它们嗅觉太灵敏。槐花开得大摇大摆，成群结队的蜜蜂来了，像是一群微型战斗机，嘤嘤嗡嗡地飞满槐林。花海生动起来，也活泼起来，香、色、声一起动。动物似乎也受到感染，异常活跃，客人更是等闲不得，看够了就随手采着吃个痛快。新生槐叶鲜嫩，饱了动物口福，个个都大快朵颐地吃个没完没了。儿时喂兔子，槐叶是上好的佳品，槐叶还能折起来，放在嘴唇上，能吹出各种动听的声音。最痴迷花的还要数蜜蜂，见花就没命地往里钻，直把花中的糖分榨取干净，槐花蜜是最好的蜂蜜。

上世纪七十年代末，上演过一听名字就想流口水的电影《甜蜜的事业》，片中的主题曲和插曲很流行。我有个叫铁民的邻桌同学，没事就摇头晃脑地唱：甜蜜的公子，甜蜜的公子无限好啰喂，甜蜜的歌，甜蜜的歌儿飞满天啰喂……要是走在路上，他还一蹿一蹦的，不然就好像难以表达他甜蜜的心情。只是看着他一张小黑脸、一头黄毛，还有人中那儿始终搽不干的鼻涕沉积，有些倒胃口，连这歌也有几分厌。后来得到一本《电影插曲集锦》，才知道他唱的词也不对，人家是甜蜜的“工作”，不是“公子”。听关贵敏的原唱，他口齿也不算清楚，看来铁民是让关贵敏给带沟里去的。

电影主题曲不错，歌词满满的幸福，那个年代过来的人都耳熟能详。我不再赘述。八十年代初过上了好日子，我们吃上了白面，说“比蜜甜”有些夸张，蜜还是喝不上。我的幸福理念也不过是有白面馒头、有肉吃也就够了，并未想到天花乱坠。小时候知道糖甜，也知道香油香，多年后喝到蜂蜜才恍然大悟，知道这浓得化不开的甜才真的甜。蜂蜜彻底打倒了我，有蜜喝的日子就是好日子。

蜜蜂也获得很高的声誉。李商隐夸它形体如赵飞燕：“赵后身轻欲倚风。”它的勤劳也没有被人忽略：“甜蜜人间世人效。”不过也有人为之抱不平：“采得百花成蜜后，为谁辛苦为谁甜？”这句诗读来重重的，有些压心，好像清澈的水流中扔进块金属。我也就此走进了这微不足道的小蜜蜂世界，这个世界里很多让我豁然，这里隐藏了那么多不为人知，大大超乎我的认知。

蜜蜂属“母系社会”，几乎所有工作都由雌性来完成。蜂王是雌性，繁育的都是雌蜂。雌蜂仅小部分有繁育能力，繁育出雄蜂。大部分雌蜂生殖器发育不全，无生育能力，也就没了想入非非，成了专心致志采蜜的工蜂。雄蜂只管交配，如果想在芸芸众蜂中脱颖而出，被蜂王宠幸一次，得看飞翔的速度，谁快谁捷足先登。不过代价也够大，和蜂王行完好事，生命也就自此终结了。交配完不光生殖器断掉，雄蜂也会就此气绝身亡。就是这样的结局，依然挡不住每次交配时雄蜂的前赴后继、踊跃争先、奋不顾身。雄蜂好色，死不足惜，蜂王身下死，做鬼也风流。不禁让人感慨万千，为啥都有赴汤蹈火的，不存在值与不值。

蜂群和蜂群之间自有规矩，采花遇到一起，各忙各的，不敌视，不争不斗。没有哪个蜂群独占一片花海，拒绝别的蜂群造访。但趁乱盗蜜就一点也不容忍，遇上来犯之敌，群起而攻之，一点不客气，盗猎者有去无回。保护自己的果实，蜜蜂果敢而决绝，对投机取巧者，绝不姑息。雄蜂出去“拈花惹草”，对方蜂王不在意，雌蜂对于出轨者高规格礼遇，和欢迎投资商一样热情，“女权”盛行的蜜蜂世界，显出一份难得的大度。雌蜂如果出去“卖弄风骚”，勾引其他群的雄蜂，工蜂会立马挥刀，斩杀无赦。

蜂王不管这些闲事，它是被老蜂王指定的“官二代”，享受着至高无上的待遇，它不吃蜂蜜，只喝蜂王浆，备受拥戴。能成蜂王，要看造化，蜂王生下的雌蜂，有的就吃三天蜂王浆，没完全发育就不再吃，只能去做工蜂。一直喝蜂王浆的就长成了蜂王，统领着蜜蜂世界。蜜蜂不能没有蜂王，一旦没了蜂王，蜂群就成了一盘散沙，像掐了头的苍蝇，四处乱飞，一窝蜂就此溃散。只要是群居，差不多都这德行。蜂王无毒，不蜇人。王园之在《蜂记》中认为这是蜂王的“君子之德”。蜂王一般足不出户，寿命很长，少则三五年，多则八九年。只要一息尚存，就永远为王。

蜜蜂看去杂乱无章，实际上是分工最为明确的族群。做到蜂王就啥也不用干，蜂王就是职业。雄蜂仅做种子用，不想做懒汉都不成。工蜂不行，只要活着就一刻也不能停下来，它们是真正的劳动模范。工蜂有看门的，有采花的，也有酿蜜的，如现代化流水线，高度协作的行当。我不知道现代化工业生产，受了蜜蜂的分工协作的启发没有。如果哪天每个国家分工更为细致和明确了，整个地球村互通有无，才是真正的和谐世界。

采花的工蜂不停地飞翔，不舍昼夜，不知疲倦。它们飞进花丛中，吸一肚子糖分，吸完这朵，奔向那朵，满载而归，回到蜂房一点不落地卸载完，又振翅飞回花的世界里。据说采一蜜囊蜜，需要吸一千一百朵到一千四百朵花。要酿出五百克花蜜，工蜂需要来回飞三十三万七千次。就勤劳这一点，蜜蜂应是当之无愧的魁首。据说，它们只有累得筋疲力尽了，才在吐完汁液的蜂箱边挂着歇一歇。它们腰酸吗？腿麻吗？不得而知。工蜂寿命最短，一般存活仅三十天，多则六十天。它们或戛然在飞行的路上，或在花朵上，或在吐完最后一滴汁液后的蜂箱旁。鞠躬尽瘁，竭尽所能，死而后已，这些词好像就是为它们造的。

蜜蜂死去无声无息，人们都习惯了，引不起关注。没有战争，也没有厮杀，在劳作中终老，是勤劳的一生，我说也是光荣的一生。一生匆匆忙忙，短暂的生命，却倾其所有。

每年一进五月，南方的养蜂人就如期来到跑马岭，他们跟着花走遍中国。大山每一层都有蜂箱，每天只要走进林子，就能听到蜜蜂不知疲倦的歌唱，振翅在花蕊上起舞，这个让人心醉的季节流淌着香甜。不久，外地就会有很多人赶来买走蜂蜜和蜂王浆，我们也不例外地每年都要提回几桶。我的老朋友老李也养蜂，我一般用他的蜜，他的蜜和他朴实的人一样纯。

后来渐渐对蜜蜂了解更深，知道蜂蜜是它们越冬的食物。人知道蜂蜜的好处，就强行占有了它们的财富。到了冬天它们只能围在一起，报团取暖，蜂箱里挤得一点空隙也没有。蜂蜜要拿去换钱，却不舍得给蜜蜂吃，冬天就喂一些砂糖水，我吃了一惊。它们的牙齿可以杀死入侵的同类，身后的毒针对强大的人类却形同虚设，根本保护不了自己。现在觉得那些溢美之词真是虚伪，比打一巴掌给个枣吃要恶毒百倍。山东细犬和意大利灵缇犬勤劳能干，却骨瘦如柴，跑得快，是猎人的最佳拍档。抓了那么多兔子，却从未填饱过肚腹。鱼鹰也是如此，只负责劳动，不负责分享。后来再吃蜂蜜，心情都有些忐忑。

马蜂是野生的，常常悬在高高的树梢，马蜂却不容侵犯，否则蜂针伺候。被蜇过的人都知道那种要死要活的疼，脸肿得像块发面。人不喜欢会自卫反击的马蜂，有不少复仇的人喜欢包上头，拿根杆子强行挑掉蜂窝，弄得马蜂无家可归。特别是雨天把杆子头上绑上柴火，浇上煤油，去烧无路可逃的蜂窝。一把火，马蜂辛苦好久的蜂窝变为灰烬，马蜂全军覆灭。还有一种黑蜂子，我们都叫它“玄蝗”，个头有三四个马蜂大，黑脑袋，黄肩膀，黑肚子，飞起来像个小发电机，动静很大。它们喜欢趴在夏天晒的被子上，没人敢招惹它们，听大人说：玄蝗，玄蝗，蜇了，不是死，就是见阎王。

其实蜜蜂最大的功绩，是在采花时为花草树木授粉，有它们在，自然才会旺盛、蓬勃，之于生态不可或缺。爱因斯坦说得更邪乎：如果蜜蜂在地球上消失，那人类只能再活四年。有这样耸人听闻吗？我说不好。忘不掉第一次喝蜜，惊异天下居然有如此美好的东西。想起蜂蜜在嘴里到肚里的慢慢融化，整个肺腑都是美好，这样的甜能沁入骨髓。一下子，就仿佛走进阳光里去，灿烂的心情无法表达。时下，我经常慢慢地回味，消解那甜意，温暖立刻电流一般传满身心。

2014 年 9 月 18 日初稿

2019 年 9 月 12 日定稿

夏日里的春天

跑马岭提前进入了雨季，老天爷也似乎是为了前阶段的吝啬之举还债，前一个时期出奇的旱，现在就可着劲地下。好像立志一夜之间就把原先的欠亏补偿回来，稀里哗啦地下个没完没了。

雨后的树被这雨洗涤出本来的面目，翠绿翠绿的，那绿让人觉得心都醉了。最让人激动不已的是那片片云海，缭绕在每一座山，洁白而朦胧，给这山、这树裹了一层白纱。这种景象只有秋天才有，今年却提前到来了。来跑马岭如果是赶到雨后，还可以欣赏到这难得一见的云海奇观呢。

野生动物世界的体量之大，是济南景区的首席。这里有名目繁多的树种，是动植物的世界。如果仅仅是看动物，那真的要留下很多遗憾，这里还有很多奇异的景致。猴谷的那个谷口像给大山打开一个明亮的窗口，四周的山川、河流、湖泊、村舍尽收眼底。站在索道上近九百米的高度，可领略“一览众山小”的意蕴。临御马亭那深不见底的黄氏梁谷，让人胆战心惊。在春日里还可以遥望对面那漫山黄灿灿的连翘，内心装满了无穷的色彩。

人间四月芳菲尽，好像那时的认识有局限，在这里除了滞后于规律依次而开的杏花、桃花，以及林林总总的花，最为壮观的当是槐花。在野生动物世界有千余亩刺槐，当平原上的繁花开尽，它才耐住性子，不慌不忙悠闲地盛放着自己。这个季节，刺槐林里人声鼎沸。大家都对这晚开的花儿表示一点个人的偏爱，纷纷留下自己靓丽的影子。

还有一种能看不能吃的紫槐，那种深沉的紫让人看了久久不愿离去。这是新品种，和紫藤、薰衣草一样有着雅致的情调。人文情怀较重、审美格调较高的人，喜欢这种颜色。相信不久会成为国画家的新宠。这种颜色最容易打动人，打动你不平静的内心，看到紫，人们很容易沉稳下来。

这些还都是海拔高所致，最让人眼前一亮的是那些反季开出的花朵。看花就觉得得到了一种本不应该得到的东西，实属意外。在小动物园的台阶下，有一株紫色的玉兰花，都七月份了，还在那里蓬蓬勃勃地怒放着。来就餐的游客纷纷围着看个稀奇，有的甚至被服务员催叫多遍，才依依不舍地离开。看来珍稀的花朵比美食还具有诱惑力，秀色可餐可能也包括美丽的花朵吧！

在非洲食草动物区那片偌大的刺槐林里，好多枝丫上竟也冒出密密麻麻的花骨朵儿。这花也真的是太不守规矩了，简直是翻天了。这是犯了哪门子邪啊！真的让人看不懂。实际上，说到家埋怨这花的不听话是无理的，谁叫你给了它那么好的气候，让气温一直停留在春天呢？该开的不开实在也是没有道理啊！把美呈现给人们难道还有错误？现在的山道上芙蓉花开得正艳丽，那轻盈的粉色和这个已经有些深度的季节也有不小的反差。

漫游是体验，逍遥游是品质。如果不是走马观花，或者仅仅停留在到此一游，定会忽略许多，细心一些体验，如和这些不经意、出乎意料的花相遇，便会让你感悟到大自然的魅力。在你夏日烦躁的心头驻足一片绿荫，或者欣赏些许灿烂，那么你还有什么不满足于生活，抱怨更多不该抱怨的呢？只有平静下来，美好才会时常不经意地和你撞个满怀，跑马岭夏日的春天就是这样的不速之客。

当你见到这些不速之客，一定要习以为常，才不算少见多怪。

2014 年 7 月 30 日

李友亮

人的喜好千奇百怪，痴迷什么的都有，宠物养得更是五花八门，奇葩得吓出你眼珠子。拥抱狮子、跟鳄鱼接吻，看着能犯心脏病。我充其量算叶公好龙，从不越雷池半步，零距离的狮虎合影，一次都没敢尝试过，更别说虎口瞬间体验了。李友亮不用吃熊心豹子胆，入虎穴像串门，轻而易举得了一大帮虎崽子。李友亮这不是闲情逸致，他是正儿八经的狮虎育幼员，是它们的保姆兼幼教。

济南南山钟灵神秀，无山不峻，无水不媚。一座座山、一道道岭、一条条川，纵横交错，勾出济南后花园的大美。山水灵异，滋养得人也面目清爽。李友亮在这儿生在这儿长，像棵风滋雨润的苗木，蓬勃而茁壮。他家就在山下，离跑马岭一箭之地。

李友亮最早开电动门，亚洲区的、非洲区的都开过，“权力”很大。他不开门，人只能从车里干看着，虎有天大本事，也休想出来半步。电动门有两道，中间真空地带是安全岛。观光车进来一道门要稍停，关好后再开另一道门。动物若是趁操作员偶尔疏忽，也只能在安全岛里转悠几圈，还有二道门把最后一关，想逃几乎不用想。这是个需要格外小心的活，有个喜欢看书的小伙子一次大意，差点出了大事。里边那道电动门没关就下了操作室，结果被一只悄悄尾随的虎抓伤了屁股。

好在他机敏，回手用链子锁抽中虎鼻子，虎鼻子一酸，反身跑进去。好在有惊无险，虚惊一场。友亮格外小心，没出过差错。

友亮后来又跟黑瞎子缠了两年，还未来得及深交，接着又去管小狮虎。跑马岭虎最多，有百虎镇山。品种也不少，光是孟加拉就好几个变异种，白虎、雪虎，还有金虎，很多人都是冲着虎来的。虎耐看也有短板，不少初次生育后却不知道如何奶，像是大姑娘生孩子——头一遭，手足无措。小虎只能拿出来，在附近找只刚生完狗崽的母狗来奶。养小虎他就得和另一个饲养员轮流守夜，虎晚上也要吃奶，饿了就哇哇地叫唤，声振屋瓦。

小动物多了，就建了个少儿动物园，把一批刚出生不久的小狮虎从猛兽区搬到步行区。新建的笼舍，地面和笼舍都没有干透，小东西又是那样调皮，换了新环境激动得不得了，没完没了地翻啊滚啊，个个都成了“泥水匠”。不少游客围着看热闹，不愿意离开。李友亮来了，看他的宝贝成了这副模样，急得又跺脚又抹脸的，一把一把地在身上摸，往下捋泥巴，嘴里还埋怨着这活干得太粗心。游客都不再看小动物，一起反过来看他，觉得这个小伙子更有意思。

有次带着小狮子去济南展览，正值隆冬。冷湿的环境乍移到温暖的大厅里，给狮子喂食的时候，他赫然发现狮子的脚掌开裂了，露着血红粉嫩的肉，他说什么也不干了，坚持要把狮子带回来。他抓着狮子爪子又攥又摸的，好像疼的是他自己。把兽医请来给狮子涂抹了药膏，打了消炎针，他才勉强同意留下来。

新《水浒》剧组来拍空镜，要虎咆哮的画面，必须把虎激怒。大家就使劲敲打笼舍外的铁栅栏，素日享受惯了平静的虎不耐烦了，隔着玻璃，怒目相向，张牙舞爪。李友亮翻了脸，像是遇到了一伙“强盗”。他大声地咆哮着：你们要是在家好好的，别人天天砸你家窗户大门，你愿意吗？里边一只龇牙咧嘴，外面一个怒目金刚，这样的现场也真的是一条拍摄趣闻花絮。李友亮护驹子很有名，剧组人被他喊得停住手，心里却悄悄地竖大拇指。

李友亮是个“狮迷”，更是个“虎痴”。

小狮虎秉性各异，温顺的暴躁的都有。和他关系一般的，李友亮摸一下也发火，对着他吹胡子瞪眼，他生气就不愿意搭理它们，嘴里还嘟噜着它们“没良心”。和李友亮关系好的，见他直接就抱住腿，还轻轻地咬他裤脚，他心里暖融融的。闲暇时，他就蹲笼舍，和它们比画一番，开心够了再走。想脱身不那么容易，小白虎就直接蹲在他脚面上，挡着道儿。苦口婆心地劝半天不行，才轻轻地拎起来挪开，再慢慢地关上门离开。小家伙毛茸茸地触上他肌肤的那一霎，他浑身上下都透着快意，像是大热天喝下口冷饮。

跑马岭山头看去不小，但如果按虎在野外的习性，也就一只虎的地盘，估计还要加上梯子山。猫三狗四，虎也就一百天，每年生几十只，快成了养鸡场了。长到八九个月，一部分就要调剂出去，不然真的“养虎为患”了。狮虎不恋家，说走就走，友亮心里却翻腾得厉害。帮人家装车都好像不用心，轻轻地提起来，又有气无力地放下。小家伙喜气洋洋地走了，友亮却一屁股坐在地上，看着远去的汽车，半天不起来，他的心让车拉疼了。

自信来自能力，狮虎坦然，打小脸上好像就写着舍我其谁。尤其是虎，硕大的脑门上那个王字，写得凛凛大气。勇敢的小豹子逊色不止一筹，它们那张不耐烦的脸上只是“别惹我”。狼焦躁不安，它们缺乏把控生存环境的能力，只能成群结队谋生。更弱的灵长类只能早熟，多一点心机才可以，有的童年就长成“老奸巨滑”。还有那群吃草的家伙，貌似憨厚的外表隐藏了更多的自利。它们有的小聪明，有的老道，善于表演，懂得配合，更善于利用人们的喜好达到自己的目的。纯粹的本色动物不多，狮虎都算，一辈子都不用伪装。

随着动物世界的动迁，跑马岭的虎该走的都走了，望岳亭也萧条冷清了，笼舍铁栏上的油漆都剥落得斑斑驳驳，露出厚厚的铁锈。远处泰山还是那么缥缈，对过梯子山依旧那么苍翠真实。李友亮整整养了快二十年，他的世界已经不能没有虎，但他也知道，和虎彻底告别的那一天迟早会到来。再也见不到往日虎啸狮吼那份热闹，空落得像座散戏的舞台，友亮心里被掏空一般。他仍然很努力，很用心，可总觉得浑身劲不知往哪儿使。

2010 年 1 月 9 日初稿

2019 年 2 月 27 日定稿

小　钱

大家都叫他小钱，我也叫他小钱。刚来野生动物世界时，赶上晚上值班，食堂的饭老一套，不想去，就去停车场他的小板房里吃。小钱长得浓眉大眼，敦敦厚厚，只是走路身子不大周正，倒也没啥大毛病，年轻时应该挺英俊的。停车场西头好几个小店，小老板中老毛豪爽，吃碗面经常不收钱，就不好老去。插换着吃最好，老毛那里一顿，小钱这里一顿。

小钱老婆是外地人，相貌平平，皮肤粉红，像是婴儿。她说话口音很重，一听就知道隔这里不近。她妹妹却和她长得大相径庭，二十岁冒头的样子，眉目搭配得很合理，身材匀称，不骨不腴。那些未婚的小伙子喜欢晚上来这儿喝酒，喝完酒很晚也不走，接着打牌，有句没句地和她闲扯。人手不够的时候，她也上场凑个数。

那两家不如他这里热闹，白天凭着吆喝和游说，能拉些游客进来。晚上剩下单位这些知根知底的人，就此热了一家，冷了两家。小姨子成了招牌，广告效应很大，她只要在店里端盘子，不用吆喝，人就陆陆续续坐不少。一到酷夏，都不想回市里，住山里的人多，不花钱避暑，不住白不住。晚上吹着凉风喝一杯，里外都爽，花小钱大享受。

在单位我管过一段时间营销，就是负责组织团队。一下子成了三家小店的热点，争先恐后地和我套近乎，弄得我有些无所适从。和三家小店主，说不上交情，更无矛盾，就是吃多少饭交多少钱的关系，没法厚此薄彼。处理不好，会生出一些不必要的麻烦，就把这件事交给部里的年轻人。当然，不能让仗义的老毛吃亏，赶上大一些的团，或餐标高一些的，就给老毛。

小钱太板，生意做得死。结账遇上有零头，他会不厌其烦地到处找零钱，从不会大手一挥说：算了！算了！我几次去他那里都这样。村里有人说他，当年在生产队干活，只要感觉内急就急急慌慌地往家跑。连滚带爬地，像是偷了地雷，怕被逮住。妇女都笑成一团，队长卷着大炮烟抽一口，长舒口气：小钱公私分明，要是再过不好，那就忒可惜了！我觉得这是编排小钱，有些不厚道。大家对他好感不多，没他小姨子这招牌，他的生意应该是最差的。有人劝我不给他安排团，主要嫌他太小气。我觉得这想法不对，不占便宜就生怨恨不好。生意嘛！一是一，二是二。《小兵张嘎》里日本翻译官那句电影名言：老子在城里下馆子都不给钱！纯属歪理，到哪儿也讲不过去，再说霸王餐吃了也不舒服。

有年秋天，我让小于给他安排一个外地团。团餐一般要提前一天订，不然来了一大堆人，没有准备的话，第二天就可能手忙脚乱，山上毕竟有诸多不便，上下山来回一趟要费不少时间。那个外地团倒是来了，只是车坏在了去南部山区的道上，游客急得团团转，导游不停地打我手机。我爱莫能助，鞭长莫及，只能是安慰安慰，除了汽修厂，谁也没好法。

游客交了钱就上帝得不行，不一般的牛，怨声四起。骂两句导游撒撒气罢了，车故障骂不好，只能各想各的招。家长怕孩子亏了肚子，一窝蜂进了路边农家乐。小钱一大早的辛苦泡了汤，恰巧那天散客也少。我在外地正和几家旅行社的头儿商议下步合作事宜，小钱的电话一个接一个，问我怎么办。他的絮叨让商议的话题几次中断，我有些恼怒，很不客气地回了句：回去再说！就挂了他的电话。心想，至于吗，不就四桌饭吗？让旅行社按百分之七十结账就是，不行单位也可以适度给些补偿。还有，原来我给他安排了那么多客人，他竟然决绝地“一笔勾销”了。

下午此事还没完，他老婆又接上火，叽里咕噜地在电话里说了半天，口气都不太友好了。本来对她印象不差的，见面都客客气气，和颜悦色地说话，还带着恭敬，就这点事脸就变了。我没忍住气，在电话里呵斥她几句，就关了机。多么大的事？回来见面说就等不得吗？一时，我对他两口子印象坏到了极点。

回来后，当天就见到了小钱，他讪讪着脸，一副不好意思的样子，他老婆也一口一个领导叫着。余怒未消的我本想再说他两句，可话到嘴边就打住了，毕竟人家是小本生意。这个合作不错的旅行社下午上山，如数给他结了团餐，这才换回小钱夫妇新嘴脸。两个人像是犯了多么大的错误一样，惶恐得有些不知所措。

事也就这样过去了，抓住不放也没大意思，得饶人处且饶人。又过了些时候，我还是让小于他们给他安排了几次团。一家人在这里忙乎，挺不容易的。只是小钱当过兵，还是个汽车兵，在他身上却看不出行伍素养。当过兵的人，如果拿不起也放不下，这兵也就白当了。

在这近九百米的山顶上，常生白云的地方散落了不少村庄，小钱和老毛都是附近村里的。在这里开个小店，离家近，不耽搁种地，房租不高，一年挣个三五万，日子要好过不少，还能顺便兜售不少山货和药材。小饭店都是多种经营，饭店、商店、地产杂货铺。他和老毛挨着，干着一样的事，倒也相安无事。

听村里人说，小钱当兵落下一点残疾，在山里不好找媳妇，就从外地讨换了一个。反正他有了媳妇，也有了孩子，一个漂亮懂事的儿子，很有眼力见儿。那么一点小孩，有客人来他就不闲着，大家都喜欢这个会来事的小家伙。孩子和小钱太不一样了，长大要是开个店，肯定比小钱强很多。现在这个“小小店小二”，是小钱店一景。

前几年，他在自家山坡地上建了一栋三层小楼。这是山前后两条上山路的交叉口，上山必经。小楼能吃饭还能住宿，路下边就是他自己的果园，客人还能采摘。就餐可以在屋里坐，也可以院子里吃，院子里几棵大核桃树，浓荫蔽日。吹着山风吃饭喝酒，不时果香花香袭来，极目远眺四周山色，这舒心就不用说了。

我有次回跑马岭，看一位养猴的朋友，说起猴子，话就格外稠。中午吃了一顿没尽兴，晚上继续话题，就去了小钱那里。趁我们吃饭的空，小钱拿着手电去了路下边桃园，不大工夫两篮子肥硕的桃子就提回来。吃完饭我上了车，小钱拎着那两篮子桃，拦下我并让我开后备厢。我没拒绝他，却坚持让他称一下，说实话占他便宜的心，我真没有。

小钱死活不同意，催我走人：自己种的，又不是贩卖来的，拿回去吃就行，说什么钱啊！我真有点不敢相信，眼前这还是那个为了四桌饭，一上午能打十几个电话的小钱吗？真是破了天荒！日头从西边出啦！他老婆也不甘落后地凑上来，满脸堆笑地劝说我收下，还念叨着我曾经对他们的帮助。正在争执不下，他“小跑堂”儿子忽闪着大眼过来，一把就关了厢盖。

下山的路上，我落下两边的车窗，眼前这山、这林、这皎洁的夜空，亲切如故乡。拐过两道弯，我下车走向山腰一处有平台的地方，回望他家窗上透出的灯光，柔柔的很是温馨。白天有些喧闹的山沉静下来，过耳的只有山风，林子笼罩在黑魆魆的夜色里，只有村庄里的灯毫不掩饰地亮着。小民的日子简单，直白，少有机窍，和他们打交道，不需要那么复杂。跑马岭很大，藏了那么多沟壑，仔细打量，除了石头就是土。

又好久没上山了。前几日有梦，全是跑马岭的光景和人，或御马亭听松涛，或行走在各色动物间，看众生百相。想老路、修恩、功宝、秀镇、友亮、风臣、加军、兴亮那帮子共事十多年的朋友，当然也想老毛和小钱，还有吴有贵，一切都恍若昨天。

2014 年 8 月 13 日初稿

2019 年 5 月 6 日定稿

熊样儿

舞台很神奇，是秤也是尺。只要上去一舞扎，轻重、粗长，到底是咋回事，就不用啰唆了。好事者给动物搭了架子，狗熊是舞台上的绝对主角。狗熊登台亮相最容易找到感觉，哗众取宠，讨巧卖乖，可劲自损，拼命自辱，掌声来得又多又快。狮也就凭着二杆子劲做几个惊险动作，挠不到人的开心点。虎上了小舞台也稀松，很难出彩。表演对于狮子是迫不得已，虎更是心不甘、情不愿。

一到台上，伪装待不住，粉抹得再厚也不行，都被“扒光”了，纵有两道幕却难遮羞。几场戏下来，究竟骨子里是啥货色，都能看得一清二楚。虎和豹子都是本色演员，狗熊则是性格演员，对“导演”的任何意图，领悟得快，执行得也到位。

如果不是熊个头太大，吃得太多，带着太麻烦，那走街串巷的活一定没猴子什么事。笨熊不笨，啥玩意儿一学就会，篮球、旱冰、自行车、摩托车、单杠、双杠、吊环无所不能。NBA 的奥尼尔就像只大棕熊，体重快三百斤，可带球过人、胯下运球、上篮很多花招让人眼花缭乱。

反差越大越容易触动笑点。大块头配一张耗子脸，台上一站，不张口三分幽默就出来了。要么就肥头大耳，体魄却如时迁，桌前一杵，稍吭哧几声，就能爆了场子。狗熊是天生的滑稽演员，趔趔趄趄，人模狗样地走两步，就令人捧腹。

可狗熊都是懒熊，绝不多干一点活。骑车两圈不到就要下来，同时还得拿眼瞅着驯兽员，只要不拿棍子打它，它就扔了车子磨洋工。棍子一举，才赶紧跳上自行车，没命地骑。一边骑还一边回头，看驯兽员追上没有。有时光顾回头了，没把持好平衡，熊仰车翻。场馆里再也忍俊不禁，笑声一片之后掌声一片，这滑稽一点不逊色于二人转。接下来要是再给点零食小吃，表演得会更带劲。

狗熊出场机会多，展览会和电视台都喜欢。但它不喜欢生疏场面，像是没见过世面，到了光怪陆离的场面就无所适从。有一次，主持人报完节目，狗熊临阵怯场了，死活不上场。这边等了好半天不见其熊影，以致嘘声四起，急得主持人尴尬得出了头汗，才不得不临时顺延下一个节目。后来知道，那一天驯兽员忘了带食物，没有奶哪里是娘啊！狗熊可不听空忽悠。

跑马岭有三种熊，棕熊、黑熊和马来熊。棕熊就是我说过不少次，患有不孕不育症的那只，到了这里不知犯了哪门子邪，没完没了地生，笼舍都快不够用了。黑熊也不甘示弱，摽劲儿下崽，望岳亭的平台上黑压压一群。马来熊个头小，也不活泼，脸整天死爹一般哭丧着，不大抓人，就移到白虎下面的一个低洼处。没人看，少人理，倒也落个清闲自在。

望岳亭平台上隔着一道深深的壕沟，可以和棕熊面对面游戏。这边不管扔啥，它都能准确无误地逮住。只要这边一站人，不用吆喝，棕熊就晃晃悠悠地走上来，等你给它抛东西。只要手里有东西诱惑着，让它敬礼它敬礼，让它作揖它作揖，连示范都不需要。它作揖最为地道，两只前掌抱在一起，不停地起来落下，好一副虔诚的模样。那样大的个子，乖得让人觉得不习惯。哪怕你手里是一粒花生米，甚至更小的东西，只要拿在手里引诱它，它一副来者不拒的样子，照单全收。它奉献绝技转圈，不给东西就不停，到你开心大笑为止。

狗熊是杂食动物，胃口特别好，最喜欢甜食。它们过生日，都要给它们买蛋糕吃，弄得满脸奶油，成了舞台上的奸白脸。它们也在野外偷吃野蜂蜜，被蜇得浑身都是包也全然不顾。它们最喜欢可乐，拿着瓶煞有介事地喝，像个淘气孩子。有次，一位不守规矩的游客把自己喝剩的半瓶全兴大曲，一股脑儿都倒给了大棕熊，棕熊还以为是可乐，一点没客气，一口闷下。最终不胜酒力，整整一下午没醒，躺在地上像个死猪，把饲养员都吓坏了，狗熊当时正身怀六甲。

狗熊的肚子像个无底洞，深不可测，不知道什么叫饱，不管什么时候喂食，都来者不拒。早年乡间要饭的也都是大肚子汉，谁家给东西都吃，也不知哪儿能装下这么多干粮和汤水。一次有游客不小心把一块肉掉在壕沟里，两只棕熊几乎同时从快三米的台子上跳下去抢，重重地砸在地上，围观的人都为它们捏了把汗。

没食物的时候，狗熊倒也相安无事，该玩的玩，该嬉闹的则嬉闹，一副太平日子的光景。一旦有食物来了，立即睁开眯缝着的眼睛，一食必争，寸土不让。只要有食物投进去，跟着就是一场大战。混战过后，胜者带着伤品味自己的战果，落败者也带着伤满脸无奈，一副气愤难平的样子。它们不懂“孔融让梨”。

平时骂人，喜欢说看你那熊样儿。带着几分嗔怒，几分亲切。熊样儿的深处是啥？未必清楚，小丑多半是滑稽，甚至丑得可爱。大丑则是恶，大丑看去一脸正气，把丑陋全都掩藏了。奸猾到家，不一定能一眼识别出来。

狗熊现实主义版本让人心生不少悲凉，它放弃了尊严，丢了不少不该丢的。嚣烦尘世自尊自重太辛苦，不卑不畏不俗不谄，这要求太高，还是不勉为其难的好。说到底狗熊并不畏惧棍棒，在山林里猎人的枪它都不怕，只是不想吃这眼前的亏罢了。它也不想取宠众人掌声，它很朴素，仅仅是为了果腹，获取一些最现实的食物罢了，有奶便是娘也是无奈之举。利出一孔，谁都会如此，空着肚子，啥也别想。如果放归山林，它的真面目不是你看到的这个样子。还有黑熊脖子里天生的白色 V 字，多漂亮的一神来之笔啊，看去，倒是有几分绅士味儿呢！

2014 年 6 月 27 日初稿

2019 年 2 月 2 日定稿

望岳亭

跑马岭美景多，不胜枚举，自然造化神奇，这儿峰岭沟壑无处不景。细细品赏，皆有独到之处。最佳处，莫过于黄石梁谷和望岳亭。黄石梁谷美在其幽，望岳亭蔚为壮观，则在其阔了。来跑马岭，如果这两处不看，差不多算是白来。

望岳亭本无亭，不过是跑马岭最东端削平的一处山头，和云梯山搭肩的一平台而已。南侧峭壁上，建有一排廊子，长廊尽头各有小亭，在此亭可南望泰山，故称望岳亭。亭，甚粗陋，像堆糙石，不耐读更不耐品，因而无法动心。来此的人多半借亭远眺，亭本身反而给忽略了。很多景点，亭台廊阁搭建随意，败笔居多，反而伤了风景大雅。对于自然，应多些尊重，少随心所欲的好。

望岳亭算是山上为数不多的平坦处，南侧就杵着这道廊子，扯西到东占了大半边沿。北侧则是猛兽区的一个天桥小立交，在这里看动物，可以居高临下，小看这群不可一世的猛兽，很有意思。一个高高大大的十字台子，横在四个区域上，在台上俯瞰这些舍我其谁的家伙，也蛮有一番景象。如果赶得巧，还可以看到猛兽扑活食，经常在游客较为集中的时候，扔进只兔子或者鸡鸭什么的。观赏这群庞然大物的吃相，能看出它们各自都有自己独到的方式。游客可以购买鸡鸭兔子，亲自体验一把，挺刺激的。

最有趣的，莫过于隔着栏杆，还有那道深深的壕沟，用竹竿拴上一根绳子，绳子下面系上块肉钓狗熊。扬起竿子在狗熊的嘴边晃悠，像钓鱼又不像钓鱼。钓鱼目的是隐藏的，那是阴谋，将钩埋藏在食里。狗熊却在明处，纯粹是玩的心跳，属于阳谋。钓鱼是钓一种沉稳心态，钓狗熊则妙趣横生了。狗熊见到吃的，就露出那副饿死鬼相，怎么摆布和戏弄都没事。只要吃到东西，狗熊还会投桃报李，对你施以大礼，双手作揖唱肥喏。

出丑对于狗熊，那是家常便饭。在动物圈里，脸皮最厚的当属狗熊，它们不知道啥叫尴尬。

这里也曾上演过血淋淋的虎吃牛，七八只东北虎趴在牛身上。有的抱脑袋，有的啃屁股，也有的咬大腿，这些“半大小子”很是不得法，按说都该去庖丁那儿培训。让人发笑的同时，也满心别扭，看着无动于衷的牛，长着锋利犄角，身躯数倍于虎，不知该说啥。虎毕竟是虎，啃了半天，无师自通，才开窍去咬咽喉。此景比建个蹩脚亭子更煞风景，整个望岳亭的锦绣大美全被破坏了，把一幅大水墨画给涂抹得格外血腥。

望岳亭高而开阔，东面的梯子山是济南最高海拔，近一千米，是济南为数不多未被开发成景区的山，也是驴友最为钟情的一座山。只是近年多了不少垃圾，很是刺目。据说珠穆朗玛峰光尸体就堆了一路，各种五颜六色的废弃物满眼都是。雨后站在望岳亭看云梯山的云雾，如置身于一幅大山水画中，远看更美，细微处都忽略掉了。

活在南部山区，真是幸运得很，天天身在图画中。江南山水佳，在富春江住三个月就是画家，在杭州待一天可成诗人。南部山区是北方的小江南。上苍是公允的，给了江南绮丽，给了北方粗犷。可到南部山区一看，这种认知就走了样子，区域风格并非整齐划一，而是多姿态的，更多的是奇秀和妩媚，全然不是壮汉模样。有时仅凭经验判断，往往让人走进一些误区，出乎意料地少见多怪。在这狞厉奔放的土地上如此精细地涂抹，自然就产生了更多的怪异。还有太行山水，都是北国里的南国。当然，北方的阴柔里多了份刚性，血肉丰满。

望岳亭是个赏景的绝佳处，看景往往容易醉进去，东边云梯山一掩，更容易产生奇妙的遐想，不知山那边有怎样的无穷奥妙。环视半周，视野里全是波浪般的山峦，可尽情体味苍山如海。只是缺乏绝对高度，难以产生一览众山小的感觉。有意思的是，这山看着那山高，其实那山未必高，视觉差异而已。人也如此，经常遇见夸夸其谈、貌似大师般巍然的人，看清其真面目后，又觉不过尔尔，眼睛很多时候容易受其蒙蔽。说高山仰止，是因为人在低处的结果，有时又一叶障目，而忽略掉很多的泰山。时下，耐看又经得起细读的人太少。

动物世界当初建设仓促，走的是大干快上的路径，很多节点都是急就章，难免用笔潦草，自然和人工就显得泾渭分明。好在有这么多景观在那儿，人的眼光不是沉浸在自然，就是聚焦在动物上，也遮了不少丑。跑马岭是泰山余脉，望岳亭与泰山的垂直距离只有十二公里，空气纯净的时候，泰山清晰可见。又想，中国人命名很有意思的，唯高，唯大，唯名。此亭没有依借云梯山，就是平素讲的梯子山，是因其籍籍无名。有粗腿可抱，就要丢细的。

细细想来，势利是随处可见的，散了满地鸡毛。和阿 Q 的经典言论“我祖上也姓赵”，如出一辙。各地的典籍志书无不充斥着道听途说和子虚乌有，连潘金莲、西门庆都遭哄抢，唯恐那地不是物华天宝、人杰地灵了。把一方方实实在在的水土，都弄成塑料花和 P 图，倒人胃口。一个大舜，几地争破脑袋。

望岳亭还好，起码离着泰山近，也说不上牵强附会。这势利还算贴题，人的眼皮没有往下翻的。好在这事靠谱，泰山抬头可见。只是，时下登泰山也无法小天下了，人的眼睛翻山越岭迅疾，换个视角抵达的高度就几个泰山不止。只是泰山厚重，一路全是几千年文化铺就。珠穆朗玛也不需观止，空间是无穷尽的。去泰山须臾间可抵达，上山有了索道，也无跋涉之苦。快节奏的行程，也让更多的高不可攀变为如履平地。不再需要仰视，就有了份轻松，乐趣也就多了。

望岳亭一名，也让我想了很多，看去攀高枝，实则是丢了西瓜，捡了芝麻。此地宜赏月，视觉无遮拦，却被泰山障目，不见银河，都是急功近利心态作怪。以为捡了便宜，实则吃了大亏，算小账的“聪明”人多，算大账的“糊涂”人少。叫望月亭岂不更响亮、更韵味、更诗意？仲秋时节还可以轻吟“海岛冰轮初转腾，见玉兔又早东升”呢！上苍赐就的明月不要，偏偏去拉来泰山硬贴，如此煞费苦心得不偿失，一切本应顺其自然的好。

2014 年 5 月 29 日初稿

2019 年 8 月 31 日凌晨定稿

夏　夜

活在霾里久了，一连好多年没有和繁星点点的夜空会面了，像是一位别后久未谋面的老朋友。期待得太久，心也渐渐麻木了，麻木到对于整日灰蒙蒙的天也熟视无睹。再次和如洗夜空相逢，像是相见久别重逢的朋友，未免有些小激动，仅此一点，要感谢跑马岭。是跑马岭的夜，把我拉回这纯净的世界，让我再次体味这大美。

特感念儿时的情景，夏天的晚上最迷人，是那些贫瘠的日子里的梦幻时光。童年的星空意境现在捕捉不到了，那些看去慢吞吞的日子充满诗意，只是可惜无法复制。很多东西失去很容易，唤回就太难了，一如夏夜。人往往如此，有时不太珍惜太容易拥有的东西，只是发现不在了，才感到弥足珍贵。

济南老乡辛弃疾，他笔下的夏夜经典。大家就是大家，一阕寥寥数语词，就把一个温暖的乡村，写得如此生动感人。“明月别枝惊鹊，清风半夜鸣蝉”，他又说“稻香”“丰年”“蛙声”，还有天外的七八个星，山前的两三点雨。一组造像把乡下写得活了。我真是拙笨，同样的叙事要絮叨半天。

阳光温暖，可火辣辣的太热情了，洒一身却无法招架。和风风火火的性格一样，过度的盛情真吃不消。最容易入心的，当是和风细雨地来，“随风潜入夜”，而后“润物细无声”。这样才好，悄悄地靠近，慢慢地品味。当然，更不敢在漫漫长夜里生存，宁可光天化日居多，也不在长夜漫漫里活。人，盛夏诅咒烈日炎炎，冬日又变着法追逐阳光。冬日的阳光最舒坦，见阳光像是见亲人。

要说最亲还是月明之夜。晚上凉风习习最受欢迎，晚风轻吹美。早年的盛夏，没有空调，连风扇也没有，也没有驱蚊的药品，仅有的是一把大蒲扇，能呼啦呼啦，将耳边嗡嗡作响、一遍一遍在身边狂轰滥炸的蚊蝇赶走。乡村粗粝，手里用不着“轻罗小扇”。那时的房子窗户太小，风刮不进来，蚊帐又是老织布机织就的，比密不透风的布略好一些。待在蚊帐里，差不多就快给焖熟了。大人们都喜欢在院子里乘凉，也有人去屋顶睡，屋顶用石子和石灰砸了，光滑而平坦，晒过一天尚有余温。

此刻成就了孩子亲近天空的愿望。平躺在席子上，仰望浩瀚的夜空，那一颗颗眨着眼睛的星星，看去明亮，却又像是满腹的心事，有很多话需要倾诉。有的是俏皮地挤眉弄眼，有的是沉郁在眉宇间的一丝惆怅。孩子心境纯净，夜空所有的表情都看得一清二楚，没有遗漏。在夜里遐想的孩子多半有诗人禀赋，若学一点乐理，肯定会谱出自己的《小夜曲》。

看着辽阔的夜空，畅想是不由自主的。这些无边际同牛郎织女无关，天真的孩子不关心嫦娥寂寞不寂寞，脑子里更多的是十万个为什么，全是科幻的范畴和主题。爱情离孩子很遥远，孤独不属于少年。我根据课本寻找过北斗七星，却在那无序的排列中迷茫得不知道究竟是哪一个。据说七星排列得像个勺子，我从来也没找到过。阿庆嫂说的“七星灶”，不知是不是北斗的样子。

读《常识》让我知道，银河是最大的河，最大的星球莫过于星星，它比我们看到的太阳还要大，比地球不知大出多少倍去。可是，那么大的星球，远远地看去，竟然是那样的渺小，小到手里可以米花般攥一大把。距离是个很有魔力的东西，生生地把如此庞大的物体变得微不足道。星球的边界在哪儿，望不到尽头。如果这一切没有科学的探索，无人穷究，一切都可能被颠倒了。哥白尼和伽利略为此都付出了代价，认识的进步也需要时间和生命的铺垫。

夜里还可以听到一声声不算太吵的蝉鸣，蛙鸣一宿都不会止。没有太阳的夜晚，月亮是主角，众星捧着，格外地炫目和耀眼。童年的整个夜是明亮的，是快乐的，是美得无法忘记的。出村看电影，走几里或十几里路，不用灯盏。靠近十五的夜晚，亮如白昼。

后来多少年，烟囱越来越多，越来越粗。汽车不几年就满大街了，开始还能流动开来，后来就全都走走停停了，堵得像条滞留的河。云雾没了，烟雾开始和我们的生活朝夕相伴。天不再是蓝天，灰蒙蒙的满脸苦逼相。心情也就跟着灰灰的，这样的日子不知啥时候是个尽头。那些年，素日心情也多了分惆怅。

感谢机缘安排，我去了南部山区的跑马岭工作。开始钟情于它的漫山遍野的绿、迷醉人眼的野花、很多难得一见的动物。后来则是跑马岭的夜空打动了我，让我的心紧紧地系在了那里。

这里远离市区，又有一群动物需要照管，每天都要有相关人员值守。其实，除了晚上到各个岗位的例行查岗，也没有多少事要做，没事就喜欢沿着寂静的山道散步。天空的模样让我惊讶，竟然是多年未见的蓝，星星都像水洗过一般，天也好像让雨尽情冲刷过一样，蓝得让人激动。

在这寂静的大山里，望着远处礁石一样模糊的山峦，还有依稀的灯火，感觉自己真是太奢侈了。大自然这样慷慨地现出本来面目让你看，是怎样地垂青于自己啊！前些年大自然是那般吝啬，始终不露真容，我几乎都要诅咒它了。该雨的时候不雨，该雪的时候不雪，该热的时候不热，该冷的时候偏偏是暖冬。季节都差点给搞乱了套，这样往前走不迷途才怪。

在皎洁夜色里，无法吟咏“月明星稀”还有“举杯邀明月”那些耳熟能详的句子，我的世界不希望古人来掺和捣乱。钱钟书先生也在《宋词选注》中批判过同古人思路撞车的现象，批了还是白批，这种不良至今尚在蔓延和泛滥。当然，我也无法免俗！非是我找借口。在绿荫如盖的跑马岭，居然有这番天地。在水泥森林中与霾为伍的人类，哪天也会星光照耀，这样的时间表虽不好确定，但我相信绝不会遥遥无期。

济南的蓝天说回来就回来了，现在每年要相逢多个这样开心的日子。这座泉水充沛的城市，理应如此，我也常常沉浸在欣喜中。只是和跑马岭的夜相比较，纯度上还是差了不少。这样的夜晚，听上曲德沃夏克、柏辽兹，也可以是俞丽拿的小提琴。从辽远的异域，到水乡夏夜都可尽情领略。《夏夜》我听过多遍，据说是描绘江南，我感受到的却是塞外草原。在星月中听曲的享受，是至高无上的，吃穿再高大上，都无法比得了。

2014 年 9 月 12 日初稿

2019 年 5 月 31 日定稿

饮马湾

这是个四面环山的小山涧，在谷底那片草木丰美处，有泉悄然而出，汩汩地流淌着。选在此处落脚，这小小的泉子可谓大慧至极，让我一下想到了江南“退思园”。当然“退思园”是闹中取静，这泉却是彻底退隐。附耳细心倾听，几乎闻不见一丝的喧哗。只是周围的水草，乃至稍远处的庄稼，有这眼泉滋润着，鲜美异常。这个异常安静的泉子叫饮马湾，除了种庄稼的山民，几乎鲜有人来，流水的声响，稍远几乎听不到。

泉子的南坡上是动物医院，平时除了工作人员，少有人光顾。一些伤病的动物在此接受治疗，差不多也算疗养，并不见繁忙。寂静与喧闹泾渭分明地剥离开，这里太寂寞了，寂寞得有些吓人。在动物医院的南下坡还有一个小院，里边立着一小栋林场的办公楼。只是隔了这道岭，俨然两个世界。

四围山坡上生满了野枣，还有野桃。在西面坡上还有一大片柿子树，到了秋天，这一树树耀眼的“灯笼”，把这个寂静的小山坳装扮得格外绚丽。还有诸多叫不上名字的杂草，以及大片曼舞的芦笛。来到这片轻易被忽略的地，可以来回徜徉地走一走，还可以找个地方一坐，静静地看山。

济南泉真多，以泉闻名天下。细细勘量，源头就在南部山区。这里的每座山都是绿的，涵养着济南丰富的水源。作为泉的母体，这一脉脉的山，还有这郁郁葱葱的树木，都是可敬的，它们孕育了一座独步天下的泉城。

我最不喜欢引经据典，古人的典章佳句也储存得不多。引用的东西充斥在文章里，总感到是在剽窃什么，那些独立成章的东西都有自己的生命，与现代很难嫁接。古意我们只能领会，却无法拆借。看到很多满是古人名句的文字，这些看去的博学除了卖弄，就是缺了自信。这种人不是活在今天生动的现实中，而是活在那些句子里不能自拔。钱钟书先生曾经严厉地批判过这种现象，文章本无模式和样板。

刚喋喋不休说了一通貌似正确的道理，就自己打了自己嘴巴。觉得这个泉子有点像是朱熹描述过的半亩方塘，有天光云影，还有清如许的源头活水，重叠的意境还真不少。如按照一般朋友喜欢的思路，这里是不是朱熹当年曾经在此地修心养性，看泉开悟，写下那名句呢？想来想去，竟是自己笑了，自己也跟着扯淡顺道跑了。骂别人俗，自己却脱离不了，也够好笑的。

刚刚来动物世界的时候，经常从动物医院那个陡坡上随手摘酸枣，我喜欢这肉不多却骨感又耐品的小东西。身后能悄悄闻到些声响，眼还不时被一种亮亮的光所映照。不知道下面究竟藏着什么，就产生了一种下去一看究竟的愿望。可那坡实在太陡峭了，差不多有七十度的样子，近乎直立，好长时间仅仅是望一望罢了。但那种神秘还是牵着我，不能平静。去下面看看竟成了我的一大愿望。

终于来了机会，有次在值班，早早地吃完饭，纠集几个人就牵树扯草、连滑加爬地下到坡下。近了才听到泉的声息，清晰激越，很是有力量。潺潺地流着，只是水量不大，好像并不急于面世，还有些羞答答的。这动静像山里没大出过门的姑娘，内心蓬勃着，面上却羞羞答答的。

沿着一人多高茂密的草丛往深处走，清澈的水流盈盈在眼前，谷中的植物青得发黑，草的颜色也深。寻了半天，也未见源头，只好作罢。沿着一条道走向后山，天已经漆黑一团，有些恐怖。半天回到办公室，出身大汗，费了那么大的劲，却未见其真面貌，多少有些遗憾。

这山里有不少泉的，对面的梯子山上有拔槊泉，海拔有七百多米。饮马湾差不多有八百米吧，不知能否称得上济南海拔最高的泉。看来它不想争宠的，默默地流自己的，见过尊容的人少得可怜。无闻是一种更惬意的活法，人真的熟透了，风霜过后，更喜欢安静，江南的园林无一例外地遵循了这原则。

前两年，对小泉做了修整。我去看的时候，正落着小雪。那路已经修得非常平坦，那四周也一番城市园林的景象，很是精致。氤氲的泉冒着蒸汽，袅袅地飘在泉池上。四周格外的静谧，一个人，一眼泉，一方天地，有些独自享受的味道。在稀落的雪花中，这泉也如一朵开放在山涧的花朵。

说来这泉大有来头，据说当年李世民在此练兵，这湾水是他饮马的地方，那时水很大。但他功成名就很快就遗忘了，车水马龙的日子很少人回顾过往。滴水之恩多是说说，真铭记的却不多，这人世就自然多了几分炎凉。可人家没来过，别无中生有，再指责人家无情无义更无厘头。

往深处想，对于让国人引以为豪的大唐，这湾是不是也功不可没呢？好像没有这湾水，什么伟业也成不了。但这事说穿了，仅是个传说而已，不当真的好。这泉只是被好事者绑架，硬往权贵上靠，多了份硬贴尴尬而已，让洁净无为蒙羞。它既不情，又不愿。强人所难不好，拉郎配那是强扭的瓜，肯定无味道，捆绑的夫妻哪里能过得好。

隐于山野，管窥天下，风云尽知。眼里可见千秋雪，心中可泊万里船。听泉知心，对于浮云，对于俗世看重的功名利禄，它不屑于为伍。避世，过自己清心乐道的日子，这才叫逍遥自在。泉本身就是个低调浪漫、唱着欢歌不停向前行走的诗人。说实话，李世民、张世民在别人看来如何的不得了，在它皆云烟过客耳，还真不一定就能入它法眼。

2014 年 9 月 3 日初稿

2019 年 5 月 31 日定稿

猴王争霸

我对猴子的认知经历过无数次反复，坏了，好了，又坏了，又好了。猴子有多副面孔不算，还常变，看清它很伤脑筋。就是有这样无数次的印象，颠覆来颠覆去，也不敢断言说就认清了它。猴子扑朔迷离，看它犹如雾里看花。小小的猴子，一身的谜团。它们自私也友爱，豁达又贪婪，一大堆的矛盾集于一身，真不知到底哪一个是它真身。亲眼目睹过猴子的贺岁大片——猴王争霸，甚至一个镜头也没落下，对猴子的印象依然如水中月亮碎片，晃眼地乱。

想一句话说清猴子不容易。越是看上去简单的东西，越是难以揣摩透，伤透脑筋，也未必弄出个子丑寅卯、青红皂白来。琢磨得越多，脑子里反而增加了更多的惑，且无解，这逼我更进一步走近它。这些年我无数次往返猴谷。

跑马岭猴谷历经多次变迁，来一群走一群，记不清有多少拨了。谷是猴非，猴谷仍是猴谷，猴子却不是那帮猴子，铁打的营盘流水的兵。猴梁江湖上行走多年，带了一批成分很杂的猴子住进来。这帮猴子走南闯北，走街串巷，登过大雅之堂，上过多年电视台的春晚。他的猴不能小觑，在灯火辉煌里亮过相，见过世面，走四方的那些主儿不白给。那个叫小鸡子的功夫猴，看什么眼里都流露着不屑，就是瞅猴王也缺少份应有的恭敬。猴梁夸它：猴拳醉拳螳螂拳，八卦掌里带气功。都快赶上武老二了！

群居的动物大多需要个头领，不然就似乎找不到北，狼如此，狮子也如此，不过这首领是靠啥得来，却不甚明了。人类在简单的初期有过禅让制，很注重德才兼备和任劳任怨。后来有了利益，就改了世袭，大权不再旁落他家。后世沦为奴隶的强人心有不甘，也就有了一批又一批志士喊出："王侯将相，宁有种乎！"由于这些人物的存在，也就有了朝代的更迭。哪个王朝都不是捡来的。

猴王的位子是打出来的，却不能世袭，没有实力就别打猴王主意。爷爷厉害，不代表爹厉害，爹厉害，更不代表自己厉害。有实力就撑乎着，没两把刷子，就老老实实让出位置，尸位素餐不行，猴子不信这邪。

二胖子的猴王不是谁拱手送的，是豁出命打来的。这几年里，它和不少蛮横刁顽的猴子交过手，每次牛刀小试都战无不胜，迄今无败绩。它早早地就觊觎猴王了，对老猴王的不可一世就有些轻慢。只要看见多吃多占、带着一家人享受"特权"、将无数食物据为独有的猴王，二胖子就气不打一处来。再看看妻妾成群，儿孙满堂，让二胖子更憋火，脑子里就一大堆"？"和"！"。尤其到了发情期，猴王为所欲为，自己既是"健男"，又是"美男"，只能眼巴巴地看着，却不能有半点作为，仇恨就满了胸膛，肺都快炸了。

一个艳阳高照的秋日，吃了一肚子好东西，满身的腱子肌都涨得生疼的时候，二胖子准备做一次壮举。老猴王老了，它也似乎早就意识到二胖子不屈从的眼神，读出了这一天迟早都要到来。老猴王不服老，自然不能打白旗，它明白没有二胖子也会有三胖子，这是无法回避的。老猴王一直很从容地等着，并没有大祸临头的恐慌，带着它的大家族该吃吃，该喝喝。

猴谷呈簸箕口状，处在动物世界最西端，西面山坡上满是松柏。站在入口的顶端，无际的山峦、村舍、河流都映入眼里。谷内刺槐林正绿得盎然，从谷口望去，满眼的苍翠。跑马岭的天空是那样的蓝，蓝得让人激动。朵朵白云高悬，让人心醉。如此美的景致，却要上演一场厮杀，很是不协调。

打不完就没有胜负，众猴知趣地躲在一边，没有一个敢近前。就是老猴王的嫡系，也不向近前靠拢。争霸需要决斗，决斗就是单挑。对于一场不知道结果的厮杀，没有比观望更安全的。站到哪个队伍里都不合适，只有看看输赢再说。猴王家族也必须接受成王败寇的结局，主仆不是买下的，谁也别想固化下来。猴子除了本性，没有永恒的东西。

二胖子和老猴王一照面，先是用眼神对攻。二胖子眼里汹涌着“取而代之”的激情，老猴王“那就试试”的火焰也在喷射着。两种炽热的光交织在一起，凝成一道炎炎的火，无一方示弱。短兵相接，都激动得咧开嘴，露出黄黄的牙齿，并发出恶狠狠的叫声。二胖子志在必得，先下手为强，直扑老猴王。久经沙场的老猴王毕竟老到，早有防备，纵身一躲，可毕竟是老了，身体没有早年的强健和机敏。这一下没有躲过，被势大力沉的二胖子给撞了个正着，一下子滚出去好远。猴王就是猴王，没有慌乱，赶紧站起身，它一看硬碰硬不行，迅疾调整了战略。随着二胖子又一个箭步近身的工夫，老猴王稳住神，张开大口瞅准机会，死死地咬住了二胖子的嘴。二胖子显然是豁出去了，它使劲挣扎着，随着一声撕心裂肺的嚎叫，那块被含在老猴王嘴里的肉一下就撕裂了下来，巨大的豁口外翻着，血咕咕地冒着，地面顿时被染红了一大片。它顾不得舔舐伤口，继续与老猴王厮打着。它们又蹬又踹，还有撕咬，猴谷弥漫着惨烈的气息。

十几个回合下来，老猴王支撑不住了，渐渐地落了下风，只有招架之功，没有还手之力。众猴看它大势已去，纷纷争先恐后地上前，一起下口咬向这个曾经主宰过这方天地的老猴王。老猴王带着满身的血污，艰难地钻进一个土洞。幸亏那个土洞让老猴王捡了条性命，不知它早有预谋否。众猴回过身，围绕着新霸主，呜呜嚷嚷成一片，像是祝贺二胖子大获全胜。那些曾经的猴王家族成员，也放下往日的娇宠，瞬间成了二胖子的麾下。

二胖子一战大功告成，当然老猴王也不是吃素的。二胖子浑身好几个血口子，嘴上那个最大，成为了它胜利的标志。这豁子也成了日后威胁其他猴子的利器，像社会上斗狠的刀疤脸，看了让人惊悸。

二胖子在猴谷风光了几年，享尽了荣华，除了老猴王的老婆它照单全收，又新娶了好几房。当小鸡子这个表演猴成熟的时候，二胖子已经觉得自己力不从心了。它见过小鸡子的功夫，不用过招就知道自己不是对手。渐渐地二胖子退居幕后，不再行使猴王的“特权”，成为一只不问世事的老猴子，泯于众猴之间。

不战而屈人之兵，是小鸡子的实力所致。二胖子的机智更是可圈可点，它的审时度势，避免了一场血腥的厮杀。不管是二胖子还是小鸡子把持猴谷，除了那些老猴王的妻妾，能够改换门庭继续得宠，其他猴子照旧。跟着激动半天没用，即使跟着新猴王群起而攻之，当过落井下石的帮凶，也没有任何便宜可占。

2015 年 1 月 16 日初稿

2019 年 1 月 1 日定稿

跑马岭冬日林海

不知道这个世界到底怎么了，那么多的霾和我们朝夕相处；也不知道大自然怎么了，整整一个冬季，竟然没有雪花来造访。北方的冬天，如果没有雪，能是一个完整的冬吗？带着这样的缺憾跨过甲午，去衔接那个即将到来的乙未就没多大底气，心怎么也有很多的不甘。

好在跑马岭下了场大雪。据说纷纷扬扬地下了一宿，第二天太阳出来的时候，才极其不情愿地收手。不管上天是否吝啬，也不管她是不是公平，毕竟上天也有情有独钟的地方，我们就理解为她对南部山区的偏心吧。嫉妒也好，埋怨也罢，济南的这个冬季是有雪的。平日造访市区的东西，也未必能顾全南部。理解万岁！

跑马岭的四季之美，不好简单地划出优劣，每个季节的美是不同的，所以无法比较。既不好割舍春秋，也不能离弃冬夏。反正，这几个季节都令我痴迷，而雪后的跑马岭更是一派大气象。这个寂静的大山，没了声息之后，更加深沉、宁静。再加上这件洁白的冬装一披，该瘦的地方瘦了，该挺的地方挺着，所有的线条都凸显出来。大山那挺拔俊朗的英姿此时体现得最为真实。

对于跑马岭的冬季，我最熟悉不过。四季的变化很快，过渡色不是太明显，特别是秋冬间，昨日还凉习习地沐着秋风呢，在你还来不及准备的时候，冬天就不期而至了。从来都是不打招呼，也不会提示，多数的选择方式都是猝不及防。有时，就是在秋日里，冬天也喜欢突然袭击。过十一的时候，还是艳阳高照的时节，也会冷不丁提前造访一次。所以，到了十一就得准备棉衣，以备不防。

山上的植物也是如此。阔叶树大多会在一夜间就秃了脑袋，坚强些的还留一两片叶子，孤孤单单地在寒风中和冬叫着板，不甘心自己完全退出阵地。树下是一地的黄叶，踩上去，软软的，绵绵的，一片柔情似水，让人感悟到冬日并不肃杀，反而有些对旧日的怀恋。嶙峋的树干上写满了忧伤，所有的繁花似锦的日子都成为过去，那些远去的季节都随风而去了。无法矫情，无法娇宠。大多的色彩都飘散了，只剩下灰。

没有蜡梅，因为这座山很是男性。素一些没什么的，一座山太过花哨，总是觉得不太像山。山花烂漫不过是些表象而已，真正的山不需要装饰，也不需要修饰。比如喜马拉雅，四季白雪皑皑，兀自孤立在高原上。她也容不得加上任何符号，那样喜欢哗众取宠的乾隆，也没有在那里留半点墨迹，秦皇汉武也不敢近前，唐宗宋祖见她也自感渺小。所以，那里没有人文痕迹，没有被教化所腐蚀，这样的地方最不适宜乱写乱画。一座最为纯粹的山，一座让所有人都能打消各种念头的山，即使登上，也不要说“征服”的字眼。第一高度就是第一高度。

针叶林还青着，松柏就是为抗寒而生的。在其他几个季节里，略显单调的松柏，在所有的草都枯萎了，树全掉光了叶子，此时才能找到感觉。不过松柏自有松柏的品格，并不借此炫耀自己。一如往日不争不显的那些日子，默默地，默默地，因其思考而低下风骨的头颅。浅薄是花的事情，和它们无关。

跑马岭有大面积的松柏混交林，这是这座山的主色调。最生动的区域，当属孔雀园，还有早年海狮表演馆上面那个山头，以及齐长城上端、水厂附近的那几片林子。那些松树大多都上百年了，有风过林的时候，发出的那种绝响，很是生动。阵阵松香入鼻，心脾甚感慰藉。风雪交加的时刻，还会看到松柏起舞，那片片的松针摆着迷人的风姿。

最大的落叶林当是那片刺槐林，这个季节只好一言不发，因为她们属于五月。五月，她们用银白和无法抵挡的花香，担当起这个空间的主角。野草也默默地想着来年，想着来年的再次茂盛，想着这微弱的生命也有最为耀眼的展示。在猛兽区，如果没有这些葱茏的草作为背景，猛兽之美该会减多少成色。

雪来了，猴子兴奋了，不畏严寒的它们更是俏皮，雪中它们会上演更多的闹剧；优雅的孔雀羽毛更加艳丽，因为有雪的映衬；最美当是鹿家族画在林间雪地上的点点梅花，经典的自然之笔；最壮观的是虎的蹄印，书写得那样遒劲有力，大手笔的东西是与生俱来的，谁也无法模仿。

没有去过大兴安岭，也没有造访过长白山。可我想，那里除了山更庄严，树林更为浩瀚，大体景象也不过如此吧。

这个季节如果雪后继续温度有所降低，还会看到珍品的冰挂，晶莹得让人激动。这里雪也最顽强，一直要到来年的三月才能化尽。想我若是英武，穿披甲，挎佩剑，骑一匹快马，整个山谷再响彻一曲《踏雪》，口中大声吟唱“穿林海，跨雪原，气冲霄汉”该是多么威武、壮观！

沿着十八弯山道一路挥鞭，一路高歌。人生莫大享受，至性畅快莫不如此了。一个过门未结束，没等那句“迎来春色换人间”出口，春天已经悄然而至，只是来得悄然，短时间内不一定感觉到，冬和春的接口也很长。我迷醉在冬日的大美中，还没有走出跑马岭那茫茫林海呢！

2015 年 2 月 4 日

狮将军

弱势和弱势差不多都一个德行，不管强壮的角马，还是矫健的羚羊，有个风吹草动就酥了骨头。强大和强大却不一样，虎是虎，狮是狮，该霸悍的霸悍，该乖巧的乖巧，形同陌路。狮和虎一样体态俊美，特别是雄狮那一脖子鬃毛，迎风一抖，就一大波排山倒海的浪，晃晃脑袋就能卷起潮来。美则美矣，威猛之后却藏了不少的意想不到。

儿时在乡下见得少，也就见个寻常的狗猫、猪羊和牛驴。乡下没有动物园，根本没机会见这些大猛兽。最早知道狮子是在斗兽棋里，它排名很靠前，仅列大象之后，象凌驾万物之上。按说大象到了头，却怕耗子，耗子可以钻大象鼻子，轻易就奈何了大象。一物降一物，耗子能治得了大象，虽牵强一些，却有些动物圈的奥妙在。巨无霸照样有短板。

后来逛动物园，常见狮子，一般动物园都有。初进动物园没有太关注狮子，喜欢看那些稀奇古怪的，像不常见的河马、熊猫啥的。在小园里看动物很压抑，笼舍太小，局促得要命，大动物的气度都没了。方寸间的狮虎，就如英雄被关进牢狱，山林和草原霸主都成了小号里的囚犯，威风也给灭了。欣赏虎得进山林，看狮子就到草原上去。关起来的动物无精打采，垂头丧气地发蔫。

跑马岭上狮子的区域不算小，当然也不会满足它们的奔跑，只能洒足饭饱后散步用。和它为邻的只能是虎和熊，其他的都没等量齐观的资格。要是在老虎的一侧，放上群青杏猴子，那就是台滑稽剧了。猴子如果天天战战兢兢地活在“白色恐怖”里，比灭了它都要残忍。要是把小熊猫请进来，得流一地胆汁。

狮跟虎个头差不多，但没虎那份气定神闲，性格脾气倒是和狗熊相近，常为鸡毛蒜皮撕扯，没有领袖群伦的气度。暴躁的动物一般少谋略，像急脸豹子，只能霸一处，而非独霸一方。狮子谋生靠群体，当然群和群也不一样，角马和水牛群最大，但都是狮子最喜欢吃的美餐。几只狮子撕扯一只角马，其他黑压压一片都做看客，眼睁睁地看着一只健壮的角马，被狮子的牙齿剔成白森森的骨架。

草原很有意思，角马迁徙成了狮子的盛大美食节。一场大型厮杀和屠戮，让狮子有了收割后的丰收喜悦。这些温良谦恭的生命转换一个生存场景，需要消耗太多，搬家居然如此血腥。狮子和豹子却想走就走，想到哪里去就到哪里去，一路畅通，没有谁不自量力打劫它们。

狮能跳三米多高，能腾空扑咬高处的目标，身有千钧力，只身能拖走一头水牛。角马一般情况下见狮子就望风而逃，不过赶上角马群疯了也迎头痛击。被逼急的角马忍无可忍，奋起反抗，一群角马愤怒地用锋利的角，将狮子高高挑起，重重摔在地上，还不解气，翻来覆去地挑起摔下，像是玩排球。狮子被狂扁，一点脾气没有，直到被挑成筛子。还看过一个有趣的视频，一只吃水牛吃得尽兴的狮子，头顺着阴道钻进水牛腹中，挣脱不出来，最后竟窒息而死。这牛吹大了，也创了纪录和奇迹，吹牛憋死了！死牛害死活狮。狮子见肉就抢，为吃弄一脸血污是家常便饭，什么父子啊，夫妻啊，兄弟啊，都化了泡影，全然不念朝夕相处的情分。在园子里过着养尊处优的日子，不缺吃了还争。狮子的膘肥体壮是抢来的，这基因早在娘胎里就种下了。食草动物大多是捕猎目标，一群狮子围追堵截，锲而不舍，只要被发现了就很难逃脱。刚出生的小象也不放过，离开大象群照吃不误。长颈鹿、斑马、羚羊更不用说，都是填肚子的料。它们合力杀死一只猎物，豹子一般不来惹乎，斑鬣狗不信邪，喜欢参与分享狮子的战利品。对这群不劳而获的无赖，狮子也就咆哮几声拉倒，猛兽懂得妥协，最后剩下腐尸交给秃鹫。狮子是一妻多夫，和猴子正好翻着个。雌狮很幸福，一帮健壮的老公围着争先恐后地献殷勤，而它除了生育繁殖外什么都不用干。几只狮子也有狮王，狩猎它带头。发情时节，它也带头，但必须把其他狮子全赶走，独自和雌狮子交欢。狮王的行事风格和猴王差不多，自己快活就行。那些平时俯首帖耳、殷勤献媚的狮子，只能眼巴巴地看，不能越雷池半步。只有狮王兴满意足地离去，其余的雄狮才可以捡个漏，找个密林丛中，也风流快活一把。不过这事做得要万般小心谨慎，如果被狮王看到，是免不了一顿撕咬的。圈养让它们学会了忍气吞声，成不了狮王就这待遇，很多能想的事不敢想，想做的事也不敢去做。

民间狮比虎受宠，过节玩狮子是不可或缺的，还形成了两大流派，北狮和南狮。一般衙门口也要蹲上两只狮子，是让无赖惧怕还是威吓百姓？阳谷武松斗杀西门庆的地儿叫狮子楼。狮虎各司其职，一般虎挂在中堂，狮子只是个门房保安，人是最知人善任的动物。我老家那座精美的明代永济桥上，就雕有七狮八猴。桥除了通行，还可以泄洪。潮起潮落，水涨水消，都是自然的事情，不知用来镇哪门子邪。惟妙惟肖的造型，绝对的一流石刻。

从草原到动物园，从动物园再到表演场，它们的天地越来越逼仄。从不可一世到看人脸色活着，骠骑大将军落地变作玩偶，被一帮子小孩呼来喝去。一下就想到万夫不当之勇的林冲，落难后丈夫气概也给颠沛没了，见个差役都要点头哈腰，万分赔着笑脸和小心，只能悲戚地空喊几声“大雪飘，扑人面，朔风阵阵透骨寒”。“往事萦怀难排遣，荒村沽酒慰愁烦，望家乡，去路远”。狮子心里冷不冷无从得知，只是身躯一旦被禁锢了，灵魂也就蔫了，气也就短了，狮将军啊！

2015 年 1 月 6 日初稿

2019 年 1 月 6 日定稿

虎先生

虎，如雷贯耳，听说得最早，小时出门少，只是没看过真的，却在画上见过，乡下粗通文墨的人家，中堂上都喜欢挂。挂虎说道多，不能乱来，上山虎升官，下山虎发财，还能辟邪、镇宅。好处要是少了，认实惠的乡亲就犯不上这样敬着。请中堂的不断，年集上最火，老城的画师就不用担心饿着。有张虎往北墙上一挂，满屋威风，人也精气神。林冲被哄带刀去那军事要地，就叫白虎堂。威虎山土匪头子座椅上铺张虎皮，不用刻意营造，杀气就有了。跟着混的喽啰，都加着小心，虎皮和坐虎皮的，都冒犯不得。

现在很多年轻人喜好在身上涂画，但文身也有规矩，左龙右虎，背后上山虎，下山虎文在胸前，前财后官。刚出来混要绘下山虎，肚里空，要讨食物，混出名堂就画上山虎，功成名就能摆摆谱了。这些乱七八糟听来有些不经，却经不住推敲，显赫在前，后面跟着发财，岂不更符合逻辑？逮一老虎，没完没了折腾，借来帮着升官发财，留下祥瑞，灾和邪统统不要，爱去哪儿去哪儿。世俗演绎没了边儿，把端端正正的虎弄得面目全非。

看动物表演有趣，像是小品，猴子和狗熊可劲“虐自己”，滑稽得不行。狗和羊听话，演些循规蹈矩的节目，只是忒拘谨，放不大开。猴子是缺乏善意的小丑角，插科打诨一绝。熊憨中带媚，乖巧，讨人喜，只是偌大个子撒娇，看着别扭。狮勉强能走走过场，纯粹是应付，豹宁死也不来凑数搭伙，表演场一般不用豹子。虎更是个例外，被笑脸宠着，被掌声拥着，却落落寡欢，兽中之王竟满眼的屈辱。它没有搞笑天赋，在这里拙笨得要命。

我偶尔也跟着饲养员到猛兽区投食，看百兽吃相。虎吃东西极不寻常，不像那些没出息的饿死鬼。饲养员往虎区里投一堆肉块，虎并不慌忙向前去抢，像散步一样，悠闲地踱过去，不紧不慢地叼上一块，然后依然是慢慢悠悠踱回自己的领地，蹲下旁若无人地消受，像优雅的绅士。

除了牛羊肉，隔三岔五地还要投些活鸡鸭。一只鸡扔进去，落地的鸡似乎忘了翅膀，待在那里发抖，竟然不知道飞走。嘹亮的声带也不知怎么就丢了，只剩凄凄惨惨戚戚的哀鸣，发出末日来临才有的声音。对于活食，虎不需要扑，只是优哉游哉地过去，用爪子摁下，蹲在那里先是欣赏够了，再慢慢地拔毛，直到鸡完全赤裸裸地一毛不挂了，才下口。其余的虎蹲在一边，并不去争抢。看都懒得看，好像和自己一点关系也没有，离着谁近谁吃。

豪猪浑身全是刺，但肉味鲜美，虎独钟这一口。虎在野外逮只豪猪，像先前过节侍弄猪头一样，一点点把毛拔干净，才张开嘴品尝。蛇吃东西生吞活剥，囫囵吞枣，看去洁净的蛇，吃食竟如此粗糙。该粗的不粗，当细的不细。

一山难容二虎，野外的虎都是独来独往的，不喜欢出界，仅问自己山头的事，一般不互闯区域，一旦发现误入其他地盘，赶紧掉头离开。虎爱憎分明，喜欢就是喜欢，不喜欢没法强扭，南方有动物园强行让两只情不投、意不合的苏门答腊虎交配，结果一照面，没看上眼的雄虎一口就要了雌虎性命。“美人计”对虎不好使，对异性也得看缘分，就算是色诱，也不是来者不拒，照单全收。倒有几分拒腐蚀、永不沾的味道。

跑马岭有只二十五岁的虎，相当于人的百岁年纪。动物世界专门为它安排了一大间笼舍，过独居日子。老了吃东西要优待，肉要搅拌成肉末，再掺上牛奶和钙片。它体态有些龙钟，站不大直，头也昂不起来，腰软塌塌的，尾巴很少有立起来的时候。平时喜欢匍匐在地上，晒着太阳呼呼大睡。看到这只来日不多的虎，竟然心里隐隐作痛。它老有所依，无缺衣少食的疾苦，只是暮年身上似乎丢了不少东西。

一大帮虎友和媒体来给它过寿诞，当看到那群带着长枪短炮的人靠近笼舍时，虎一个激灵起身，以最快的速度退到笼舍一边，两只原来看去浑浊的眼睛放着凶光，脑袋也挺立起来了，平日松垮的两条后腿，那样有力地弓起来，粗壮的尾巴旗杆般瞬间绷起来。这是疑似遭侵犯的迅捷反应，虎老威不倒。虎比人还要面子，虎最不希望让人看到它丑陋一面，据说野外山林中的虎，老去是见不到尸首的，据说虎死之前要跋涉很远很远，直到无迹可寻，最终的结局是那样唯美。深山老林能见不少野兽骷髅，唯独不见虎的遗骸。进了园子就由不得自己，有只生下十几胎的白虎，难产死掉了。死后的姿态并不难看，只嘴巴合不拢，好像还有话没讲完。饲养员采了一大把白蔷薇，放置在它未僵硬的身旁。

夏日值班，我也曾夜宿齐长城，这里紧挨猛兽区，嚎叫如在耳畔。狼凄厉，熊沉闷，狮厚重，唯独威震山林的虎啸，能惊天动地。这声音排山倒海一般，无法抵挡，无法抗拒。传到黄氏梁谷，在峭壁回荡，在谷底扎根，真的是山鸣谷应，久久不绝。在内心储存些许这大音，不论什么环境里都不会恐惧。

关于虎的传讹说法也不少，需要辟谣，说虎不会爬树是假，虎不但会爬树，且善跳能扑，非狮能及。藏獒能匹敌虎更是无稽之谈，有人拉过一只凶猛的藏獒进表演馆，还没照面，藏獒就尿了一地。很多传言大都不经信，想当然的成分大，还有许多无根据的杜撰，都会偏离本体。

真正见识虎的厉害，是一次出其不意虎的攻击。那次忘了是什么情况下，虎突然就立身扑在围网上，前掌上的那些软软的皮子，一下拉紧，钢钩一般银亮的爪子全露出来，像是把把精致的匕首，令人不寒而栗。据说，老虎跳涧的时候，只要看到对面的山崖有物可附着，前爪任何一个钩能抓到山体，虎几百斤的身体就能悬空，一点事情都没有。虎骨酒是一味药，喝了腰不弯、腿不软。一两杯酒下肚，就感觉七分豪情在胸中回荡。

虎不需要神话，弄得云里来、雾里去的。它笑傲江湖在天地间，叱咤风云在苍穹下，这是虎的极致。公园是它的牢笼，登台表演无疑是受刑。虎肯定算不上公园里的“优秀一员”，如论可人度，甚至不会及格。我行我素的豹子、鸵鸟、鹰隼，估计也难入“先进行列”。“受表彰”的，永远是百依百顺的小熊猫、美丽的孔雀和天鹅，它们不仅漂亮且赏心悦目。

在动物世界唯一打动我的是虎，被人捉了来困在一隅，陈列在这里让人挑剔褒贬，还异想天开地让它们上台兜售其丑取乐。虎落了平阳，犬倒是欺它们不得，随意差遣和摆布它的只有人。不管怎么看，虎都不像被俘的样子，根本没把眼前的境遇当回事儿。都知道虎只要一息尚存，头永远都不会低下，它最不适合做玩偶。国人敬重他人时，女性是可以称作先生的，我想虎也可以吧。

2015 年 1 月 6 日初稿

2019 年 2 月 14 日定稿

白云深处有人家

天，别看平常一副平易近人的样子，发起疯来也猴儿一样，说翻脸就翻脸，凶神恶煞，像个魔鬼。暑猛不丁就来了，张牙舞爪，没法抵挡，也挡不住。炎炎无处不在，让人无处可逃。庐山太远不说，也太贵族，一般人消受不起，那就去跑马岭吧，可暂时和酷热错开身子，提前去秋天畅游一下，仅仅说惬意好像还不能道尽。去跑马岭消暑，可以入园露营，也可以进村子，随便找户农家住几天，消暑、亲近村野两不误。

跑马岭从山脚到山顶，一路散落着不少村庄，几里就撂下一个。山西李家塘、王家峪、峪水一路排开，山腰处还有一个涝洼。近山顶东侧刘家门前，野鸡坡、叶家坡几个村，叶家坡又分出三个小村：藏主庵、水峪、杜家坡。小村都不大，羊拉屎散一路。跑马岭胸怀大，随便一处缝隙就能住下一村子。从涝洼起，差不多七百米高，夏秋常常云雾缭绕的，藏了杜牧诗里一样的人家。生在白云处，诗情画意地诱人。

山里长了不少红叶、黄栌、五角枫、火炬树啥的，到秋天不霜自红。只是杜牧写景太实，《山行》明显不如《阿房宫赋》写得纵横肆意，他是个有大见识的人。但这四句全是出行小见闻，一点感悟而已。山里人的日子他并不关心，因为他用不着过问稼穑。杜牧是正经八百的官三代，他爷爷杜佑官至宰相，一人之下，万人之上。再说乡野的粗陋他肯定看不上眼。有人从字面意思看他《山行》，写他带红颜出来风流，兴奋之余自爆绯闻，至于是不是也不好坐实。一千多年的“案子”，太遥远了些。他本家杜甫和他就大相径庭，不光能躬身与农人同甘，还能走进百姓精神深处，体悯疾苦。山里人过着忙碌的日子，无从体味吸风饮露食山珍的滋味。入得深了，诗意全无，一大批寿星倒是山村一景。

村里年过古稀的人不少，胡子一把，子孙绕膝了，还不能卖老。擦身而过的左邻右舍可能八十多，还能下地修苗、上树摘桃呢。年轻人见不大着，都出了远门谋生，留下的多是老人和孩子。要是不养这些鸡鸭、猪羊牲灵，这山村还真是空寂得可怕。生在这儿没法懒，更难悠闲。好逸恶劳，地里不长庄稼，树上也不结果子，日子就窘困些。不出两代人，自然就成了无产阶级。庄稼果木都没法糊弄，像陶渊明东一榔头、西一棒槌地漫不经心，西北风也没的喝。文化人作秀不用考虑结果，真种地可不敢大撒把开玩笑。

李大娘是野鸡坡人，七十多了，在跑马岭门口卖水果。从野鸡坡到动物世界大约两公里，一路陡坡，她挑着两篮子山货，沿途不换肩不歇息。看着一山青绿，弥漫一身云雾，飘飘荡荡就到了大门口。撂下挑子如同落下云头，擦把汗工夫就摆弄好摊子，直着腰板在马扎上一坐，用喊山的嗓子招呼客人。

她家的庄稼地侍弄得不错，很是旺相喜人。

她干这些活不费劲，可儿女坚持不让她干，她也不拂逆孩子们，干脆在家里帮衬着干点杂活。有次去村里，正遇上推着一车柴火的李大娘上坡，她的腿弓着，腰弯着，人几乎成九十度，很是吃力。她、车、满车的柴火，还有周围的沟壑、山岭，构成一幅高度写实的原生态图画。我们赶紧上去帮她推过崖头，望着消失在大门里的李大娘，心情有些重。

老陈是叶家坡的支书，这个村在跑马岭最高，和野鸡坡隔沟相望。老陈五十多了，奶奶还健在，他经常将奶奶挂在口上，成了他最乐意说道的事。老陈奶奶，眼不花，耳不聋，穿针引线没半点问题。家里来客人，还上桌喝两杯。我见过老太太，出门都不要拐杖，抓别人手的时候，劲还挺大。老陈奶奶走的那年，估计过了人瑞之年了吧？老陈还说，他奶奶在这一带不算最大的。

三祥也是我朋友，他是刘家门前人，得了肝病，没正儿八经地治，一两年就死掉了。病重的三祥，瘦得皮包着骨头，活也没撂下，像架永动机。听村里人说，他死的前两天还在给猪垫圈。山里人歇息也倒是随意，不用请病假，想怎么休就怎么休，自己批准就行。但，一般都轻易不给自己假期。

一入秋，村子就被云雾包围个大半，隐约露出房檐，还有炊烟。动态，且变化无穷。自然是大家，比高明画家高明。早间的鸡鸣，还有入夜的犬吠，暮色中极具穿透力的各种牲畜的嚎叫，咩吗嘿哈半天停不下来。村庄还存留了这么多不可或缺的东西，没有在疾行的路上颠簸掉，很是让人欣慰。

传统文化最浓的是土腥味，即使走出村庄的文人墨客、达官贵人，其土地情结、田园志趣，还是浓得化不开，入了骨子。官员上了年纪，一定要告老还乡，颐养天年。文人失意了，归隐田园里巷，反思过往。有时兴致忽来，就去乡村走一遭，借山野抒怀。“老农家贫在山住，耕种山田三四亩”，这是张籍的田园；“桑野就耕父，荷锄随牧童”，这是孟浩然的乡村；“鹿车何日驾，归去颍东田”，这是欧阳修的乡愁；“斜阳照墟落，穷巷牛羊归”，这是山水大家王维的牧归图；“昼出耘田夜绩麻，村庄女儿各当家”，这是范成大的农家乐。这些图景，都是乡村外相描绘，他们只能远远地看着很美，和杜牧一样，乡村画卷都是诗意的。他们多是蜻蜓点水，水皮一棍，身体流不出汗，手上也断然长不出茧，也肯定写不出“粒粒皆辛苦”。

陶渊明拂袖而去，归隐是真，田间劳作却多半是逢场作戏，不过陶令人诚实，不胡吹海谤劳动业绩。他采菊种豆，说自己不中用：“种豆南山下，草盛豆苗稀。晨兴理荒秽，带月荷锄归。道狭草木长，夕露沾我衣。”地种得糟糕至极，草比苗高这是实话，后边说早出晚归、披星戴月就不大可信。县官辞职了，也比一个纯粹的农人日子要好过得多，不需要起早贪黑。他的务实比起只是美美地想一想的同行，入得还是深了一层。他最大的梦幻《桃花源记》，完全无耕作之苦，全是诗意和美好，这是他精神世界的乡村。辛弃疾描画的乡村还到不了这纯美，他写乡村的时候是睁着眼的。

活在高处庙堂，看一眼村野，就回去写几句“霜叶红于二月花”，那是再轻松不过的。可要真俯身务农，靠二亩山地生存，那就是另一回事了。所有的风景都会顷刻间烟消云散，夏日的挑水施肥、收割打轧，要脱层皮。乡村，看三眼两眼美得不行，让李白种十年地，他会自然成杜甫。白居易听听琵琶还行，真耕作顶不上一个妇女，这老先生也喜欢摆活，亦步亦趋陶渊明“西家荷锄叟，雨来亦怨咨。种豆南山下，雨多落为萁”。白乐天说的是看“西家叟”种豆，自己只是个看客。没生硬地把人家说成自己，倒也一是一、二是二，算不上瞎话。

看山站的角度不一样，可能成岭，也可能是峰，不好强一律。事皆如此，更不好求全责备，唯美就好！

这些早年生活极不便利的村庄，估计是避战乱所成，和常宝说的“避深山爹怕我陷入魔掌”的理由差不多，这里雨水充沛，但无水患之忧。只是耕作种植的条件差了不少，没把子力气在这儿待不了。现在村里人看电视，也用互联网，公交车就在家门口，比以往便利得多了。可他们不关心秦汉与魏晋，更不关心谁是他们的头。选择了这方水土，他们就在这里繁衍生息。没因早年的道路崎岖不便而迁移，伴着云一起生活。对于明月，对于红叶，无从欣赏。在他们眼里不如苹果、麦穗、玉米长得更丰满一些美。

早几年前，我们去村里送过节的油面，一位光膀子穿棉袄、大缅腰棉裤系了条绳子的老大爷，一连感谢我们，还说我们是毛主席派来的好人。我们笑着更正他，说我们是江主席派来的，弄得周围一群看热闹的哄堂大笑。我觉得老人很少下山，也没有电视看，足不出村的日子，一过就是一辈子。

老天不冷落大山的每一道褶皱，还有这些犄角旮旯，暑不太喜欢眷恋这里，一般是中午打个照面就走。早和晚如春似秋，格外舒爽。碰上天太调皮，赖着不走，云看不下去，赶紧拉上道帷幔。雨更仗义，即兴说来就来，哗啦上一阵子，太阳就斜眼看山了。山民不急不躁，该下地的下地，该赶路的赶路。愿意来小村一住，还是进跑马岭钻帐篷，各自随便。只是，若在此久住，神仙肯定当不成，估计笔下全是“汗滴禾下土”，如能画得两笔，那一准是罗中立的《父亲》。当然，什么都可以不写，可以不画，轻轻松松地走一遭，俯身接一下地气，也是身心受益满满的事。山野、田间更有一种不可知的神奇，有些伤痛，有些磕碰，只要进来往地上贴一贴，不治而愈。

2015 年 7 月 8 日初稿

2019 年 6 月 17 日定稿

春　雪

春天如此吝啬，等春雨等得心焦，前几天市区滴香油一样落了几滴，都没能淅沥起来。说也怪，到跑马岭却成了雪，还下得那样起劲，纷扬不停，半天工夫就把跑马岭漂染了一遍。第二春正想悄然露面时，却来了场曼妙的回忆，扯着冬天不让离开。虽是落雪了，却少了分寒意，倒是添了几分温情。跑马岭的神奇就这样出其不意，要是不习惯，还真有可能被它不好捉摸的性情吓一跳。

无论如何，对于整个冬季都未见雪的城市，这要算及时雨，久旱逢甘霖。只是太小气了些，太苛刻了些，实在不解渴。后两场雨悄然而至，多少有些慷慨了，老天也有任性的时候。对于一个以泉水著称于世的城市，没有雨那是无法想象的。想想济南如果没了水，何止是可怕，简直是丢了灵魂。

在济南后花园里，跑马岭过得滋润，优哉乐哉。去年，市区一个冬季到处是仰脸看霾、心里盼雪的人。到了春节也未见一片雪花，按说通情达理的上苍，却是一点情商都没有。几尺开外的跑马岭，却是一场又一场的雪落，沟满壑平，掩盖了松柏、草木。雄赳赳的虎、狮、熊、豹都肆意地在这天地洁白中，峥嵘着更加威风的面目。这样的冬意也盎然得很，别处的梅花开在树上，鹿苑梅花却开满了山坡，好一派别致风光。

冬雪即使漫天也不足为奇，那是本该就有的景象。春雪则就大不同了，春雨都金贵如油，春雪那就是稀有的珍品了。特别是在春尾巴上来一场，无疑是锦上添花。这份惊喜是意外所得，在以现实主义为主基调的当下，春雪无疑极度浪漫。感悟和解读自然，不能用油盐酱醋的心态，那样会单调，少了很多该有的情趣。生活本应充满浪漫情调的，甚至荒诞也需要时不常地造访才是，这样变奏才敢说丰富。绚烂的色彩越丰富，越能满足人们多变的审美需求。单调很可怕，苍白的日子会让万物窒息的。

春雪来了，到处弥漫着雾霭。雪时而静悄悄地飘落，时而调皮地画着弧线，翻着跟头一路飞奔，又时而来一个快板，随着一阵风疾行。草白了，树白了，山也白了。一切都笼罩在浩大朦胧中，不知还有什么稀奇的场景在后面。大自然这个导演最懂得在帷幕里的运作，也更懂得拉开大幕的那一霎，让你惊心动魄，这叫造化，小导演学不了，也学不来。

大门口那几棵哨兵般的松树，还有那两尊对节白蜡，早就生了满头华发，冒雪坚守在户外迎宾的精神也满是令人感动，这么多年了不惧风霜，不畏三九严寒地站在那里，特“职业”！人们投去的都是满含敬意的目光。宽阔的门顶上，一堆堆雪，弯弯曲曲的，俨然一条洁白的玉龙横亘在上边。

院子里玉兰上也落满了雪，这花生得华贵，白玉兰、紫玉兰都是花中贵族。迎春花开过，它们也就跟着优雅地开，不等叶子出来陪衬，全都艳在枝头。玉兰花瓣挂上雪，玉石一般。碧桃当仁不让地红艳艳了，让雪轻轻地一打，白中透着红，精神百倍。雪为这喜兴的画铺了张银白的大背景，红的更红，绿的更绿。杏花本该带春雨的，带春雪的杏花更别致，别致的香散发在纷扬的雪花里，直沁心脾，无法抵挡拒绝，只好美美地消受。杏花香有很强的穿透力，带着雪的冷凝，长时间地在心里回旋，直到醉了才罢休。

山峦、沟壑、崖壁浸染了雪，面目有些模糊。蓬头垢面正返青的草，在雪里是那样的舒坦，一些刚刚冒出头鲜鲜的芽儿，头一时难以缩回，只好匍匐在枝条上。非洲动物不愿意回到笼舍，精神抖擞地打起雪仗。没去黄石梁谷，看峭壁上那些连翘，想必它们在雪中会更加生动了吧。是的，争春，没有理由不兴奋啊！

一年四季，跑马岭有太多太多的新奇，数也数不过来的出其不意，没有哪件事是让你有准备的。不期而至，是朴实的另一种风貌，更是别种情怀。太按部就班就少了很多意外，日子会过得无聊，人也打不起精神。跑马岭是不守规矩的，春雪就是其中的一个小小插曲。有约是等待，无约而至才更打动人心，像是朋友不打招呼就到眼前的造访。

2015 年 4 月 15 日初稿

2019 年 6 月 18 日改就

夜深沉

白日看跑马岭，目之所及，除了一脉山系和满山花草树木，就是穿梭林间的各类动物。走马观花，这是入眼第一层外相，也是基本风貌。若体味夜里的百般奥妙，得锦衣夜行，继续往深里走，光靠眼睛不够用了。山的玄机层出不穷，诸多言不尽都隐于其间，语言文字乃至色彩，都显得匮乏不堪。说不好，写不好，也画不好。夜，好像最难说清楚，深层蕴含太多，不知怎么才能剖开理顺溜了。

水深了，不再绿，乌黑得恐怖，像无底洞。海、湖、潭莫不如此。夜深了，偌大黑幕一裹，阴森森的，一副要搞阴谋的狰狞相。遇上这样的夜晚，不结伴，不擎灯盏，凭着记忆找条最熟悉的路，独自去走。像是处处写着此路不通，却又路路畅通。在原汁原味的夜里，适合找一地，坐下来遐想。夜禁锢得厉害，却也最自由，再暗，也遮盖不住思绪。陷入孤独，无人同行，得需要点胆魄。夜里啥也不能做，但可以胡思乱想。我很多关于思考的碎片，有不少来自于这些伸手不见五指的夜晚。思绪如碎一地的镜片，捡拾起可做无数种组合，像万花筒里的景象。

对山自然敬重，不光是它分量在那儿搁着，还有深度。按儒家标准，它是“仁义礼智信”占全的君子，轻易不“见势而趋，见利而动”，是最可交的朋友，值得信赖和依赖。一味仰视当然不行，时而也放在手掌“把玩”，这样要轻松许多。多了居高临下的优势，再看，要透彻不少，仅一个视角仰望，未必见得真容。夜里胡乱寻思，画面一帧帧过，清晰无碍。看清人也如此，仅凭印象不成，把所有与之交往点滴，逐一过目，真面目就露出原形。曾经的伟大会跌落神坛，高深被剥得一干二净，内在都不过尔尔。面具包装一旦褪去，真相皆如脱光毛的鸡。没有谁能经得住这样一层层“剥皮”。

夜的最大赐予是安静，再也没有乱目、乱耳的因素在。夜似乎有超强大力量，让一切焦躁和不安顺从。被黑色天幕所笼罩，感觉上是压抑的，打开思考闸门那一霎，才会有斑斓的新奇意象。思考比翻山越岭的马跑得快，比翱翔苍穹的鹰飞得高，只要想抵达目的地，想到就到，闪电也没有如此迅疾。无藩篱，无束缚，却有巨翼。思考利器，也会将夜剥得一丝不挂。夜也不过暂时拉一道幕布而已，思考稍稍闪动就能轻松穿透。

动物大多迎合夜，虎豹豺狼睡得酣然踏实，完全地松弛下来，它们喜欢这样极端。猴子却始终警觉着，睁一只眼假寐。犟驴天然优势，它们最喜欢夜行，且如履平地，它们腿内侧长着夜眼。四只眼咋会黔驴技穷呢？看来多两套器官也不是万能的。风不在意夜的黑，不间断地在山冈、树林或幽谷来回兜圈子。它永远精力过剩，平素闲得无聊，就用啸叫告知自己存在。有风不停地往返穿梭，这夜就死不掉，也易于万物呼吸。越暗离黎明越近。

遥远的，想；近前的，也想。这群动物少有土著，都是千里或万里之外移居于此的外来户。曾经统领山林的虎，独霸草原的狮，而今都偃旗息鼓，结束了伤害弱小的日子。林间或草丛中的蜘蛛，最让人毛骨悚然。它织就一张薄如蝉翼的网，过客无一能侥幸逃过，据说这网能抵御飓风。昆虫世界恰恰无脑的居多，前赴后继地去投。蜘蛛的性恶毒，人闻所未闻。雄蜘蛛交配完毕，要咬下自己的生殖器，遗留在雌性体内，绝了与其他蜘蛛再交配的念想和可能。

狮、虎过去主宰一方，而今和它们曾经的猎物，羊啊、牛啊声息相闻，近在咫尺却只能和平共处，也没看出有什么不适应。猛兽不再需要叱咤，饱食终日，和祢衡进曹营一样，敲敲鼓，打打锣。只是它们不能击壤而歌，也不会击鼓骂曹。《击鼓骂曹》配的曲子就叫《夜深沉》，巨无霸们好像并没有永远统治自然的远大志向和抱负。自然丛林无论如何血腥，生物链条却不会失去平衡，上帝更不会责怪，只是很多领域不能硬套照搬。

黑暗说来也脆弱，随便一丁点光就能把它撕破，闪电把它搅得稀碎，体无完肤。有次山火，我见识了光的威力，火光冲天，黑夜全线溃退，没长脚居然逃那么快。有句戏词“大火熊熊照亮了天”，我见到了现场版，更能深刻地理解这词的妙处。

夜遮丑陋，能隐藏更多不见光的东西，对于那些“见光死”无疑是福音。浅薄的文学作品，经常描绘龌龊勾当在夜幕下完成，实则不然，罪恶光天之下也不会闲着。夜被塑造成为虎作伥、助纣为虐的形象。夜本身无善恶属性，得有多少生命都在夜里破土、拔节，乃至新生命的孕育，还护佑了最美丽的花开。正视苦难与不公，不管是昼与夜，时刻要睁大眼睛，冷漠才是最大的阴暗。

如果没有这道道藩篱，阳光下会上演一幕幕血肉横飞。拆掉围网，会回到丛林世界？食草动物就会被食肉动物猎杀？真的不一定。不过动物直白、磊落，不会找个借口，更不会赶尽杀绝。狼外婆是人不是狼，因为它会说谎言。角马呆头呆脑，让人看着来气。它们喜欢事不关己，看着同伙被啃噬，无动于衷，就是自己被撕咬得血肉模糊，依旧从容“就义”，视死如归。野牛看去凶猛，却顺从所有屠戮。它们不抵抗，习惯逆来顺受，好像很懂得宿命论，坦然面对一切不幸。

人性靠不住，兽性也靠不住，不好说哪种动物好、哪种动物不好。善与恶都很难说清楚，更不好轻率去下结论。我们对人性的最大误会，就是认为：只要是人，多少就会有点良心，像《三字经》“性本善”一样武断。

动物世界给人太多思考。眼下格局，猛兽和弱小共处一方天地，相安无事，人为地让弱肉强食法则暂时失灵。没了强者霸凌，也没有弱者恐惧，更是让更多温顺不再闻风丧胆，不再战战兢兢，该丛林的无法丛林。管了不该管的，坏了动物本来成规的游戏；该管的却奈何不得，世界还有那么多纷争。乱七八糟地想了一堆，终于不再仇视夜，它不过被别有用心绑架而已。夜本身，自然规律使然，是说不清的忧伤情调，暗夜不过更深邃的目光罢了。诗人顾城说：“黑夜给了我黑色眼睛，我用它去寻找光明。”想起这句诗，我满脑子都是《夜深沉》的旋律。

2015 年 8 月 4 日初稿

2019 年 8 月 2 日定稿

露营跑马岭

有年酷夏，济南所有空间像灌了热铅，喘气都费劲。听说跑马岭在办帐篷节，我都没有细想，径直开车去了。一小时车程，须臾间就到了山下。七扭八拐又跑一段山路进了园子，下车刹那间全身汗全没了影儿，简直一步从夏穿越到秋，浑身透爽，焦躁全没了。每年入了夏，只要时间允许，我都要想着法去一趟。我知道跑马岭的夜风，有股不舒坦不行的劲儿。

跑马岭白昼之美，无须我再饶舌。开园迄今近二十年，相信没领略过的济南人，也为数不多了。不必说那些相貌奇异的动物；不必说那层峦叠嶂的一峰一岭；也不必说九曲十八弯的奇绝山路；更不必说那四季变幻多端的精妙。夏日夜空，赤裸到一丝不挂。语言实在显得贫乏，无法尽情地描绘它。美女只有洗尽铅华、不施粉黛才会更动人。

沉醉在凉凉的山风里遥望，天地间居然如此近便，仿佛伸手就能抓一把星星，赤脚蹚银河能逮上鱼来。晶莹的星星，忽闪着大眼睛，让人一下回到童话里去。素常日子多有不尽意，一不小心就灰心，情绪往往也坏坏的，甚至糟透。看过星星，那些沮丧、那些不如意会顷刻间烟消云散。眼里无尘，心会洁净，不快也会在刹那间无影无踪。

在游禽湖和鳄鱼湾之间，夹着个不小的广场。北面是一个巨大的馆舍，放养了不少珍禽。东连着一座造型优美的九曲桥，桥下湖里有名贵的黑天鹅、如胶似膝的鸳鸯。南面是一片红松林，远望是无际山峦和村庄。帐篷全都搭在这里，北面有几个山包挡着，山风大了也过不来，不会影响到这块平地，可以安心地睡。下点细雨也没问题，那些树的冠盖全给遮了去。

来了不少人，有本地的，更多外地人也蜂拥而至。帐篷支在杏树和核桃树之间，整个广场成了一个个花坛。五颜六色的帐篷装点，让原本朴素的空间花团锦簇。约莫八点光景，音乐响起，霎时全成了熟人，像是本土庄乡。红红的炉火燃起来，肥肥的全羊也上了架子，篝火晚会开始了。歌舞悉数上场，掌声、笑声让小广场沸腾起来。蓄积多时的能量、准备多日的才艺都毫无保留地倾泻出来。

篝火烧得自由自在，忘我，不管不顾，羊肉飘香。如此烧烤和在拘谨的闹市街头吃，感觉天地之别。莫说五星级酒店没有，八星级场所也见不着。去掉所有粉饰，脱去所有伪装，摘去更不必戴的面具，将心打开，交给自然，交给这皎洁的夜空。卸掉不快，装进清风，装进夜色。酒尽情喝，肉尽情吃，舞尽情跳，歌尽情吼。这哪里还是露营啊，实在是一次自我大解放。

趁着大家热闹，我独自去九曲桥小坐片刻，桥下陡坡上生满刺槐和红松，月下枝叶又黑又亮。想起首古诗意境：独坐幽篁里，弹琴复长啸。深林人不知，明月来相照。和人群又合也分，那些看去的喧闹我说不上喜欢，但也不拒绝。若想成全自己，往外跨一步就成。退群的快乐只是自己的，和他人不相干。

入夜真想打开帐篷，和自然坦坦荡荡地面对面。只是又担心，冷不防猴子不速而来，就没办法睡了。夜不再喧闹，有微风轻吹，枕着山拥着星入眠。梦里虎啸还有猿啼，尖厉却脉脉含情，戾气全无。桀骜在这里都皈依了，大山的夜温馨得一团和气。那一夜让我常常回味，后几年都想再去，结果都没去成。看去轻而易举、说走就走的小行程，却又让看去没有理由的理由给搅黄了。微不足道的羁绊都能阻断向往，能走就走，不犹豫的好。

小时候住过看瓜和庄稼的窝棚，那木架子搭得很高，但极其简陋，一般都两层，可以瞭望四周。只是窝棚漏风撒气，无隐私可言。瓜地和青纱帐里，蚊蝇抵挡不了，有时也闷热。相比我还是喜欢帐篷，看够了玩够了，钻进去自成一统，隔开喧闹，安然入梦。那次露营我忘不掉，席地而眠我觉得还未尽兴，愿意这样的夜晚尽可能多些，这些年和大地有些生分。今年的露营帐篷节也快到了吧？听说他们还建了些民舍，夜宿有了更多选择，我还是想去。

天也走极端，严寒酷暑一样不缺，兜圈子是不错的办法，未必所有的日子全是开心。只是暑热没有半丝恶意，成熟需要它。庄稼、草木、人成长也离不开。惹不起就躲，登高向老天怀里靠，越近越清凉。但，别弄错了啊！不是摸黑爬太阳，是冲背靠月亮好乘凉去的。弄拧了，会万劫不复。

2015 年 6 月 4 日初稿

2019 年 7 月 3 日定稿

御马亭

我开窍慢，读了多年书，也没弄明白风景的妙处。是御马亭让我彻底懂了什么叫含蓄，什么叫曲径通幽，什么是藏，什么叫犹抱琵琶。历代的大家都说过这话：人要直，文与景，贵乎曲。可惜没能完整领会。御马亭的入口很小，若漫不经心，可能就忽略掉了，就是踅身进来几步，也只能见一角飞檐。简短的一小段路，居然分了四个层次。这景造得曲折、幽深，如蒲松龄的千字大文《促织》，跌宕起伏，层层波澜。奇异景象都在僻静甚至险远处，司空见惯的都是寻常之美。

近年跑马岭越来越热闹，除了漫长冬季，哪一天都不安静。每个点都是攒动的人头、浩荡的队伍、鼎沸的人声。当然，景点如果不热闹，冷冷清清就麻烦了。放松身心的地方就该毫无顾忌，甚至是肆无忌惮，旅游不是修行。不过在嘈杂中能安下心来，比刻意营造的安静是更上一筹的修行，古语说“大隐于市”就是这个道理。没有一份纯粹的坚定，去了静处，也难以沉稳。

御马亭紧靠齐长城，有数十步的距离，这是素常聚人潮的地。齐长城连接着食草区和猛兽区，到了节日，人流水一般淌泻，宽敞的通道顿时显得局促。就在齐长城崖头东侧，有个不大口径，通向御马亭。酒香怕深巷，入口处塑了尊御马，形同招牌和酒幌。可还是没能引领世人眼睛，人都喜欢看热闹，寂静处只能是寥寥眼睛问津。好不好无所谓，有没有热闹看很重要，扎堆才能心满意足。不过雕塑做得死板，像具僵尸，看一眼，就不想再看第二眼。跑马岭有不错的兽医，估计也没法把这死马医活。

从入口下去，是条弯弯曲曲的石径，石径上铺满松针和杂草。松针厚厚一层，径上杂草都立着，看出来鲜有人走。入口极像《桃花源记》里那个小口，也是“初极狭”，后“仿佛若有光”的指引，“复行数十步”，见黄石梁谷，才豁然开朗。太暗了不行，不然就进不了那个让多少代人向往的桃花源了。继续前行，远山、峭壁、悠悠白云，就都进了眼睛。小径不长却幽，下了台阶又入了林子，啥也看不到，各种花木掩映着。拐两个弯，再上几十级台阶，才能和立在悬崖头上的御马亭面对面。崖下是神秘莫测的黄石梁谷，谷南是令人心寒胆战的悬崖峭壁，东面是两谷夹持的一列山脉。

闹中取静，坐在亭子间，阵阵山风袭来，花香、松香入鼻，心脾畅快。虽和齐长城近在咫尺，那些声浪喧嚣只能隐隐约约地闻到，这几道天然屏风给遮掩去大半。耳膜受了空谷来风的洗礼，噪声也难扰。一步之遥，俨然两个世界。来到此处想无定力都不成，心胸受了洗涤，眼睛被风给沐过。心一个劲儿向下沉、下沉，直到和噪声完全隔绝了方止。

关于御马亭的来历，我也只能继续以讹传讹。据说秦王李世民率军在此地操练兵马，御马亭是李世民拴马歇息的地方。皇帝就是皇帝，眼界自然与众不同。此处作为小憩之地，和饮马湾一样都是独具慧眼所得。“贞观之治”的思考是不是在这里就开始了畅想呢？也未必就没有这种可能，御马亭是个可以静思的地方。亦步亦趋跟着杜撰者说谎，都快成了习惯，居然说得比真话都真。

再过些时日，市区芳菲差不多落尽时，这里的连翘开始开放。跑马岭连翘个性，美到惊心动魄，为展献自己粉身碎骨都不怕。它们全生在御马亭对过的峭壁上，开花时节，整面崖金碧辉煌，披金甲一般。一般不开，开就不一般。峭壁顶上就是猛兽区，权当是护花使者吧。无情未必真豪杰，看来这帮子“彪形大汉”皆好色之徒，和花黏得分不开彼此。

来跑马岭若两亭不看，遗憾莫大。望岳亭开门见山，一览无余，亭不过一平台而已。赏御马亭要费不少周折，才能见得真容，想一眼洞穿全部，断无这可能。不过，看过御马亭景色也就到此观止了。此亭做得品相很好，是跑马岭唯一算作精品的小筑。四柱为石质，和周围的山岩毫无二致，自然融进山色中。看来是动了脑筋、下了功夫，没有浮皮潦草。后来不知为何在亭柱上加了楹联，觉得倒是有些画蛇添足。这里本可“不着一字，尽得风流”的。世间上佳景致都很自我，谁来与不来，赏不赏无所谓，自赏足矣。景，照旧我行我素；花，都会孤芳自赏地开。有芳在就灵，孤芳是芳的极致，白内障、青光眼患者识不得罢了。不同俗流的花都是这样不合群，无法群芳，最美的花更无法从众。

2015 年 3 月 18 日初稿

2019 年 6 月 26 日定稿

跑马岭之春

跑马岭的春天总是姗姗来迟，似乎有意为制造二度春，才刻意这么做。时令到了，偏偏就该暖的不暖，该绿的不绿，该开的也不开，一副季节奈何不了的架势。跑马岭任性，当然这和富有相关。资本嘛，也倒是有一些，海拔高个子大，还掌管了那么多的植物和动物。不然，哪里来的和自然叫板的底气啊？武则天牛，敢叫洛阳一夜牡丹开，那是不可信的，一帮子献媚者帮她吹牛捧臭脚罢了，只能算个人定胜天的笑料。

春天最懒散，冬眠了一季，人在潜意识里也跟着眠了，春困秋乏。真正慢下来的时光，不是冬季而是春季。唯有闲适才是高品质，急匆匆的都是无奈。只有进入踱着方步，不慌不忙地过日子，才可以说是从容。冈察洛夫有本很著名的小说《奥勃洛摩夫》，写无所事事的贵族奥勃洛摩夫慢节奏的故事。他行动慢，吃饭慢，穿衣更慢，最经典是他起床，小说写了十五页，还没起来床呢。批判了那么多年，才恍然觉悟到奔命不是健康生活的模式。

跑马岭太沉得住气，春光照耀了这么久，花草还沉浸在冬天的梦幻中，背阴处的片片残雪还不心甘情愿地化尽。本该跟着时令走的草木却坚挺着，不肯绿一点点。花更是执拗，索性连点颜色也不肯露，更别说开放了。逶迤的山脉铁着面孔，一副我想如何就能如何的架势。

说白了这都是外在罢了，跑马岭内心火热，只是轻易看不到罢了。其实，所有的生命都在悄悄地萌动，冬天喝足了雪水，憋着一股劲，草在地下不安宁地抽动着，只是不想冒失出头罢了。万事俱备，只欠暖风。很多人可能看过枝头新芽，未必留心过出土的嫩草。这些初见阳光的生命如刚出母体的婴儿，最让人爱怜。襁褓中新模样是最能打动人的，此刻，跑马岭的大山处处都是这样的生命。只要是拱出地面，就会肆意地疯长，一天一个模样，让人目不暇接。

冬天，人来得要少很多，动物没大有用武之地，憋得浑身难受。在暖房蜗居了一冬的非洲动物，更是忍耐不住，天一乍暖，就纷纷跳将出笼舍，撒欢释放积了一季的营养。每个区域都是这一年里最活跃，也是情趣最多、最好看好玩的时节。这个季节，无处不欢，无处不打动人。生命萌动出的那份新奇，让人悸动，也是踏青和登高的季节。

登高是春日里最为惬意的事情。这个季节少有噪声，也没有更多遮蔽，耳朵和眼睛里干扰也少。随着天气渐渐地转暖，去山里当是最佳时节。找一处不太拥挤的地方，由于相应的高度，视线也不受阻碍，目光伸向更悠远处。脚下的绿在静静蔓延，目光可以在悠远的蓝天下漫游。

跑马岭标新立异，三个季节都是慢半拍的。当然冬天除外，冬日一反常态，来得早，走得晚。春日里若有闲暇，一定要去大山走走，着一下迟来的春色，咀嚼一下第二春的味道，看一眼刚刚醒来的大山，听听生命律动的前奏。心存一份美好滋养，终生受用。跑马岭的青，去看看才知道，那才叫青。跑马岭的春来得晚些，它不大听招呼，时令的指令，它也不服从。有高度的山都如此，没大有俯首帖耳的，都一副爷的模样，不好打发！让它顺条顺垄，看来不成。

2015 年 3 月 11 日

鸟鸣山更幽

热过了头，都躁，人垂头丧气，草木发蔫，无精打采。矜持不起来，万物风度不再。从容和不为所动只是说说而已，山崩于眼前面不改色我没见过。诸葛亮非凡，在司马懿大军压境的空城楼上，佯作悠闲镇定，抚琴糊弄鬼。真相全在他背后，完全湿透，不然就是神话段子了。人就是人，一下子不适应了，行为变得好像不是自己了。

夏日的城里简直就是汗蒸，跑马岭则是另一番相貌，按说快九百米的海拔，本该和毒辣辣的太阳更近呢。可自然造物偏偏不是这样运作，高处不胜寒能抵御暑的侵袭，更高的山峰四季都是冰川。炎热绕个弯径直一竿子插到底，这个层次的高度就掠了过去，打了个不高不矮的时间差。

被炎热忽略的跑马岭，树依然是那样的绿，草依然是那样的青，花依然是那样的艳，百倍的精神。在绿的覆盖下，树荫浓重，山风阵阵，灌满每一个缝隙。人受用，鸟兽也受用。动物心满意足，消受着清凉的日子。独身动物无牵无挂，慢悠悠地踱着方步四处溜达，疯够了兴意阑珊回笼舍，酣然大睡。大群其乐融融，大呵护小，雄关照雌，温暖如一幅图画。天伦之乐需要环境映衬，如果狂风呼啸，这画的意境就荡然无存了。

跑马岭走兽种类繁多，鸟更是数不过来。游禽湖里一群绿头鸭、鸳鸯、黑天鹅，它们每日都悠闲地在湖面上画着水波曲线，安逸得让人羡慕。生态馆就是个鸟世界，金黄的巨嘴鸟、贫嘴的鹩哥、大下巴的鹈鹕、专门为犀牛打扫身体的犀鸟、身价昂贵的黄嘴鹳，身材硕大的南美金刚鹦鹉好不威风，满园子走来走去的蓝孔雀是道流动的美丽景观。

林中野鸟不计其数，成群结队好不壮观。最大的种群当属喜鹊，它们胆大妄为，经常钻进雕的笼舍里去捡拾一些碎食物。两种鸟相去甚远，居然相安无事，令人匪夷所思。秋日的喜鹊是大量云集的时候，密密匝匝地落满树枝，还有电线。灰喜鹊大嗓门，叫得不动听，叽叽嘎嘎地像个媒婆子。

跑马岭散落着几大片红松树，林中聚了很多的鸟，叫上名来的不多。猛兽区西弯道处，索道上站，还有孔雀园，这都是不错的去处。孔雀园最像袖珍园林，粗犷景区的工笔，里边有不少品相尚好的太湖石。办公楼西侧那个山包上那片，下临绝壁，很是奇特。这些林间快乐天使，无忧无虑，一天到晚叽喳个不停。

前些年我在跑马岭的时候，经常早晚间光顾这些长满各种野草和野花的林子。这些地方都特别值得一看，特别是夏日。踩在软软的松针上，比地毯温馨。眼前青山如黛，掠过的云朵时不常就从那山不知不觉地飘过来，把人缠绕住，然后裹起来。踏碎很多露珠梦幻，人也入了化境，脚下轻飘飘的，似乎是离开了地面。入得深了，听一声声的鸟鸣，感到山更空旷，林更幽深，风景更博大，一时竟忘记了季节。空山不见人，整个大山就像是一个人的，无人和你争抢这独处之乐。

没有造访过会稽若耶山，那里风景绝对好，王籍送它千古佳句。在闹中寻静“蝉噪林逾静，鸟鸣山更幽”，还让人动更大念想“此地动归念，长年悲倦游”。商途、仕途乃至文途都不好走，也特容易受伤。有

“幽”在，就不用费心取舍了，如此景深的清凉最养身心。跑马岭是难得的清静处，当作归宿，毅然决然地去就好。

2015 年 7 月 21 日初稿

2019 年 7 月 9 日定稿

跑马岭听雨

跑马岭的雨性情乖张、暴戾，发作起来像头疯狂的豹子，鲜有温情脉脉。除了春天能下点“润如酥”的斯文雨丝，其他季节的雨清一色大手笔。露面就不同凡响，狂放得收不住，电闪雷鸣，排山倒海，像是要把这列山摧毁。不下则已，下就下个天翻地覆，一点节制没有。胸中块垒一扫而空，不发泄痛快绝不善罢甘休。这样大泼墨手笔，淋漓尽致，豪放得过瘾。上苍的巨制，难以效仿。

跑马岭的雨阵势也大，如此气魄在平原绝对见不到。前奏也渲染得到家，厚厚的云层如同山峦搬到天上去，又重新压下来肆虐，天地间如结了深仇大恨一般。雨来得迅疾，过门简短，开拉就得张嘴。程派名剧《锁麟囊》段子《春秋亭外风雨暴》，就是无过门的段子，谱这曲子的先生懂雨。当太阳突然间不见了踪影，整个山就遮个严丝合缝。场景从阳光灿烂的日子，瞬间转换成最黑暗的时刻。只有风尖叫着从树梢掠过，搅在云中呜咽着，再也无别的声息。白色恐怖可怕，天说翻脸就翻脸，让人胆战心惊。胸上像是压了块巨石，呼吸都感到吃力。

天地奥妙无穷多，给个措手不及，就容易六神无主，人应变极差。动物一点事没有，雨中如鱼得水，它们跟自然更亲。虎、狗熊喜雨，迷恋这漫天的瓢泼，全当了天浴，兴奋异常，乖乖地享受。对犀牛简直就是节日，泥土浴是最幸福的时刻，满地打滚撒欢。人遇大雨唯恐避之不及，如临大敌，它们却求之不得，像“有朋自远方来”。

树喜欢雨造访，草青睐雨降临，大山当然更不用说。没有雨的洗礼，无法苍翠。游禽湖里鸭子胆子小，早早地都蜷缩进笼舍中。鸳鸯痴情，却是经不住风雨，慌乱地躲在岩石下，不再秀恩爱。高傲的天鹅，却一点都不在意，在湖面上悠然游弋。一切待萌动的生命，蓄势待发，暴雨中破土。

一场大雨可能几天停不下来。山喝饱了，到处都是泉子，在山谷、堤堰上鸣响。胸臆到了临界，不挥洒就可惜了。淙淙的溪流，顺着山路，顽皮得像个孩子，想怎么走就怎么走，一点规矩不守，到山下汇进锦阳川。驻足下来的雨水，滋润得满山生命茁壮。花娇嫩，历经风雨，更加娇艳，如彩虹。这时节，在山道上赏泉像是在看开花，一朵朵泉花从岩石中生出，再聚入一条条溪流。

旧式文人墨客喜欢雅，喜欢淡，喜欢静，不喜欢这般肆意任性。不过大雨过后最美的趣事，除了看泉花，莫过听雨了。如看罢巨著，再赏小品，周作人、林语堂、孙犁、汪曾祺、史铁生都行，选着看、挨着看都成。他们的文字，都有份闲适和怡情在。

若听雨，去松林间好了，树上挂满了水滴，如珍珠衫。雨后会随着微风，慢慢地往下跳。落在草间或石径，发出各种微妙的声响，更不是言语所能道。林间少得梧桐，更无芭蕉，山野没有这样的情调。雨落在肥硕的大叶子上，如弹奏古琴。

空山新雨后，踏过流着清泉的石板，到御马亭去。黄石梁谷已不再喧响，水流早入了深谷，只听得叮叮咚咚从底部传来，全是舒缓声调。亭上的雨滴却丝毫不温柔，乒乒乓乓地很有力度，像贝多芬的《命运》，不过已变奏为激越。无须结伴，这恍然是一个人的世界，孤山、独人。心中最美景致是带不进朋友的。与人同行，难免附和与迁就，一切都变了样子。合上眼睛聆听，俯身静候，甘露会盈满内心。

大雨酣畅淋漓，发泄够了，粗野的暴风骤雨歇停，结尾居然如此温馨。满山静悄悄，一副祥和模样。听雨就是受洗，比听经纯得多，无须酬劳。大脑、眼睛、身心，平素易积尘，魂魄锈蚀。在敞亮风景里听雨，是一种感觉，听雨还可独处一室，推窗听雨跌下房檐，滴滴答答不停地摔碎自己，绽放美丽。感觉身上的红尘也慢慢地洇湿、流走。和雨机缘深了，神思不可能不灵动。

夏雨狂野，但格调趋暖，再晚些时候就悲凉了，秋雨就多了些寒意。王昌龄的夜雨是这般模样：“寒雨连江夜入吴，平明送客楚山孤。”秋雨把楚山，还有他送别朋友的心境都浇凉了，有些可憎。我们老乡鄄城人北宋名臣张咏，雨夜思乡，下笔大气，不输李白静夜：“无端一夜秋风雨，滴破思乡万里心。”如此佳句，可惜被忽略。林黛玉心里阳光不多，她就不喜欢破落败象，最讨厌李商隐。就因为李商隐说过：秋阴不散霜飞晚，留得残荷听雨声。这黛玉够任性，人家李商隐说这话的时候还没你呢，隔空抱怨个啥劲？

倾听，需要心境。和雨没有缘分，来了也一无所获。扎了很多功利篱笆的心，脑满肠肥，没法兼容听雨。听雨如品上等茶，拒绝名利，和俗无法往来。洁净的雨滴被风滤过，就容不得尘埃。扫天下者可听，会更清醒，扫自身者亦可听。雨落，除了慰藉，也可是谆谆话语，鼓舞前行。灵魂堆积了杂物，或弃于暗处潮湿发霉，滴落的雨会帮着擦洗得锃亮。

2015 年 7 月 29 日初稿

2019 年 7 月 18 日定稿

校正秋天

入秋不久，跑马岭就拉长了脸子，热情突然不见了。光甩脸不算，还使性子，气温也说不定哪一霎跳崖。备上件夹层外套，一点不多余。睡觉一定要盖棉被，不然会被冻醒，初秋的深夜像后妈。秋不喜欢和夏藕断丝连，索性一刀两断。闹了一春一夏，够了，该消停整理一下，也给冬做个铺垫。说实话，一年到头乱哄哄地也受不了，该静就要静下来。回望走过的时光，检点得失做好小结。

眼下跑马岭天爽，地爽，风更爽，无一处不适。浅薄的热闹渐行渐远，深沉正一步步抵进大山，融进树木花草，注入风。招摇一时的阔叶树，正忙着成熟衰老，由绿变黄，变红，变白。和人上了年纪一样，白发悄悄从双鬓爬满头颅。植物爱美天性要远远高于人，即使如此悠忽的一岁一枯荣，也要绽放奇异。熟透的秋点点沧桑，慢慢往冬的老境迈去。针叶虽锋芒毕露，却要持久得多，依旧雷打不动。和春天万紫千红相比，和夏日奔放绚烂相比，秋肃穆的气质更动人。

站在山巅远眺，是秋日里一件美事。岭上合适看景的地有多处，且处处视角不同，当然入眼的景象也有很大差异。猛兽区平台空旷，一眼望去全是黛青色的山、渺渺的云。门口左侧山头上，亦无遮挡，南望无际，北望跨过一列列山峦，能隐约见一线朦胧的黄河。最佳处莫过于西端那山包，看山看水，看俨然房舍，看炊烟袅袅。这儿视角没有前两处大，却是最美的地方，且下临峭壁，听着求偶寻欢的雀儿啾啾个不停。眼前一墨山水是自然剪裁过的，不用自己再费心取舍。赏原生态的山水，比看画展要生动，更容易激动人心，且少见败笔。

林间清新异常，还有丝丝凉意。踩在湿漉漉软绵绵的松针上，却有进入温柔之乡的感觉。曾经的失意、曾经的伤痛都会慢慢散去。记得鲁迅先生说过的一句名言：一种动物受了伤，并不嚎叫，而是跑进林子，自己舔舐伤口，求得痊愈和平复。物欲强盛的时代，很多东西横冲直撞，弱了最容易被屈被辱。喊叫于事无补，只有躲进僻静之地，慢慢消散不快。柔柔的松针像个好医生，它会一针针地帮着缝合滴血的伤口，直到弥合如初。心疾不需治，而需要养。

林间总有诱人的神秘，进去就不想出来，好像找到了寻觅已久的归属。和绿树一起就有说不出的舒坦，周身通泰。古时高人雅士归隐自然，山林乃为首选，遮蔽了喧嚣，身心皆安。早年乡间的小路也具有这功能，那时的土地干净，光脚走在田埂上，看看老牛，听听黄鹂，人彻底松弛下来。真像那首民谣一样，笑意写在脸上，再无一点惆怅。

春风轻柔，夏日的风就不管不顾，似一莽莽撞撞的愣头青，秋风郑重其事。不过，秋风一点不僵化，像个老顽童。秋风非霜，也不冷酷，严肃当儿，偶尔顽皮地拂一下衣襟，或冷不防撞一下腰，逗把乐子。这个季节心情会格外好，重要事情安排在这段时光里，一定会做得很好。少了干扰，心气不再浮躁，头脑有条理。

秋日登岭，要沉得住气，最好等到雨后。若是体能允许，最好步行攀爬。一路风光，开车倏忽而过，真可惜了。光那擦身而过的乱云飞渡，满山的深沉色彩，若不看绝对遗憾。漫步山道，美得不行。下山是可以乘车的，把看过的景象快进一遍镜头，也别有一番新奇感觉。

走过的路就走过了，过失错误无法订正，懊悔和自责都没用。春天的盲从，夏天的痴情，轻率的认知，都流水一般遗落在路上。原点无法回去，只是日后不重蹈覆辙就好。文章修正舛误却是最容易的事，改一遍不成，再改，直到满意为止。生命过程的遗憾都只能是遗憾，但铭记住遗憾就不会再遗憾，还有自然。

跑马岭是只野马，不受羁绊，不知它讨厌不讨厌自己的不合群。我不希望它有一丝这样的念头，别忘了，与众不同有多迷人！活成其他山不敢活的样子，才是不二的自己。即使冒犯了它们，装模作样都无所谓，这才是有作为。作为山，骨子里标新立异、删繁就简都需要，别轻浮就好。不悖时宜但不入时局，不避潮流但不落俗流。秋日的所有思考都是靠本真最近的，眼界的高和远决定结果。

山，强悍，却从不去阻挡风，岩石不扼杀任何生命，它不需要忏悔。山是自由的世界，是万千生命的载体，而非压制成长的罪魁。它的内心是清澈的，有泉水为证。它也是满腔热情的，一肚子滚烫的岩浆。

人生非草稿而是定稿，这让很多人一肚子“悔不该”。陷进没完没了的自责泥潭，会踟蹰于原地而无法前行。秋是个畅快的季节，无怨无悔，拿得起放得下。纠缠个没完，就少了人生本来的快意。记得济南有种老冰棍，本地人叫作“爽”，看到就想吃。济南人怀旧情结浓，至今还在生产。如三伏天吃一根，那种贫瘠年代的最易获取的幸福，霎时溢满五内。人，也从热浪中一下跳进秋天来了。一爽，啥纠结都无影无踪了。

2015 年 9 月 1 日初稿

2019 年 9 月 18 日定稿

山风吹来一阵阵

记得好像是前几年的某年，奇热。小暑特不地道，明知道后边伏厉害，一声不言语就吓窜了。接着伏像头发疯的蛮牛登场，亮相就博得满堂彩。不过，全是喝倒彩，还有不少谩骂。人都快没法活了，却一点脾气没有。这火炉名堂不是白叫的，杨柳、泉水都无法抵挡这个火辣莽汉，全败下阵来了，据说入伏创了高温的历史之最。

想领教济南的热情，最好伏天来。

扇子不济事了，风扇吹出来的全是热风，只剩下空调还能招架一番。科技叫板自然只能在局部，给地球装中央机，河南人能耐再大，这活也绝对不敢接。《报菜名》那一堆：蒸羊羔儿、蒸熊掌、蒸鹿尾儿、烧花鸭、烧子鹅都省了火。直接放进罐子，往地上一搁就成。煎炒烹炸，须臾间会弄出套满汉全席来。谁要不小心在路上，上烤下煎，不需太久，一准能清蒸活人。特想南山树荫下那片片清凉，还有阵阵过岗的山风。那里，一草一木滋润，林间动物肆意穿行，恨不能一步就迈过去。

哪凉快，哪待着去！这话没毛病。

跑马岭偏偏不买暑的账，山林排斥，动物蔑视，风更是一点不客气地挤对，丁点闲空也不给它留。暑在跑马岭站不住脚，只能毛手毛脚地，中午趁诸位打盹儿的空，溜上来调皮地露个鬼脸，虚晃一枪就快闪了。非洲动物见过大桑拿的阵势，就这点小儿科，根本没放在眼里。亚洲动物习惯了炎凉，寒暑对它们都差不多，它们逆来顺受，早不喜形于色。一霎时的小热，对于它们差不多像是被蚊蝇叮了一口。

牦牛着纯牦牛绒大氅，吹着凉风谝叱（显摆）名贵行头。愣头愣脑的野驴、野马也不肯扒光膀子，着装一丝不苟。骆驼不大情绪化，很难看出它们开不开心，该吃，吃；该喝，喝；该玩，玩。神经质的鹿群，喜欢小题大做，容易激动和过激，遇上点风吹草动，就满园子逃亡般奔命，此时却不慌不忙，迈着优雅的步子啃地上的青草。

皮糙肉厚的狗熊敏感，午间赖在水池里不愿意出来，不拿肉来见，谁也不想搭理。狮群在浓密的树荫中，鼾声如雷，尽情做着自己的陈抟大梦。金钱豹、雪豹，仍旧神龙见首不见尾，天天玩捉迷藏，难得一见。虎稍稍有些懈怠，像是喝了催眠剂，午觉睡得更长。山风抵挡了暑的入侵，夏枉费心机爬上来，却无法驻扎。

燥的感觉也就正午一会儿，太阳稍稍一偏，气温就直线下滑。这时节若在跑马岭过夜，晚上要盖棉被的。常住山的人，棉衣、棉被必不可少，随时都用得着，即使夏天也不例外。

炎热吃柿子专拣软的，所到之处只要遇不上抵抗，它就长驱直入，还变着法折腾人，换着样胡作非为。热魔在山上待不住，就喜欢到人多的平地扫荡。只剩下风像个大侠，一阵子清风能让酷暑退后，热就张狂不起来，暂时收敛一下。只是风会懈怠，阵地再次失掉。

大门口南北通透，南来北往的风畅通无碍。晚饭后坐在台阶纳凉，暖暖的地面亲昵肌肤。风不疾不徐，吹过身体，说不出的快感。泺源台四敞大开，无遮无拦，上接苍穹，下连大地，八方来风。这风浩大，不知道从哪里起，也不知道往哪个方向吹，想跟风很难。来此，脚一定要站稳了，才能任尔东南西北风。这风纯净，强势而无野心，没想着压倒谁，刮个无宗无派，自由自在，只吹得满山翠绿，姹紫嫣红，生机勃勃。花和草还有树都是唯美派，不会分心去站队。

绝佳听风处在御马亭，上仰绝壁，下临深谷。风声过耳尖厉如哨，凄厉如狼嚎，吓人魂魄。这一笔有些狞厉，有些黑色。不过和猛兽做邻居，与狮吼虎啸倒是般配。杂音毕竟少，主旋律还是和谐大美。如在此把酒临风，喝多喝少自主，红和白随意，乃美事一桩。曾有美女临亭弹奏古筝，风很是应景，吹得肩上红纱袂，在碧绿中翻飞。音律入谷，至今仍觉不绝于耳。

想着就说多了，乱七八糟的，本来都是无意的风，一说却复杂得不像个样子。苏东坡更甚，风本是大气地自然流动，怎么可以说“一点浩然气，千里快哉风”呢！人，最大的毛病除了想当然，就是随便把自己的意念赋予人和物，文人政客最甚。自以为是，强推意志于自然，自我就膨胀得厉害，貌似正经八百，实则不自量力。喜欢摆布一切，结局往往枉费心机。

2015 年 7 月 15 日初稿

2019 年 7 月 15 日定稿

天凉好个秋

夏，也太贪婪了，吃饱喝足，撒够了野不算，还懒散着身子，不想退席。秋，一点没客气，风一把将其薅下，疯丫头似的抢一步上场。细细地再打量一眼跑马岭，已消瘦了大半圈。秋与时俱进，得了先机。谦让和客气，上位意识淡了，没了位子不说，说不定还会被永远埋没。争位置用不着拼命，但至少不能被动等着。这季节舞台也是明火执仗的活，没谁虚左恭候你上台。

秋不啰唆，亮相干净利落，天恍然高了不少。季节性格不尽相同。春，颜色太耀眼，太杂，沉不住气地热闹，挤得满满当当。夏是愣头青，没轻没重地热情，太吵，不大受待见。秋来了，曾千军万马的舞台，只剩下几个主角在说唱。黏黏糊糊的日子结束了，一个凉爽的季节也没有理由不快。悲秋的人都是打心里冷，那种骨子里尽是坏情绪的人，任何一个季节都是不畅的。和欢愉无缘，不是时令的错。

天是那样蓝，云是那样淡。动物对季节的感觉比人敏锐，优哉乐哉享受秋的赐予，它们胃口大开，悄悄地上着御寒的膘，跑马岭的冬非同寻常凌厉。猛兽区有只独居真“老”虎，是虎群中最老资格的，二十多岁，和人的百岁差不多。叫它老虎，名副其实，此刻一改平日龙钟相，青春焕发般在笼舍中蹿跳。前些日子还有气无力地趴在地上，一副垂暮相。近来情绪高涨，喜欢将身子立在围网上，瞅东瞅西的。树和栏杆都成了它的器械，偶尔做几个高难动作，依稀能看出穿山跳涧的基因。

当老虎，很享受！它吃“小灶”，全是小牛羊嫩肉，有时还要搅成肉末。牛奶、钙片一应俱全。兽医也常来探望，过问起居。老有所养，鳏寡幸福，想饿死都难，除非想不开绝食或自杀。虎豁达，狗撕猫咬的事一般没有，寻短见的概率小到不存在。虎几乎没小事，更少计较，格局大，自然称王。如此无忧老境，让人都羡慕，它过得似花如诗。牙口好的时候，有肉；嚼不动了，还有细肉等着。幸福从天而降，不知它们觉得意外吗？

没事去林子里走走，也是件很有趣的事。跑马岭密林深处，人迹罕至之地，散落着不少果树，这时节挂满各种熟透的果子，桃、柿子、枣都有。这里不用避瓜田李下之嫌，想吃就吃，饕餮个够。纵使贪婪也无妨，可以中饱私囊，还可以满载而归。自然大度，亲近她，就会有奖赏。野花不便采，野果可尽情吃。这些遗弃的“编外”果子，山里人不稀罕，没时间搭理，年年到点生，到点就落，来年再生。山里人都习惯了树上的轮回，也不觉得离奇。

外人看着可惜，只是若想去采摘，要费不少辛苦，树不是在深沟，就是在陡崖。长在一隅的果子好像都在修行，不以物喜，不以己悲。它们生在世俗难以关注的地方，对于孤独和寂寞早没了感觉。来人就是朋友，不是专程而来也不打紧，误打误撞也没问题，一律捧果相赠。无人睬更好，一个人不来，照例一岁一枯荣。野果一般味道独特，是园里果子所不具有的。远离热闹，风格自成，当是珍品。

山里人看重自种的果园，这是过日子的指望。漫山飘香时，打此路过，放心摘来吃，不会有人出来制止。

山慢慢洗尽铅华，将要露出本来面目，越来越骨感。很多现实主义钟情于秋，因为这是收获的季节，也是物化的季节、唾手可得的季节。跑马岭秋雨绵绵的日子，很值得体味，漫山白云乱飞。出去一走，不是披一肩，就是挂一身，弄得跟个仙人似的。云拂面的感觉更神奇，如仙女之吻。跟在后面的冬不大讨人喜欢，因为所有的脂粉都落尽了，形销骨立，真相有些丑。没了好处，世人就纷纷躲开了。

有位女作家说过，济南是个利于思考的城市，应该是指济南秋天冷凝吧，我想是！秋沉甸甸的，储满理性的味儿。老舍先生更是不吝笔墨写济南："山影儿也更真了。秋山秋水虚幻地吻着。山不动，水微响。中古老城，带着秋色秋声，是济南，是诗。"他笔下的济南唯美且市井，他生活在济南多在城里兜圈子，没有出来走走、转转，算个不小的遗憾。

城中景多袖珍，拘谨得厉害，野外山水大气，无法等量齐观。若和博大南部一比，要气短三分都不止。最可悲的是，有人闲不住，喜欢在这本来就奄奄一息的景上动刀弄斧，手工味越来越浓，完全失去了本真。说心里话，我不大喜欢这些畏畏缩缩、紧紧巴巴的盆景。工艺品一点毛病没有还是工艺品，艺术品一万个瑕疵仍是艺术品。

历代来济南的名士不少，不过他们和老舍一样，都喜欢在老城扎堆，聚焦在巴掌大的一点地方说事，顶多再瞭一眼鹊华。忽略了南山，不能不说是济南文化的一页缺失。如看罢卧虎山、龙洞、锦阳川、锦绣川、锦云川，济南佳句，那何止"海右此亭古""波涛声震大明湖"啊！好在我们当代有大诗人孔孚，他用山水诗为济南补了精彩一页。老舍应该没有光顾过南山，不然他的两篇关于济南"春秋"的大文，肯定会是另一番风貌。如此壮美之大秋，老舍一定不舍。

辛弃疾是济南人，但确切故里不明。我知道南部高尔有个村庄，"辛姓"居多，我怀疑这里是他老家。南山秋识尽愁滋味，一肚子话张不开嘴。"欲说还休"让辛弃疾感叹两遍，浑浊老泪都出来了，这般人生大况味，哪里仅是“云雾润蒸”所能了得的。当然我仅是假想，假如辛弃疾为南山而《丑奴儿》，这广告就大发去了。尽管我也知此诗肯定写在江西上饶，铁板钉钉的事，我还想着生搬硬套在南山，实属意淫而无趣。“天凉好个秋”能打趴“四面荷花三面柳”，这样一堆不疼不痒的“实话实说”。

2015 年 8 月 24 日初稿

2019 年 8 月 28 日定稿

松菇邪仔鸡

在跑马岭待的时间长了，久居画中反有些木然，就好像俗话说的，身在福中不知福一样。审美疲劳，这是通病。至于跑马岭有多美，我没有碧野先生写《天山景物记》的才能，不擅长描物壮景，写不出跑马岭的四季变化之妙，只想推荐给大家一种美味——松菇邪仔鸡。

“松菇邪仔鸡”是我给取的名字，厨师是我的一位朋友庞邪子。我来跑马岭不长时间，就知道在跑马岭这海拔近九百米的景区内，有位大名鼎鼎的庞邪子。传来传去的，真名倒是被忽略了，我尊称他为老庞。老庞是南部山区的本地人，野生动物世界建设前期林场老职工，一个人在进山口负责防火检查。

老庞热心肠，不论谁求着，都尽心尽力帮着跑事。跑成了，就常带着成就感，得意、满足洋溢在脸上，然后见谁再说一遍。也许一个人守着个大院子太寂寞，老庞就养了狗，养了鱼，还有一大院子鸡。他的鸡从不喂含激素的饲料，松子、草籽、昆虫是就地取材的鸡食，所以他养的鸡也绝对是绿色食品。

老庞请客只叫顺眼的，可以带酒，也可以白吃，条件是老庞看得惯你。有次赶上我值班，就约我去吃鸡。老庞的邀约，无法拒绝。赶到他那儿，场子已经铺排好了，屋里桌子上杯盏齐备，还有一堆人，都是熟面孔。院里农村常见的那大灶头上架口大铁锅，柴火是枯黄的柏木，炉膛的火正旺着，哔哔剥剥地响，像是《红云岗》细熬鸡汤的情景再现。

老庞炖鸡不管宰，别人杀了择完毛，把剁好的鸡交给他。此时老庞来了精神，一扫平日的萎靡，一副兢兢业业的样子。一会儿往锅里放几个大料，一会儿扔几个松蛾子，这一脸庄重，仿佛是在做一项优质工程。中间还捎带问客人：加不加粉皮？加粉皮可熗熗汤。粉皮鸡水分大了，口感不行，柴！差不多一个小时的样子，一大盆香气腾腾端上来。我此时已进入忘我状态，大家也撂下说得正热的话题，没人说话，嘴和腮都勤快起来。很快一大碗粉皮鸡肉下肚，肚子开始鼓起来。而此时的老庞却像一个大功告成者，在一旁眯着眼，看着这帮饕餮之徒大快朵颐的吃相，自己几乎不吃。

怎么去描述这种上好的美味呢？我笔拙，实在是无能为力。就像听张派或程派的戏一样，听得够味，迷进去就不想出来，怎么好就不必管它了。

如此粗糙的汉子，出乎意外炖一手好鸡。后来有不少人问我：老庞炖鸡为什么如此好吃？一样的东西在别处就不行呢？我思考了良久才得到答案。老庞炖鸡用的是露天大灶，得天地日月之精华；炖鸡的作料，花椒是随手从地堰上摘的，松蛾是林间捡的，完全纯天然的东西。加上他一颗不为钱、只为情为义的诚挚之心，做出来的东西又怎能不是美味呢？

如今这个物欲横流的时代，仅从形式上照搬哪能学得来，又怎能学得好呢？其实过程并不复杂，真材实料为上，再有不计成本的文火细熬。任何美味一旦进入流水作业，能出味道那才怪呢！

我离开动物世界后，老庞和我也没有间断联系。他的闲事基本不断流，孩子上学啊，还有帮谁安排个工作啊，只要他能托的，从来就没客气过。只要力所能及的，我都认真做了，所托的事大多都难为，办不成老庞也不埋怨。后边再有事还是一如既往，只是每次打电话他都要说，去他那里喝酒吃鸡。只是他托付的事没有几件是他自己的，不是亲戚的，就是朋友的。

老庞容易让人记住，忘了老庞很难，他就是他，谁也无法和他重叠。记得有一次跟老庞要望远镜，我仅是随口一说，老庞却二话不说就把他那架军用望远镜给了我。他来我办公室，如果让他发现什么能用的，他会毫不客气地拿走。有年春节后我开车路过他家门口，他不由分说就把我拦下来，想走可能就要翻脸了。我借口找个店买些东西的空当，他家里已经忙了半桌子菜，二位相熟的陪客也到了。他好像觉得还不够，一边倒水一边还继续张罗人，这是典型的老庞风格。老庞没有那些“抽空去我那里玩，得空咱们聚聚”的虚晃一枪，喝水拿筷子的事他做不来。

老庞喝酒，喝大了骂街，他就是天王老子。这是他最难缠的时候，谁劝也不顶事。他骂街典型的意识流，想到谁就骂谁，跳跃性很强，像诗歌。当然也少有无缘无故的骂，好多都在潜意识里埋下了，也很弗洛伊德。

下山时，老庞开一辆美式吉普，绳捆索绑，接近散架退役。车是敞篷的，早没了顶子，一般人摸不上挡位，跑马岭那么陡的山路，他敢空挡滑行，知道的会心惊肉跳。有次雪地里吉普车掉几次屁股，吓坏了一车人，老庞却镇定自若，谈笑风生。他开拖拉机轧场的底子，一直无证驾驶。好在都成了历史，现在他“金盆洗手”，早就不摸车了。

庞邪子，名副其实。现年过古稀的他，邪劲减了不少，热情劲还满满的。前几天又给我电话，说要往外租一套山脚下的小院，让我操心散散消息，不由分说，我一口答应下来。记得有次去林场，无意间看了他的工资表，才知道他大名叫庞积录。现在只要想到他或是接他电话，唇齿之间似乎尚有余香飘出，又回味起那妙不可言的邪仔鸡。

2002 年 10 月 6 日初稿

2019 年 3 月 16 日定稿

三　祥

认识三祥那会儿，他年纪就不小了，四十五六的样子。他鬼一般地瘦，像是医学用的骨骼框架，蒙上了层塑料薄膜，看了瘆得慌。这把年纪，没人喊大号，被唤作三祥。乡下有这么个习俗，微不足道的人，乳名从小跟到大，喊一辈子。我老家那个老光棍，韩六一直叫到老。六，本是排行，却当了名字，起名一点力气不用费。好歹他还有姓，比三祥多了个符号。

庞邪子是个大咧咧，喜欢张罗酒场，更喜欢人多势众。做菜他打一圈电话招呼下手，第一个被呼来的就是三祥。三祥骑着摩托车，呼啦就来了。一件小号迷彩在他身上像件大袍子，两根细棍般的手臂支撑着车把，让人担心是不是能抓结实。他烟很频，牙齿黑黄相间，嘴也不太利落，说话漏风。进了门就没闲着，烧火，择菜，收拾垃圾。

三祥是刘家门前人，离老庞的检查站很近。这座山原是国营大型林场，后来开发成景区，进来不少世界各地动物，本来寂寞的山顿时热闹起来。三祥就地在景区里做起了临时工，负责园容之类的杂活，地里活也耽搁不了，也乐得两头都能兼顾。吃着饭，老庞也不闲着，说了不少三祥的隐私。三祥一个人过，哥哥也是光棍，就一个弟弟有家口。前几年不知从云南还是四川买了个媳妇，没看住，不长时间就跑了。喝着酒庞邪子拿他寻开心：你弟兄俩用一个娘儿们，是不是？三祥也不恼，笑着回敬句：滚倒（屌）的！就算了，那个讳字他说不清，说成了“倒”。

饭后我把桌上剩的烟全装在他口袋里。自那次吃饭之后，见面他就客客气气，眼里充满了友善。再后来，我把一些旧衣服送给他，他不嫌弃。他经常问我要不要南瓜啊，核桃啊，隔三岔五给我一些时令蔬菜。当时我也正在减肥，一块南瓜就一顿晚饭。我刚刚送他一些衣服，不几天三祥就拿几盘刚刚砍下的鲜葵花给我。临了还不忘说句：晚上写东西，吃着玩，比买的干净。然后一笑，走人。嘟噜的大裤裆，像个大包袱皮裹了一朵棉花。夏日常住山，吃过晚饭，天时尚早，就漫无边际地在深深的大山里行走。

周围村落隐在苍翠的绿树丛中，老屋舍新房子不规则地错落其间。能看到纯正模样的乡村，眼下是件很奢侈的事情。中式民居，只要有青砖红瓦，乱石堆砌的围墙，屋顶挂满茅草，看到就有种莫名的激动。近几年经常去外地走走，喜欢看地域反差，每次行走，满眼都是趋同，千篇一律。不土不洋的建筑，不伦不类的语言，不中不西的穿着。跑马岭远离喧嚣，不跟时髦，幸存了这些淳朴村落。

走在山间，远远地听到几声狗吠鸡鸣，看到屋舍上缕缕炊烟。暮色四合时露出的灯光，模糊可闻的农家方言絮语，立马就有了回家的感觉。村庄外散落着不少别墅，都是城里有钱人的，清一色西式风格。和这些老村比邻，有些扎眼。三祥家里，进出最频繁的，除了他自己，就是那辆摩托车，还有黄狗。

有次遇上三祥，不由分说就带我钻进林子。在一个满地尽是茅草的陡坡上有两棵蟠桃树，上面密密麻麻地结满扁扁的桃子。这里离大路并不远，被林子遮着，很难发现。猿猴般轻巧的三祥，三下两下就搁在树杈上，一把一把朝我手里递桃子，不大工夫小袋子就鼓胀起来。我赶紧让他下来，他轻轻地抓着树枝盘了几下就落地了。他一脸满足，朝我嘿嘿笑着：摘桃不能太绝户，谁遇上都能吃两个才好，走啦！我问他要不要，他向我摆摆手，说在树上已经吃了，他嘴边还有桃渍。他拐上大路，和我点下头转身离去了。天色有些暗，我反身往回走，心里却一直在咂摸他刚才那两句有些哲理味道的话。

秋末的一个中午又见三祥，他满头大汗，还一脸怒气，嘴里骂骂咧咧，好像是受了天大冤屈。我想安慰他两句，竟然插不上嘴，后来听说他受骗了。有熟人用他的贷款证办了三万元贷款还不上，信用社就上门找他还款，态度强硬，并有威胁之词，说如果不还款就得拍卖他房子，还有拘留他什么的。他觉得不公平，觉得自己没用钱。我想给他说说你上人家当，从法律上讲这钱就该你还，估计他不会认这个理。看他肚子气得鼓鼓的，嘴里也不干不净：去他姥姥的！我没花就不能找我！这次连丹田都充满了气，那个讳字都能说得清清楚楚。我只好说：不怕，现在也有规定，你就这一套房子，谁也不能把你赶上大街的，况且你又没有可执行的东西。他听了，气似乎小了些。从那以后，他的嘴里就没了别的内容，信用社看来也是经常上门堵他催债，他就经常发飙骂人。

不久他病了，一查出来已经肝腹水了，怕传染，单位把他辞了。这个时候又听说他在附近讨了个老婆，是个六十多岁的老太太。家里有儿子也有孙子，但都不管她，就出来图个素静。但老太太性格很火暴，经常动手打三祥。我想一个女人家，况且又偌大年纪，能厉害到哪去？反过来想，好歹三祥有个女人，算是有个家啊！家庭琐事多，乡村又那么多扯捋不清，打打骂骂，也无关大碍。

中间大约有半年多没见到他，不知道他怎样了。本来近在咫尺，见三祥一面是很容易的。也想早些去看看他，可今天忙明天忙就给耽搁下来。春节前的一天，时值隆冬，我正巧在单位值班，晚饭后无事，决定去看三祥，顺便约了位同事，顺着大道往山下走。他那个村，目所能及。当我出现在他院子里的时候，他一脸狐疑地看着我，似乎不相信这是真的，把我们当成了天将，愣了半天才回过神，赶紧让我进屋：外头冷，外头冷，你看这大冷天的，你还跑一趟！

进屋看见一个老女人，正在用电饭锅煮饺子。腾腾的热气，弄得满屋子雾，本来不大的小灯泡，显得更加幽暗。借着昏暗的灯光，我看到她那张有些肥胖的脸，还有那圆圆滚滚的身材，她说话明显地比三祥底气足。不明就里的她没有动，只是嘴里一边说着让我们吃碗饺子，还一边数落三祥的种种不是。我对她没有什么好感，三祥都到了这步田地了，人基本上就是一个架子，还有什么值得你埋怨的呢？三祥给我们冲茶，说实话真不敢喝，肝炎毕竟是传染病。

屋里的摆设很凌乱，墙上几张烟熏火燎的画，地上胡乱堆放了些物品，家里像是被洗过。一台小电视，煮着饺子的电饭锅，还有那辆摩托车，证明他和这个现代社会的牵连，其他都停留在过去很远。问了几句他的病，只能留点钱，说得再多也苍白。高昂的医疗费他招架不了，只好回家吃点药应付。很多农村患了大病的人都这样，怕医不好再给孩子增添负担。

送我们出了家门，他又折身返回。我们都过了那道坡了，他气喘吁吁地赶上来，拿着包东西塞到我手里。包里是几颗何首乌，应该是他平常在山上转悠着挖的。一般人都卖了，换几个钱花，三祥居然还留了下来。我想推辞，他那已经无力的手很是坚决，只好接过来。他一直送我们上了大道，我们走出很远了，手电光还在我们身后晃，拐过一个大弯那光才消失。

山风有些冷，我裹紧了大衣，竟然觉得回来的路比来时漫长了许多，全然没了去时的轻松。我和同事默默地走，一路居然没有几句话。

春节后得知他节前几天走了。据说丧事办得简单，无儿无女，几个亲戚、几个街坊到场，没有什么仪式，草草就埋掉了。村里鞭炮已经热热闹闹地响起来，三祥没能影响大家过年的好心情，甚至没有多少人去看丧局的热闹。终究，三祥没能吃上年下的饺子。他老婆也没大哭，连装模作样捂上脸干号也省略了。她后来也没走，又跟三祥光棍哥哥一起过，没有结婚证也倒好办，省了很多麻烦。

我后来还经常去那里转转，在这绿草遍地、森林密布的山间，不知道哪座是三祥的坟茔。但我知道，三祥肯定不会有墓碑，大山最富有的就是石头，三祥却不能拥有，再说也没人愿意为他浪费工夫。他活了几十年，瞬间消失得无声无息，身后估计议论他的人也不会多，因为他不值得大家关注。路边小草，生，不会轰轰烈烈；死，会静悄悄地走。但草木一岁一枯荣，生命可以无数次循环，人还真比不了。记得有人给我说过他的大名，我只记住了姓苏，叫什么来？那人说得太快，又有些含混和草率，我竟然没能记住。

2012 年 6 月 9 日岭上初稿

2019 年 3 月 26 日定稿

韩大仙

老韩帮人看的那家宾馆，紧靠跑马岭停车场。小宾馆已几年不纳客，但废而不弃。他不止一次说，负责人是他本家外甥。挨着老韩宾馆的那家会所也关了门，老实巴交的老于看着，工资却比老韩少两百元。这两百元让老韩高出老于一头，好像多出个脑袋。老于见老韩就气短，在他跟前说话都不敢大声。老韩这边具体问事的人，还常捎些烟酒糖茶来，说到这他那脸褶子全开了，幸福得像花儿一样。

旅游热那阵子，不少单位领导"发高烧"，弄了不少钱投在这荒山野岭，后来都成了一堆冷冰冰的钢筋水泥。开发了多年，却始终火不起来。这些曾经的富丽堂皇，成了鸡肋，收拾些值钱的玩意儿带走，空下的房子只能找人看着。年轻人没有这耐心，老韩这年纪的就派上了用场。看家基本没事干，他就穿着件绿不拉叽的上衣，不是在林子里神出鬼没，就是在我们眼前晃来晃去。

我夏秋两季常住山，晚来无事就喜欢到处走走。跑马岭逶迤得庞然，有几十平方公里，是北方难得一见的葱茏山体。山顶还有不少村舍，隐隐掩藏在浓密的绿荫中，有人烟自然就亲切。走路的差事，单调乏味，没大有人愿意陪我同行。本来此事也不需要结伴，独享更舒心，只是晚间面对有几分神秘的空间，多少有些惧意。老韩闲不住，是走山不二人选，遂成我转野的伙伴。

老韩和山林亲密得像朋友，他几乎踩遍了根根毛细血管般的路。茂密的森林草丛间，路径如蜘蛛网，看去乱麻一团，不见章法。循迹一走，却路路贯通。这凌乱和琐碎勾画出的，是单调而又丰富的乡村生活。村野间横七竖八，却又清晰可理，畅通无阻。和他一道出来，不需要担心迷了路径。想来也真的不足怪，他在山间混迹了十余年，白天门一锁，只身消失在莽莽林海里。

他清楚哪里能挖到稀罕药材，他在院子里晾晒了不少的黄芩、元胡，还有巨大的松菇、何首乌什么的。谁去找他，可以见什么拿什么，可以给他自己使不着的物品，他不嫌弃，一概收下。径直拿走，他也无话说。他张着一口烟熏火燎黄牙的大嘴，不厌其烦地说着今天在这里弄了什么，明天还准备到哪儿再去起获啥。只要点头认可他的话，他的话就不断流。

有次和他走进一片杏林，他随手摘了几颗黄澄澄的大玉杏，老韩说这是老马家的园子。老马是个干瘪老头，每天木雕般蹲在大门口摆摊卖药材。老马已经走了两年多了，老韩说老马大病刚有迹象，他就看出来了，顺便提了个醒，只是老马没有在意而已。说起相面和算命，只要听者稍稍加以肯定，他就能滔滔不绝地吹半天，像过五关斩六将。只要把别人说晕了，他就“天灵灵，地灵灵”，变作装神弄鬼的大师。

他说过以前好像在生产队负过点责，说起来就有些郑重其事。可能他早年在村里的副业上，做过外跑一类的差事，跑过郑州、开封之类的一些城市，也跟着建筑队看管过材料什么的，见过一些老世面。只要重提这些东西，他就把那几年的记忆仓库全部打开，你想不浏览都不成。

不让他负责点村里事务，也真是浪费人才。老韩万事通，更是活字典，村庄最实用的百科全书。这几个小村庄谁家的地在哪里，谁家的儿子孝顺，谁家的孩子不争气，谁的日子过得流油，他都一清二楚。在村里待一辈子，也未必能赶上老韩。

我跟别人介绍老韩：老韩，原某某村支部书记，见过大世面！北京、上海都有朋友！合着眼在济南转，也摸不迷糊。一句话把他提拔成支部书记，老韩就激动，嘴咧到腮帮上去。他满口都是这些村庄生活流水账，我没有耐心听，一度也对他不看脸色、乱说一气有些厌倦。常来玩的三祥也不喜欢他，主要是嫌弃他这张“老婆嘴”。村里不少女人对他有微词，说他管得太宽了。有人还和他发生过不愉快。他却没有因此而改变什么，依然故我地以为自己高明。他神秘地跟我说：你们单位的事我都清楚，因为不关我，我不会说罢了。我知道他说的是那几桩男女之事，我老想笑，这些事在单位几乎都是公开的，还需要这样像重大机密般地躲躲闪闪吗？当事人都不用遮羞了。他的见解还停留在作风问题和养汉不正经的那些概念上。

老韩经常在门口外路上，用浓墨写一些估计《康熙字典》上也查不到的生僻字。结构里有龙和道的组合。还有三个“鱼”三个“羊”叠加在一起，考我念什么，这还真把我这个学过几天中文的人给难住了，反过头说：还是老韩学问大啊！你说念什么？这时他喜欢卖关子说：反正我知道，给你说现在不是时候。能将别人一军，他开心得像是得了大奖。

有年夏天，山西侧不知谁刚修了条石板路，步行上山又多了条近道，我即兴邀请老韩还有射击场的厨师去转。厨师膀大腰圆，不是满嘴酒气，就是满口呛人的大蒜味。真是不太喜欢他，可每次他的门前又是必经之途，不好甩下他。再说了，这样空旷的林间，多个人总比少个人好，最起码壮胆。

有了路走得就快，没觉事就下到半山腰。在曲里拐弯的林间，得奔着另一头，能绕上山顶方向走，尽量不走回头路。路上堆了不少水泥沙子，很多工具横七竖八地挂在树杈上。一身大汗的厨师毫不客气，拿起挂在树上的水壶就咕咚起来，直到肚子气球般鼓起来才罢休。老韩就矜持多了，稍稍地喝两口，就挂回原来的地方。

夏日的黄昏，柔软的阳光射进松柏丛间，洒下一地金灿灿的太阳。远处的山，绿得有些黑，山下星罗棋布的大小水库，镜儿般地耀眼。对面挺拔的峭壁，无数只鸟在那里栖息、鸣叫，自然而安详。我找了一块猴子探海状的大石上休憩，看着这些自由的精灵鸟，不受任何约束地过着自己开心日子，羡慕死了。峭壁和树梢上的爱情，无疑是最浪漫的，更惊心动魄。人的藩篱却那样多，真嫉妒鸟那双翅膀。正发呆的当儿，老韩来催我，定睛看时我们已经和大山一样，披一身晚霞了。天马上就要黑了。按原路返回太远，问老韩有没有近道可走，老韩又是神秘一笑说：跟我走吧！那自信让人无法置疑。就跟着他径直沿着山坡往上走，没几步就是一大片岩石，往上竟是更加陡峭的悬崖。我问老韩：这到底能不能行啊？老韩不答话，示意我跟着就成，不要多问。好在我在树林里捡了根棍子，不仅可以借力，还能帮着探探脚下长满乱草的石隙。他不知从何处捡了条破轮胎，如获至宝地用拐棍挂在肩上。

朦胧中，隐约能看到脚下乱石，还有各种大小叫不上名字的灌乔木。上步走过，下步就不知道往哪里踏。心虚得厉害，体力也有些跟不上，这种近乎攀岩的活太消耗体能。只好大声喊住老韩，如果猿猴般轻灵的老伙计三步两步蹿了，在漆黑一团里突围，辨不清方向后果真的难说。一说他就停下来，坐在我前面的一块石头上，冒支不知道谁送他的烟卷。后面胖厨师呼呼哧哧地也赶上来，屁也更连贯了，像过年的小鞭炮，在空寂中很是响亮，惊得树丛上几只野鸟呼啦一声飞走了。

老韩不知道说话很耗体力，吸着烟嘴却不闲着：你才四十几？不行吧！这是说我。不用看他肯定是一脸的得意，那是冠军看亚军的面孔。哎！你怎么也那么慢啊，五十多岁，生龙活虎啊！我知道他是在说厨师。那个坐在最下面，刚刚呼吸匀和点的胖家伙，也止住放屁回道：老哥，我生在洼里，从小不大爬山，要是和你一样，老哥，你不行！他不服气。老韩也不放过他：你爬山得憋着，放屁泄劲，知道吗？我体力稍稍有些恢复，也就顺口打趣他：老兄，该给你绑根绳子，我们连在一起，老韩在前面掌方向，你在后面做动力，就是架喷气式飞机啊，马上就能腾云驾雾离开，真可惜了你那些屁啊！老韩笑了，咯咯的，很开心。那胖子也忍不住一笑说：你们文化人就会编派人。

路越来越难走，天也越来越暗，几乎看不清脚下。我只能跟着老韩亦步亦趋，一怕他走得太快把我落下，真的不知道该怎么前行。跟在他后面，他踩踏的地方肯定很坚实，我可以放心走，他几乎就是我的探路器。二怕他肩上的那条轮胎，万一滑了砸到我，我会在这山崖上万劫不复。所以，还要和他保持安全距离。三害怕后面那个愣头青赶上我，那我就成了断后的，所以，我务必跟紧老韩，还不能让那个胖子超越，爬得就格外累。浑身上下水洗一般，山风吹在身上有些凉。

终于爬过悬崖，前面一片大树林，老韩说就快到顶了。却没有想到这里更陡，差不多得七十多度吧，上下简直就是个直角。我真的是没有半丝力气了，有些后悔走这样的路，但既然走了，就没有折回的道理，什么路不是路啊！刚才羡慕鸟那些不经也飘得无影无踪，只能面对有些残酷的现实。我走一步不是抓草，就是搂树才能走下一步，不敢有一丝的怠慢。

不知怎么的，眼镜那么不争气，一不小心滑落到草丛里去，可能是脸上汗水多的缘故吧。此时，我手里抓着把荆柯，一只脚还悬在半空，下面就是幽深的峡谷。我赶紧掏出手机，利用屏幕的光，想找一找落下眼镜的具体位置，却只看到草和花，全无眼镜踪影。我已无心恋战，可能事事都要留个纪念吧，也害怕老韩撂下我一个人享受旷野，便丢弃了找回眼镜的念头，也实在顾不了那么多，继续往上赶。

谢天谢地！终于走出了林子，大赦般解放了，老韩宾馆就在眼前。

胖厨师有气无力，打了个招呼就回到他住所了。我还有几百米的路要走，可几乎用尽最后力气的我，怎么也不想走，蹲在老韩门前那块石头上，虚脱般喘着粗气。林间的憋闷让我呼吸受阻，我要加倍地呼吸回来。

老韩好像发现了什么，问我：你眼镜呢？借着他大门上灯光，他看得很清楚。

我说：掉那块坡地里了！

他问：你眼镜得十几块钱吧？

我说：六七百呢！

他瞪了眼：不会吧？我那副老花镜才十来块呢！

我说：就是！高级树脂镜片就这个价格。

他摇了半天头，不再说话，一顺手那条捡回来的轮胎就顺着大门口的高坡轱辘进他的院子。然后好像是碰到了那棵大杏树，啪嗒一声就歪在那里，老实得找到新归宿般，踏实得没有一点动静。月亮这才慢腾腾地爬上正空，整个山漆黑黑地乌亮，泻了满是皱褶的老韩一脸，老韩雕塑般的脸像是涂了层清漆。

丢了就丢了，寻找太徒劳。该来的来，该走的无须强留。

第二天早上不到八点，我刚刚吃过早饭。老韩又是带着那样的笑来到我办公室，还是一脸的炫耀。我不明就里，他怎么没有多睡一会儿呢？昨晚实在太累了！

他嘿嘿地问我：还想要眼镜吗？

我说：算了，丢了就丢了！

他说：那么贵，太可惜了！

我说：没事，就一副眼镜嘛！

我漫不经心地和他说话，他却变魔术一般，从那件绿中透白的大褂子里，掏出了那副眼镜。我一下子呆住了，不知道怎么跟他往下说。我在意的不是眼镜的失而复得，而是这样大早，他怎么立在那陡峭的崖头找到的呢？心里热热的。这个平常看起来不太着调的人，怎么如此不计代价，帮一个对他没有任何用处的人，去做一件艰苦卓绝的苦差事呢？我，理解不了！

在停车场入口，有个摆摊兜售山货的小贩，六十多岁的模样。眼有些浑浊，经常不停用脏兮兮的手绢擦拭个没完。没有顾客的闲暇，就不停地从那些小果子上，择下那些附挂着的干叶。像銮枣，还有柿子，他都要把它择光了才罢休。现在卖东西的掺假少了，都觉着吃亏。他却用软绵无力的语调说：带着那些东西，也增不了几个分量啊！老人的稀世话语，老韩的古道热肠，对我很是震撼。跑马岭风清月朗，都不白来。

又一个秋日，我去找老韩，顺手带了条烟送他。到近前却发现大门紧闭，隔着院墙往里看，院里东西也码得整整齐齐，已没有一点动静。那条破轮胎还广告般悬挂在迎门的墙壁上。我去问邻家的胖厨师，才知道已经移交给另外一个单位，老韩就给辞掉了，我茫然了半天。隐约知道他们夫妻关系不好，他回家很少。这十几年里，老韩已经逍遥成林中大仙，成了山的一部分，分不开。回家再乱吹牛，估计也少人有我这份耐心。他的日子会是另一种模样，继续卖弄这一套，还有受众吗？我觉得够呛！想给他打个电话，问遍周边人他手机号，都摇头，我知道他们和我一样，都没有真正地在意老韩。

2012 年 10 月 25 日初稿　时值霜降

2019 年 4 月 1 日定稿

传祥同志

跟我说他名字那人口齿不利落，第一次没交代清楚，我听成了时传祥，那是我刚到跑马岭不久。恰巧前两天刚接待过时传祥同志的儿子，北京东城区环卫局长时纯利同志。

老李一家人好客，不长时间就熟了，知道他本名李传祥。后来我称呼他老李，或传祥同志，他嘿嘿一笑，不置可否。同志已经陌生了多年，当年少奇同志跟时传祥同志说的那句，最为经典，现在还没忘：传祥同志，你淘大粪是人民勤务员，我当主席也是人民勤务员，这只是革命分工不同。国家主席和普通百姓可以互称同志，这话说得亲切，一下把最高和最低拉得像是没了距离。

老李在办公楼后树林里搭了几间板房，纵横交叉，一家子都住那儿。他养了一大群鸡，院里院外还垦出不少地，种了黄瓜、西红柿、豆角啥的。绿绿的菜蔬，或白或红的果子。十几只红冠黑尾翎的公鸡，一群漫不经心刨食的母鸡，一只没了警惕的黄狗，篱笆内外就生动起来。山林田园，田园山林。林子、柴舍、人、秧苗、菜花、鸡鸣狗闹，看这图景，很多诗句都会不自觉地跑出："性本爱丘山""暧暧远人村""鸡鸣桑树颠""久在樊笼里，复得返自然"。

老李一家能工巧匠，修修补补的活，就没大有他爷们儿不会的。单位的零散活，都交给他们做。老李生得老气，那张饱经风霜的脸，尤其夸张，简直就是一面皱褶密布的石壁。活在这样的地方，长成这样老树疙瘩脸，真愧对这秀美山川。

山里空气纯净，吃得干净。在这里活着，不需要知道有汉，无论魏晋。饿了就吃，困了就睡，急了就骂。几个村都有不少九十高龄的寿星，支书老陈的奶奶快一百岁了，缝衣纫针一点都不费力。电视台来做个长寿村片子，老陈奶奶说啥也不上镜头。只好拍另一位八十多的老太太，挑一挑子山货，走几里大崖头，心不慌，气不喘。动员村里人露脸真难，再苦口婆心，太累。我一下就想到老李，就凭老李一脸冬天，绝对没问题！老李不负使命，对着镜头信誓旦旦，说自己八十八岁，吃吗吗香，身体倍棒！电视播了，画面很好看，袖筒里那只小猴更出彩。只是他不像八旗子弟，倒像耍猴的街头艺人。山民生活富足，精神饱满，满镜头正能量。

后来，老李说自己强绷着拍完片子，回去肚子都笑抽筋了。说假话他觉得挺好笑，也挺好玩。实际上，山村人长寿这是不争的事实，老李不过客串一下而已，本质上没有虚假。自那，老李见我就哈哈的：你净点化我，让我说八十八。那年，他还不到六十岁，可他的形象说八十，绝对没人怀疑。之后他埋怨我这个幕后导演，几乎成了见面必说的开场白。

若仔细看片子，细微处还是能看出不少破绽。他说谎心里虚，就把头在胸前窝下去，偷着释放一下再抬头，一本正经。他偷笑的时候，身体发颤。不明情的记者很满意，觉得这老头不光身体硬朗，精神上还很乐观。那只拳头大的小猴子也真乖，时而站在他肩上，时而钻进他袖子里，老李就像它依赖的家长。给老李配戏，猴子也立了一功。那张永远洗不白的脸，让老李有了不大不小的知名度。

仗着一身本事，老李年轻时散漫。集体修水库，他专拣不是活的活干。工具掉进六七米深的水库，一帮人面面相觑，没人近前。老李就和队长谈条件，摸上来就可以休三天，队长无奈，只好应允。老李几猛子下去，镐、锨失而复得。说是三天，老李基本上不再跟着集体劳动，他却没琢磨琢磨当队长，那样可以半脱产，他不喜欢操心。

老李前些年闯荡深圳，带着儿子们在沙头角做填海工程，那几年深圳势头正猛。前几天一朋友说济南第一高楼封顶，三百三十九米还有些情不自禁的激动，我笑他。深圳九十年代初，三百八十三米的地王大厦就矗立在深圳大剧院旁了。老李正儿八经见过世面，两个儿子都能独当几面，可惜的是没有想到注册家公司。那些年深圳建设那么热，几个活就能起来。他大儿子加军手最巧，跑马岭搞雪雕比赛，他雕的那条长龙，高出大家好几筹不止，他还能画山水和花鸟。

老李信马由缰，一家人的手艺，可惜浪费了。他抓不住一个又一个机会，关键，他也不知道机会在哪里。跑马岭太局促了，一期建设过去，剩下的都是些碎活，再说，有工程他也不能做合作方。后来儿子招工进了跑马岭，他就在园子里干点小营生，在树林里拴个吊床啥的，赚几个烟酒钱。

老李的摊子就在进门不远处，平时家属照看着。老李家属一脸贵相，说话慢条斯理，气好像不够用，应该是气管有问题。她人长得端庄，和黑脸滑稽相的老李反差很大。我跟她开玩笑：老李配不上你！她一脸温存的笑：都这把年纪了，有啥配不配的。从她的言谈话语里，透着对家庭的满意，特别是对大儿子李加军：小军，就没他不会的！加军人地道，一身技艺，挣这仨瓜俩枣，挺可惜！

冬天去老李那儿吃饭，不是喝地瓜粥，就是南瓜粥，家常饭，熨帖。在炭炉子盖上烤个馒头，酥黄的皮儿，冒着小麦的烧烤香，比烤箱烤出来的纯。有时赶上杀鸡也喝两杯，他炖鸡的手艺逊于老庞，术业有专攻。两杯酒下肚，老李说话便没节制了，荤素都有。夏秋天去他那儿，相中了瓜果，想摘就摘。

老李养蜂，跑马岭有上千亩的刺槐林，还有数不清的各种名目的花。山腰一户南方人，每年春天都在这儿放蜂。有天晚上去买他的蜂蜜，他儿子就帮我们灌了不少桶，蜜里还有一些蜂尸。养蜂人回来看了，当我们面给儿子发了火。从此我知道了蜂蜜的猫腻，当然比起商店的那些，还是要好很多。后来找老李买，老李说：可贵！我说：一分钱一分货，没事。给他钱，老李却推掉了：算了，自己养的。坚持不收，让我很尴尬，好长时间都没去吃饭。

去老李那儿吃饭的人很杂，老李一律来者不拒，坐下吃完抹嘴走人，老李也是打着哈哈送客。真假欢迎，都在脸上眼里写着，这个也不好演。尽管老李有些演戏的功底，上次安排他演耄耋老人，居然没穿帮。只是真人没法假，一假心里就乱成一锅粥。能掩藏住不笑场，也算是有定力的人，毕竟也走过南闯过北。

我喊他最多的就是传祥同志，叫老李的时候少，当然主要是打趣。不过现在除了官场的正式场合，这个词几乎听不到了，听起来反觉得新鲜。中学时有位老师的父亲来学校找儿子，就说找某某某同志，被学校传为笑话，尽管那时“同志”一词很盛行。当年在县里工作，组织部的头称我同事某某同志，对我就直呼其名，我竟然觉得这是一种慢待，长时间耿耿于怀。少奇同志英明，一句同志，把国家主席和一个淘粪工人能拉平了，感到这是个很了不起的词汇。

李传祥同志，就像块石头，没大被风化的石头，更像山涧的溪水，清澈见底，这里没有污染源。老李够格原生态，现在山水能抵抗住侵袭和风化的也不多了。后来听说他病了，想去看看他结果没有成行。

前几天，又听说他去世了，死于脑梗，让我好一阵子心里不舒服。他刚过古稀，大大出乎我意料。就凭那结实身板，少说也得活八十八啊！他没能挺过去，辜负了我的预期和祝愿。传祥同志，走好啊！儿子如果给他立碑，我会自告奋勇，如实给他写墓志铭：传祥同志，姓李，喜孤行，善结朋。一身技艺，未得施展，甚为可惜！与大名鼎鼎英模时传祥，同名不同姓。此君寿限本应八十八，一时疏忽提前掉队，终年仅七十三。

七十三，八十四，是圣人终老年纪，老李亦可告慰。写这样的文字得让韩愈退场，不然墓志铭清一色表扬稿。

还记得有次酒后，他拖着烟嗓哼，提起个宋老三，两口子卖大烟。有些沙哑的声音，唱小曲格外一个味，有点刀郎，还有些臧天朔。老李嗓子不好，轻易不唱，对我算个例外。

2019 年 4 月 16 日

蒺藜花

现在，越是身边的人和事越漠然，近前往往无感觉，不经意忽略了很多眼下的存在。和小刘在一起共事有十来年的时间，平时也就是开句玩笑，找她量量血压什么的，还真没有正儿八经地关注过她。她老公在我们认识时就不在了，他的英年早逝是狂热球迷加严重心脏病所致。从此她就一个人带着孩子，过着孤单却不乏笑声的日子。

跑马岭养那么多动物，就得有兽医，还有动物医院，动物和人一样，感冒发烧，长个疮痈啥的是常态，没有医院和医生不成。记得早年镇上兽医站，那时的兽医基本上不看病，只摘猪剥蛋，驴马配种，打打预防针。烦琐些就叫他们“给猪打针的”，也有简称“畜类医生”。听起来粗陋，但不骂人。小刘不管动物，专管给人看病，百十号人有个小病小灾的，或是让动物抓一把，咬一口，在这里抹抹包包就行，下趟山不仅远也麻烦。

偶尔发现小刘常冒出些有分量头的话，透着知识的成分也越来越浓重，说事往往能一针见血，不禁暗暗关注起她来。试想她过着常人不易体验的日子，对她来说可能出现的状态，一是消极和玩世不恭，另一种就是脾气莫名其妙不可捉摸，经常有很多心血来潮之举。生活的形态决定一个人的观点和行为。

她辛辣，对于事物能显示出难得的深度，小具象还能升华为现象。对人，她充满热情，围着她的人很多，喜欢有事没事就到她那里聚一聚。作为医生，谁也没法拒绝和她打交道。她可贵在眼里也没有“格子”，谁来都是患者。干这差事，要是见什么人就什么态度，会让人起腻。所谓会来事那种人，都有独到的眼神，还有张舌巧如簧的嘴。人机敏一点没什么，过分了精神就出了规，沦为品德“下流”。当然，看人下菜在这个社会里是个不错的选择，起码很实惠。所以，看小刘的眼神就需要抬一抬，小刘不小。

小刘大夫快人快语，常针砭时弊。我现在也不知道她文字如何，她是可以给报刊写些时评的，看事准确而深刻，是一般女性不易有的素质。这个人生踉踉跄跄、瘦削骨感的小女人，不知在何地何时获得这份认知的灵感。有次我们一起和单位负责人吃饭，我逢场地说了几句“好听”的话，她一连“夸”我好多次，那小刺杵得真及时。后来自己也想，我这样年纪还就真没那必要“多此一举”。她评人论事，公开阳光，好在她的话都是能当面的，既不是攻击，也不是诋毁。单位也曾为整肃劳动纪律，委婉批评过她的“俱乐部”，可稍稍有所收敛，不长时间又依然如故了。好的去处，大家需要的“场”，应该是不好“取缔”的。

有个女员工患乳腺癌，做了切除手术。小人物被忽视司空见惯，单位没有人出面去看望。她一个人跑了去，还自掏腰包买了些东西。对于大病患者，心理是极度脆弱的，需要安慰。她出现在病人面前，一句问候，胜过很多药品。我听她埋怨过，也听她为此而叹息过：如果她是谁的亲属，或者是某的亲戚，还会忙得都没有空吗？她愤愤不平地说了半天。她面对面说过某人为老不尊，也说过年轻女孩子别走错路。没有讥讽也无轻蔑，都是善意规劝，更没有背后乱叽喳。她让人不明白，一个孤儿的寡母，她心底暖暖的阳光从何而来？

单位因远离市区，有一些乱乱的事情，小刘大夫始终洁身自好着。一度也曾经出现恋爱的迹象，大家都为她将有新归宿而默默祝福，不知为何很快就搁浅了。有时想，她一副弱小的肩臂，挑着那样的一副担子，独自走二十年不易，她是应该再有个人，起码可以帮帮她。家庭就是结伴而行，共同肩负着生活前行，一个人，不论男女，都很吃力。可，偏偏她就没事人一样，让人匪夷所思。不该有事的都有事，该有事的反而啥事没有。她没有做轰轰烈烈的大事，那种大事估计她也做不来，只是芸芸众生里的一个，但她是可以独立成章的。拥有一份独立和清醒很难，很多看去成功的人也未必能做到。好多自以为自己很聪明的人，头颅是自己的，大脑却是别人的。自己不能支配自己，是人最大的悲哀。

按旧时的标准，该立一块贞节牌坊给她，这当然是玩笑话。牌坊很是残酷，也非人性。昔日看去特阳光的东西今天看很罪恶，是女性的精神囹圄，比所谓镇“妖”雷峰塔还严酷。真希望小刘有份“妖气”升腾，哪怕是不要名分也好。当然说很简单，机缘可遇而不可求。希望某一天收到她的请柬，凭她那份对人的挚爱，一定会馈赠她一个美好的结局。

在跑马岭海拔近千米的山上，路旁道边随处可以看到有很多无名的小花，灿烂地开着，绽放着普普通通的生命色彩。好多时候，我们为这些经常被忽略的生命所感动，有不少的籍籍无名，却一身不菲价值。其中的蒺藜花，就是这样的花。蒺藜花黄黄的，很是质朴的五瓣小花，说不上艳丽，却能温暖人心。花下长有扎手的蒺藜，不好轻易采得。后来翻书知道，蒺藜是可以入药的，能治疗比如头痛眩晕、目赤翳障等疾病，种子还可以榨油。这花应是爱君小刘这类女性的真实写照吧！

小刘一叫就二十年，一晃小刘成了老刘，明年她就要退休了。有人劝她在市区开家诊所，她说等等再说，颠簸了这些年，想休整休整，静一静。二十年的奔波，景再美，也有种说不出的疲惫。如一连坐几天车，下了车感觉还在晃动，大脑中咣当咣当的声音散不去。有过这样经历的人，都懂得怎样才是真的休息。彻底地换一种静态方式，小场景的转换，才会有真的安宁，这安宁对于长时间处于动态的人来说，意义非凡。

古人说，不为良相，便为良医。医，上可治国疾，下能惠众生。“但愿世间人少病，何妨架上药生尘。”病人不会因医生多了而减少，肌体痼疾、精神顽疾都在潜滋暗长，比如癌，比如萎靡和抑郁。华佗再世也无奈，扁鹊更会鞋底抹油，溜号蹿圈，小刘也不能妙手回春。尽自己所能，解除几人之疾苦，也就功德无量了。

中世纪最早的医院缘起同情心，是有善心的人刻意为流浪汉和乞丐设置的场所，看不下去世间有人遭受苦难，有同情心的人就来帮助他们解除痛苦，这就有了医疗。让孤苦穷人缓解苦难的地方，就叫医院。这里只能有爱，且不可变作交易，那样就泯灭了一切，人的尊严不再，去疾苦的刀成了屠刀。

2009 年 9 月 2 日初稿

2019 年 3 月 8 日改定

小公马之殇

一

小时候驴看得多，马稀罕，难得一见。我老家鲁西黄河滩区，多数人家都养驴，犁地拉庄稼用得方便，早先村里还有个自发的驴车队。那些年汽车少，一个公社，拖拉机也没几台，长途运输货物主要靠驴车。接活的人，嘴都好使，四处都能划拉来事做。把式们赚了钱除了买工分，剩下就自己揣进腰包。凡拉驴车的人家，都过得不错。那些年村里的大动静，除庆祝活动和鸡鸣狗闹，就是嘿哈不停的驴叫，声调高亢洪亮，像高音喇叭，几个村都能听到。

驴顺溜的时候多，如拉完货回程。空车，人不再用驾辕，解了长套，把驴辕进车杆里。搁开破铺盖随手扔进车厢，油脂麻花的大衣往身上一裹，安心睡一路。驴听着晃晃朗朗铃铛节奏，碎步颠着小跑，准确无误地赶回家，驴狗好记性。舒坦的把式们像是坐在轿里，这份自在，给个县长都不换。推磨，人犯晕，用驴最合适。捂上眼驴不偷懒，几乎用不着驱赶，直转到磨顶上空无一粒粮食。驴上来邪劲，也没治，六亲不认，连踢加咬。尥蹶子时千万要躲开，不然挨了挂铁掌的一蹄，伤筋动骨地不轻快。要是把人摁倒，不能及时赶开，那就更糟，驴一口好牙，能要人命。

遇上驴撒野，拉翻了车，车把式蛮劲上来，照死里打，一点旧情不念。驴身板结实，搁揍经打。抽得遍体鳞伤，鞭子都断了，驴仍一副大义凛然的样子，横在那不屈不挠。气解不了，换上对掐粗的杠子接着打，棍子成了两截，驴愣是一声不吭，真他妈有种！仅有的反应就是挨一下，身子本能地跟着抽搐一下，顶多用后腿空踢腾两下，和人挑衅勾食指如出一辙。驴的肢体语言好像是说：就这两下子啊！除了鞭子、棍子还会啥？这轻蔑让把式变本加厉。可我们都觉得驴大无畏、大气魄，上了刑场肯定做不了叛徒，这两下子让人打心里服气。直打得把式没了脾气，垂头丧气地收手。打驴，一点胜利的感觉也没有。记住，千万不要打驴敲山震虎，会适得其反。

驴比马倔，一槽上拴不了俩叫驴！

公社兽医站里不少大牲口，驴、马、骡子都有。乡下称呼兽医为畜类医生，除了给猪做节育，也帮着大牲口配种。这名字实在不雅，不知是骂牲口还是骂人。他们骑着前泥瓦插着小红旗的自行车，在街巷里串来串去。后来清一色发了制服，不少人也学着公社干部梳起背头，人模人样的。“远看像法院的，近看是摘猪剩蛋的”，没事都喜欢打趣这些整天和畜类厮混的人。

兽医站围墙矮，里边牲口半个身子都露在外面，赶集上店路过这里，院里都看得一清二楚。最振奋人心的要数看兽医帮马配种，这活得要两个人，一人牵住母马，等公马跳上母马后胯后，另一个两手攥着粗大漆黑的生殖器，帮着挺进母马深深的阴道。有些像是看黄片儿，小孩都好奇地围成一排，兴奋得乱咋呼。路过的妇女也驻下看热闹，面皮薄的就举手蒙住眼，但指缝开得老大，什么也遗漏不下，嘴里还不闲着轰赶小孩：去去去，看这个干吗？不学点好！泼辣娘儿们不管这一套，直勾勾地看，还说更黄的闲话。墙里畜类医生情不自禁，和墙外娘儿们打情骂俏：想进来试试吗？妇女们回得也不客气：牵你家炕头上去就行，保证你一年都不用回去！嘻嘻嘻，哈哈哈，墙里墙外笑成一团，骂声一片。

在乡下，鸡、鸭、鹅、狗、猪、羊、牛、兔都叫生灵，可轮到驴、马，偏偏就改了叫法，改叫牲口或畜类。骂人的话就是畜生，也有叫孽障的。驴除了丑一点，相貌有些猥琐，脾气倔一些外，一身力气和任劳任怨，与牛一样是农耕社会的功臣。马人见人爱，没有人嫌。不知是谁犯神经，给它们做了这般不恰归类。

二

济南跑马岭野生动物世界有群野驴，还有群野马，挨着牦牛，过一道门就是非洲区。野驴、野马的场地宽阔，可以随处跑，委屈不了它们腿快。它们见人就跑，胆子却不小，和惊弓之鸟的鹿大不相同。只是不愿意跟人搅和在一起，特立独行习惯了，积习难返。野驴比家驴好看，驴脸比家驴还要长。颜色和家驴也不一样，野驴棕黄色，腹部黄白，和背侧毛无明显分界。

野驴喜欢草原和荒漠，主要分布在蒙古和西藏。野驴机警，能长时间奔跑，下水游泳，和骆驼一样还耐干渴。它们跑起来比狼还快，让猎人很无奈。只是好奇心太重，爱去猎人帐篷窥探，送上门找死，那就得来全不费功夫了。猎人本就和屠夫是孪生兄弟，结局就不用多想，天上龙肉，地下驴肉，肯定痛快了一帮人的肚腹。

野马除了鬃毛比家马略短，身材更紧凑。毛色锦缎般，闪着耀眼的光泽。野马声腔变化很大，多音部，遇上不同情况，会发出不同声音。争斗、示威，简短而单调。失群发出求救声，高亢而洪亮。心满意足时，喉音轻微。反感时态度鲜明，声音刺耳。更多的时候打响鼻，响鼻内容复杂，不好揣摩，可能是鼻中进了异物，或是闻到不喜欢的气味。响鼻多用鼻腔发音，京戏中花脸腔用得多。民歌里“得呟依呟”的“得”，也是舌尖紧顶着合拢的牙齿发出的。野马至今尚存，要感谢沙俄军官普热瓦尔斯基，是他带了一帮人在准噶尔盆地费尽千辛万苦，捉回几只繁育成群又放回荒漠戈壁，才有今天幸存下来的普氏野马。如果没有这俄国佬，野马就绝迹了。

野驴发情一年一季，野马四季都发情，是个滥情的家伙。公马肚皮下那个大家伙，像个大鼓槌，兴奋起来连续不断地击打肚皮。一边嘣嘣嘣地打着鼓，一边咴咴地嘶鸣不停，释放着内在快感。驴马欢实，乡人说的“四大欢”，驴排在末尾压阵：风中旗，水里鱼，十七八的大闺女，哼哈叫的大叫驴。当然，马也忝列其中，只是为字数齐整省略了而已。

野马交配“吃独食”，打斗自然少不了。当头领，争；优先交配，也争，明火执仗地打。两公马选一平地，各自退后十几步，鬃毛飒飒，两眼凝视对方，两耳笔直向前。接着嘶叫一声，和鸣哨开球鸣锣开戏一样。然后前蹄刨地，打着响鼻往前冲，像是自己给自己吹着号角。鼻孔里冒着粗气，看出来“油门”都踩到底了。双方靠在一起，并不急于出蹄，而是互嗅对方暂时抿倒的耳朵。但眼里没了温情，怒目而视，只是交手前的礼节，使拳弄棒的都会这一套。礼毕才举弹前蹄，随着一声尖厉鸣叫，扭打在一起。野马比家马凶悍、残酷，但仪式感很强，像贵族决斗。

野驴、野马很难家畜，宁可消亡在荒野。它们拴不上笼头，套不上缰绳。在园里也是独来独往，似乎满园就没有入眼的朋友，基本不和其他动物掺和。这里的所谓散养，也就是活动空间大一些而已。野驴、野马除了吃草料，并不固定在自己的区域，喜欢围着整个亚洲区乱转。如果不是隔离门阻挡，非洲区也会长驱直入，它们都习惯了寥廓。看“驴长脸”，常常忍俊不禁。实际上人不论如何生气，脸再使劲拉也要逊色不少。野马随便往那一站，玉树临风，风度翩翩，穿着海魂衫的斑马也要逊色不少。上天如此不公，却把同宗的驴造得又蠢又丑。野马洒脱、俊逸，幸好野驴自信，要不得无地自容。

汗血宝马是马中极品，出类拔萃。赛马彬彬有礼，像是读过不少书，温文尔雅。马，可教，可雕。驴，好像很难过这个坎，让人老惦记驴肉火烧。马嘶，如用韵白吟诵屈原那些尾字全是“兮”的诗。驴叫，则直白得如泼妇喊街。

它们在一起那么久，居然没野合出野骡子来。这些性欲狂，没事就喜欢拿生殖器“亮剑”的伙计，却在不该禁锢的地方，不越雷池半步。不知道是驴看不上马，还是马不屑于驴。这事，人也不好撮合。据说野驴、野马在野外，狂野但自律，就是濒临灭绝，断无饥不择食地苟且乱来。苏联著名小说《第四十一个》中，马柳特卡与敌军中尉沦落孤岛，孤男寡女，放下敌我，迅疾相爱了，当然性是自不可少的环节。人心眼活泛，驴、马典型死心眼。性是如此诱惑，它们依然坚守禁区。畜类盛名之下，它们其实难副。

三

我认识一位兽医，是邻村人，在当地有点小名。

他擅长讲人和畜类的段子，但清一色的下三路，三句话说不完就拐到床上去。他没个正经样，张嘴不是偷情，就是捉奸、爬灰，全是些花里胡哨的内容，私下都叫他“烂腚”。他天天在人和牲口之间转悠，估计自己也弄混了，不知道说的是动物还是人，或是搅和在一起说。那些年那么封闭，哪里有这么多花花事，遭雷劈的那些事也一准是他自己杜撰的。最难忘的是他讲过马交配的故事，让人久久不能平静。我敢说，这是他讲得质量最上乘的故事，也是唯一能登大雅之堂的故事。

兽医站健壮的公马少，母马发情了，兽医就自作主张牵着小公马去配，可这两匹马恰巧是“母子”。小公马挣着缰绳躲闪，始终就不往母马跟前凑，拉急了，跳起来抬腿踢人。过了两天，兽医用厚布蒙上公马的眼，轻而易举交配成了。可意想不到的是，在摘下小公马眼罩的那一霎，小公马五雷轰顶一般，愤怒地撒腿狂奔起来。跑得筋疲力尽了，就直挺挺地摔在地上，哐哐地往地上碰脑袋，满脸都是血污。

小公马后来疯了，两眼充血，红得吓人，无论看什么都恶狠狠的。几次挣断缰绳，蹿过不高墙头，闯进不大的大街上撒蹄狂奔。吓得车见车躲，人见人藏，哭爹叫娘地乱成一锅粥。一时，小公马成了当时最大的“公害”。兽医站停下所有手头工作，又找了不少基干民兵帮忙，派出所民警连枪都拎上了，费了九牛二虎的力气才把小马逮回来。用了四条大麻绳牢牢拴在树上，小公马仍旧没有安静下来的意思，片刻不停地又撞又踢，弄得浑身都是伤，头上身上都破了几个口子，血肉模糊得瘆人。它嗓子叫哑了，满是屈辱的低鸣气若游丝，声带一定撕裂了。十几天的工夫，小马就脱了形，瘦了一大圈，露出了嶙峋骨架，毛也脏兮兮地老长，像是一堆荒草，不久就死掉了。

兽医站损失了一匹良种马，当事人写了检讨，兽医口上认错，心里却别扭着，一直觉得是好心办了坏事。可大家都记住了这惨痛，尔后没人再想当然和贸然。一位农大毕业的兽医感慨：这次会记一辈子，再看，我也疯了！尔后大家看驴马的眼神变了，态度也比以往亲近了，好像就是他们中间一分子。动物园的动物都有谱系，少有近亲繁殖。在大自然里，动物捍卫着生命的某些底线，不仅仅是自律这样简单了。灵魂在，会自醒，不需要提醒。

很多年过去，小公马还常在我头脑中跑来跑去，帮我打开了洞察动物灵魂的门窗，我看到了我平时难得一见、植根于动物内心的神圣。整天和动物厮守，未必不盲。那位兽医也作古多年，只是想到他讲故事的那份郑重，还有眼神中的敬慕，我从心里谅解了这个没正形儿的人，他懂马知驴，不应再叫他畜类医生。小公马走得比卢梭远，做得比聂赫留朵夫决绝。以死明志，它的灵魂本洁净无尘，无须救赎。每每看着野驴、野马急急风般地跑来跑去，恍然感觉到是小公马跑到眼前，我有些恍惚。没当过兵，但我情不自禁地默默地举起右手，放在脑袋一侧，久久不想放下。

2019 年 7 月 29 日

虎 萝 卜

越是稀罕，往往被说得越灵异，越神秘越值钱。只要离谱十万八千里，糊涂到再也看不清本质，神，不造自成。野生参后面都跟个传奇故事，一般要有条大蛇相佑，没有这令人毛骨悚然的巳公护卫，身价也就上不去。就是看护家缠万贯又十世单传的婴儿，也没这邪乎。人参把持中药贵族席位多年，让那些芜杂的大路货，柴胡、麦冬永远无法僭越，小喽啰生就的陪衬，在药材里翻身也难。

前几年读孙犁先生文章，说胡萝卜较之人参，仅少一两种元素。对我，不啻石破天惊，差点惊掉眼球。胡萝卜太普遍，北方田野里遍地皆是，饭桌上近乎主食。人参大面积人工种植后，价码一落千丈，和胡萝卜一样变得极为寻常。

前些年，我帮吉林朋友做了件举手之劳的小事，他不由分说送我一包人参，得有六七棵。当时我觉得难以承受，这礼有些重。后来一位懂行情的朋友说：这东西不值钱，三五元一支，这一包也超不过三十元。我才平静下来，随便搁置在窗台上，不久就泡茶喝掉了。

有年秋后一天，我陪一位记者采访，幸运地吃到一种美食，一种让我一辈子忘不掉的美食。这座海拔近九百米的山脊上，几千只动物在此安了家，像是在走刀锋。满山蓊蓊郁郁的丛林，说不上名目的野草和繁花。那么多生灵穿梭在林子，这山活得更有生气。虎扎了堆，一百多只，稀有的金虎和雪虎都有。在别处白虎已是大牌，在这里平常如同胡萝卜，进猛兽区随处可见。

天渐渐冷下来，游客也渐渐稀少。猛兽散放区仍需要值班，隔离带的电动门上，操作员还要上岗。操作员的冬季是漫长的，寂寞得难以承受。他们近似高原上的哨卡，还有孤岛灯塔看守人。海岛灯塔听惊涛骇浪，电动门闻狮吼虎啸，至于别的收获有没有不好说，在这里绝对练胆，再遇多大惊恐，也吓不住他们。

进隔离区，还是有些紧张。两边虎贴着眼皮踱来踱去，即使不咆哮，心里还是发颤，比四面楚歌威力大。除了那道网，几乎就是面对面，呼吸都能清晰可闻。与虎如此近距离，还真的不太适应。铁丝网显得很单薄，真怕一不小心，这些山大王会破网而出，不想给它们做“活食”都不行。不过，虎过着养尊处优的日子，一个个膘肥毛亮的，没有一点饥馁，肯定不会打我们主意。

天天与虎为伍，操作员小范仍旧带着敬慕口吻说：世上没有哪种动物能和虎媲美！同属猫科的非洲狮，缺孤胆，仅此一点就逊色了一筹。虎，独来独往，一副统领天地的气概。藐视一切！舍我其谁！这是虎，如果没了这神，那就返祖成了猫。

刚刚看完动物表演，心情很复杂，无法开心。虎上台献丑，感觉跟林冲发配沧州差不多。驼走大漠，雁排长空，虎啸山林才是。建一个又一个的动物园，名曰保护，实则是最愚蠢的对规律作弄。为满足一己私利，也就是观赏的好奇心，不惜将这些生命终身囚禁，子孙后代也难逃囹圄的桎梏。现代科技已远远超出了它们自身的能量，俯首帖耳的现实主义几乎是它们的不二选择。

让赵丹还有孙道临去鼓捣二人转不行，绝对没有赵本山和小沈阳出彩。虎在山涧矫健自如，上台笨拙得手脚都不知往哪儿搁。它们太郑重，无法滑稽。喜欢虎的人看了，会潸然泪下。

进入隔离区，赶紧找一个安全的处所，钻进操作室，三人就填得满满当当，四人转身都困难。女操作员小范和老李已穿上了棉衣，站的时间稍长，脚就有些受不了。小房收拾得很利落，显出女性特有的温馨。薄薄的板壁上贴了不少图画，小床上干净的被子叠得整整齐齐，小操作台上按钮旁放置了书籍和时尚杂志，一个精致的小半导体不停唱着歌曲，间或播报着新闻。

居高临下看虎，也没有觉得渺小。一群虎有威仪万方，有虎视眈眈，有从容不迫，也有嬉戏打闹，动静皆有，姿态不一。戴副近视镜的小范说虎，老李也说虎，只是虎在她们眼里不一样。记者更多关注的是老李和小范，他要写这份独特工作，我却把心思全放到虎身上去。

我们所知道的虎太有限。小范讲虎母子柔情，她说虎用血盆大口叼着小虎搬家，满嘴都是爱，慈祥如菩萨。老李是个中年妇女，说话就少禁忌：这活挺无聊，能看的都看，蚂蚁上树要看，虎交配也不放过。虎做爱儒雅，绝不霸王硬上弓。只是太厉害了，配起来没完没了，一回得十几次。素材荤素搭配，听得开眼又开心。对这些张着血盆大口的家伙肃然起敬，原来兽中也有绅士啊。

还有更惊险刺激、惊心动魄的事。几个饲养员开着吉普车进猛兽区，忽略了关窗，车内顶上挂了块肉，一只虎悄无声息地蹿进去，生生地横在他们腿上，如此毫无防备的零距离，饲养员事后说：心都快跳出来了！他们那一刻连呼吸都停了。好在有惊无险，虎叼了肉，转身迅疾离去。谢天谢地！半天他们才回到现实里。好几年过去，说到那次虎口脱险还心有余悸。

两道电动门之间，隔离区宽约三十米，长约五十米，可以同时容纳两辆车停留转换。路两侧是坡地，她们种了青灵灵的萝卜，还有西红柿、小葱什么的。这绝对是世上独一无二、最生机勃勃的菜园。两边有猛兽安保，不会被任何的外来因素干扰，一心一意地长，没有长不好的道理啊！待遇比得上人参了。况且大蛇只是传说，谁也没有见过，虎监护萝卜，可是亲眼目睹的。小范还告诉我们：晚上虎收进笼舍，就捡些虎的粪便做肥料。怪不得那样精神十足，原来还有这样多的不寻常在里边。菜与虎共呼吸，叶子生得自由自在，无拘无束。

征得二位同意，我下去拔了棵萝卜。除去翠绿缨子，和当年在地里干农活，口渴了一样，拧巴拧巴土，就啃起来。脆中有丝儿绵和沙，从未体验过的感觉，是吃任何山珍海味也没有的感觉。细嚼还有些筋道，铮铮地发出声响，那些肥料没有糟蹋了，思绪一下走出很远。这样的稀罕物，现在很难吃到了。绿色离我们丰富的生活渐行渐远，很多东西都只能在记忆中寻找。当然，这样的感觉，我记忆中没有储存，是开天辟地。

小范答应收了萝卜送我们一筐，我也充满期待等着她收获的消息，到时我们肯定会飞奔上山，取回这无法给它精确定位的美食。这原汁原味中，还有一种说不清的东西，是虎赋予的。可惜不久，她却给我们一个坏消息，一场大雪，萝卜全冻在地里了。我懊悔不已，还不如当时就厚厚脸皮，问她多讨些呢。她竟然无事一样说：没事儿，明年种了，第一个想着你。我觉得这是暴殄天物。我们态度迥异，她是个富有者，一点惋惜都没有，富有得可以挥霍。虎口美食，没有几个人能享有。

这终生难忘的美食，如果给它命名的话，应该改叫虎萝卜吧，它也是我生命中不可多得的舌尖艳遇。是的，这样才最为确切。我永远都不会忘记那瞬间的奇异感受，从嗅觉到味觉再到感觉的整体升华。

有种不受人待见的麻雀，当年差点当“四害”给清除了。这种小生灵无法养，逮了不几天就绝食死掉。燕子是百姓家宠物，都在梁头上给预留了位置。后来换玻璃，要窗开一口，让它们自由进入，粪便滴在桌上，而报之粲然一笑。黑喜鹊脾气很大，长得漂亮而精致，常站在高耸入云的树尖上，鸣唱动听的歌。它们不好捉也更不好养，它的天地是长空。

这些非庞然大物如虎者，它们同样有气节。麻雀借房檐下做窝，黑喜鹊依树梢做巢，窝里啁啾鸣叫着温馨天伦，巢外生机勃勃，那一片的榆钱肯定好吃。它们有些地方与虎相通。关于虎萝卜，真是该杜撰个故事。前年鲁西南某地长出棵红高粱，五米多，超高。一帮神棍就拴红绳，挂红布，磕头烧香的人排着队来，比莫言的高粱地都火，不到一个月进账几十万。这虎萝卜要是可着劲邪乎，嘘呼成求之不得的神药，说它百病皆治，无所不能，那就真赚大发了。

2012 年 6 月 7 日岭上初稿

2019 年 5 月 17 日定稿

狼 君

多年前，我在一家景区工作，景区坐落在济南南部一座大山顶上，动物主题，那时节火爆得不行。过节一般不回市区，接连在山上住了数日，一天到晚满眼熙熙人流，头都看大了。人一上点岁数，赶年集凑热闹心思就淡了。晚饭后无事约朋友出去散散步，透一透气，朋友也想着松一松，当即慨然应允。

月色皎洁，映得山道如同白昼，煞是可亲。晚间无云雾笼罩，山不再朦胧，月光泻得到处都是，天地曼妙非常。一大段漫不经心地行走，白日的缭乱心绪全排解没了，取而代之的是另种愉悦。人融在银色旷野里，心中那美好是说不出口的。归途已晚，路旁村里窗口灯光渐次熄了。飒飒山风，像大山微微的鼾声，旷野也睡了。无拘无束，再无禁忌，忍不住放开喉咙又喊又唱，引得村巷里狗叫成一团。好多窗口慌乱地又亮了灯，估计会有不少惊恐的眼睛射向路上。鸡受了鼓舞，竟半夜鸣叫起来，我们搅了宁静秋夜的局。

刚过峪水村，路旁果园猛地冲出一汉子，手里还拎根棍子，直横在我们面前。他晃着手电断喝：干，干啥的？这么晚了，还叫，叫唤！只是声音有些抖，没一点底气，话语都碎了。近前看清模样，彼此都觉得似曾相识，他才松口气，擦把头上的汗，反招呼我们去他小石屋坐坐。

现在庄稼、苹果、李子都熟了，粗点的人家撒手不管，细发些的就晚上看着。随便搭讪两句，拿个苹果啃着继续赶路。只是刚才差点笑了场，竭力克制才忍住。笑他故作勇猛，持了械的手却哆嗦成一团。抓“贼”的比“贼”还胆怯，要是真的遇上歹人，这果园还不拱手相送？

显然他没大听过评书，是个老实得不能再老实的人，竟然没喊声“呔”。啰里啰唆说一堆话，不如这一个字有力量。

上山要吃力得多，只是路遇刚才突发，如打针兴奋剂，竟不觉劳累。边走边唱，熟悉的歌差不多全复习一遍。朋友迷恋唱，不过水准实在不敢恭维。每支歌第一句还马虎，第二句开始滑坡，到末句就气息奄奄了。他的气力由饱满到游丝，差不多就是从生到死，也像血压计的水银柱，噌一下上到顶，然后慢慢地就落下看不见了。他无音不劈，像是煮了一锅撑了皮的水饺，全是破破烂烂。他离谱很远的调子，让我忍不住笑疼肚子，比果园虚惊一场还要逗。

来回近二十公里，一气呵成，接近山顶脚步自行慢下来。拐过一个大弯，又上过一道陡坡，到了防火检查站。正想停下脚歇息，忽听得路边草窠里窸窣声，循声看过去，像只狗蹲坐在不远处草丛里，月光下轮廓格外清晰。起初我也没多想，觉得不过是只顽皮狗，在外撒野尚未还家而已。再细看不打紧，绿光森然的两只灯盏直射过来。一下我身上的毛发全竖了起来，心咚咚跳个不停：这是只狼！狼机警地蹲在一棵树下，和我们对视，一点没有见人落荒离去的迹象。它头上的两个三角耳硬硬地挺着，信心十足的样子。我悄悄地闪开些距离，但脚步像是坠了铅。如抢着跑，总会有一个要落后，后果会不堪设想，我努力镇定着，并低声嘱咐朋友：倒着走，慢慢退，不要慌！

毕竟和动物厮混那么多年，很快冷静下来。知道狼怕光，二人不约而同打开手机，两束光直直射去，但它依旧岿然不动，毫无惧意不说，还露出让人不寒而栗的牙齿，警告我们不要轻举妄动，否则……说话工夫已经挪出好远，只是脚下有些乱。我们越走越快，一路还不停回头，怕它尾随跟踪而来。朋友抱了块随手捡的石头，足足有十斤重，至信园山庄宾馆方扔下。两人几乎同时瘫坐在路边的岩石上，看见停车场的灯光，像是亲人一般。

这狼狈相，如果让狼看到，肯定比我们看果园的那位更可笑。狼可能是出来寻找猎物，也可能是随便走走。时下果子狸、野兔正肥。和我们狭路相逢，肯定也出乎它的意料。只是无意相犯，阳关道，独木桥，各行其是。对狼我尚略知一二，狼若是袭击，它会弓起身子，四腿后倾，尾巴高高扬起。此时狼却蹲着身子，几乎一动不动，应该是礼让我们先行。它貌似彬彬有礼的样子也让人起疑，它包藏的祸心去哪儿了？“假谈真打，百般花样”可是狼的一贯伎俩！有惊无险地演了一折子“遭遇狼”，该发生的都没发生，剧情没有顺着我们思路走，细想只是有些后怕。

我也一直在疑惑，心怀叵测的野心狼，那晚到底怎么了？居然放下屠刀！我们没费“一枪一弹”，不战而屈人之兵。真是奇了大怪！在我是个谜。我见过那么多次狼，都是在笼舍中，半夜无遮无拦地相遇，近在咫尺尚属首次。这惊心动魄会让我记一辈子。狼带有几分戒备的彬彬有礼，时常在我脑中浮现。这几年，南山常有狼的踪迹，这不是第一次了。

与蒲松龄的《狼》不同，与东郭的狼更不一样。从那晚遇狼后，蛇与农夫、王恩石义的那类故事，在我这儿都打了很大折扣。喋喋不休地唠叨“虎豹豺狼”不义，编造它们“罪大恶极”的故事，甚至连麻雀、蛇蝎都不放过，猫头鹰之流也难逃其咎。庸男俗妇别有用心，以抹黑“朋友”为己任，弄得四处树敌。自己形象不用映衬，猥琐、阴暗，甚至歹毒，永远都不会高大上。自然界多的是朋友，与之为敌，只会处处碰壁，寸步难行。蒲松龄的素材多是道听途说，东郭根本没有见过狼，他那个故事太圆满，一看就是编的。

世人常告诫“对敌人不抱幻想”，我也曾以最大恶意揣度狼。现实偏偏就让我目睹了真实，我不想歪曲它。我还觉得，人应该革除长期因谎言所积累的陈见、偏见和邪见，跳出私欲和仇恨之外，用自己本具之良知来面对世界。只有这样，才能看见真实的世界。没有了偏见和其他情绪的非逻辑的东西，事实和真相就会自然呈现。翌日，电话告诉妻儿，他们埋怨我不该夜晚独行，要我千万注意，关切之情尽在言中。

后来，我将此事短信告知一小友。友特灵异，未发言论，复一短信与我，是则奇闻。短信志怪荒诞，狐禅味十足，录下：暮由山路还，途经墓地，闻女泣声。四野寻望，空无一人。大恐！速离幽地。至家，心惊肉跳一夜，未能入眠。她闻鬼泣而未见鬼，只是邂逅无故事。好在她没编则白骨精图谋不轨的段子，那鬼并不纠缠，亦无加害之意，属善类。狼与我等狭路相逢亦不相犯，俨然豪杰，非绿林强梁，和她遇鬼如出一辙。异日得闲暇，作《狼君》一文。

2019 年 7 月 8 日

狼　烟

单位换了新头儿，姓禚，有魄力，学问也大，大得吓人。什么话题只要破开捆，他的嘴就像决口大堤，堵都堵不上。我好歹也算读过几本书，但只要他一张口，就觉得白读了，连手脚也无处搁无处放的。见他像见王国维，高山仰止，跟他说话也加着小心，生怕有纰漏出丑。他话语瓷实，掷地有声，且不容怀疑。他习惯说：我说过的话，执行就是，不要打折扣！我想也没想就接受了。

我们单位是家大型景区，逢节日必须有活动，以招徕更多客人。年年鼓捣这玩意儿，脑子都模式化了，花样很难翻新，黔驴技穷的我到点就短路。节前一天，他突然提了个想法，说燃放狼烟是个新东西，可试一试。这绝对新套路，正中我下怀，眼前豁然一亮，来了救星一般。狼烟都是听说，真目睹过的估计没有，但肯定能吸引眼球。但不知道狼烟用什么材料，他说就是点狼粪，冒的就是狼烟。提前一周就安排人去狼区，弄了一大桶回来。猛兽区有十几匹狼，和野狼四处流窜不一样，它们吃饭拉屎都不出门，肥水绝对到不了狮虎那里，捡狼粪轻而易举。

提前试点搁在铁桶里的引柴，起初没有经验，没点着。费了半天劲，仅木柴冒几丝小火苗，晃悠两下就偃旗息鼓了，更别说引燃狼粪了。小乔年轻，一身力气，他拎起桶像扔链球，一圈又一圈地转，上口进去一点风，火冒了几下，最后还是极不情愿地灭了。他满头是汗，都快转晕了。一堆人围着，也无可奈何，活人还真让尿给憋住了。要说还是年轻人灵光，小王很快发现了症结所在。

他找来把钎子，把桶周身捅了不少孔，这一透气就解决了问题。干柴一点就着，火苗子蹿出一大截，本以为放上狼粪就会浓烟滚滚。狼粪却很固执，香头般冒了几缕就停住了，干柴燃完剩下一堆灰烬。接连如法炮制了三遍，狼粪仍旧顽强，一副死猪不怕开水烫的样子，死活不冒烟。我心里有些乱，这到节上岂不出了大丑？燃放狼烟的新闻，媒体可都宣传出去了。我坚信这样照本宣科不会有错，狼烟就是烧狼粪，不光是老禚这样说，史书典籍上也明明这样记载着。

唐代段成式《酉阳杂俎》：狼粪烟直上，烽火用之。北宋陆佃《埤雅》：古之烽烟用狼粪，取其烟直而聚，虽风吹之不斜。草药大师李时珍：狼肠直，故边塞以狼矢为烟。连《辞海》和《词源》也跟着如是说，《现代汉语词典》就因袭了这说法：古代边防报警时烧狼粪升起的烟，借指战火。

真开窍还是到了正式点那天，相当于上轿现扎的耳朵眼，还是实践出真知。都是这事给逼的，船到桥头自然直，没过不去的火焰山。直到节日第一天，我心里还打着鼓。前期可着劲造声势，一天一篇《狼烟燃放跑马岭》的新闻，一点后路没给自己留。还做了块很大的牌子，放在步行区广场上，上写"狼烟燃放处"，生怕有人看不到。这次柴火准备得更充分，小树林的干柴都捡了个干净。桶也扎得遍体鳞伤，像个大漏勺，通风一点问题没有。

早早地来到步行区，游客还都没有到，我和几个年轻人在那儿再次点火。老禚背着胳膊走过来，斜视一眼，并未停留，也许他觉得，很快就会有如愿的狼烟升起。不久他又走过来，估计他心里充满期待，这本该成为他的得意之作。可结果还是照旧，好像故意在使反劲，不给老禚面子。干柴着火不冒烟，烤焦的狼粪也跟着着火，可就是不出烟。再次路过的老禚脸上有些发紧，好像在责怪我们不中用，甩甩袖子去了别的地方。

又忙活半天，我看他站在远处向这边望，也有些挫败感。好在他想得周全，不来现场，不给我们压力。点得丧气的小伙子提议倒柴油，我当即否了，那么多人都在这儿眼睁睁地看着呢，这样勾当不行，哪能光天化日下作假。我急得出了一头汗，虚的，心里也有些慌，忒尴尬了。情急中忽然想到小时候家里烧的大灶，烧不干的柴火就冒烟，呛人眼睛，做一顿饭都要熏出不少泪来。

好像有了重大发现一般，赶紧又去林子弄些湿树枝填进桶里。先让干柴旺起来，再续进去湿柴，上面盖上狼粪，不多时烟就冒出来了，很是壮观。老禚走过广场，一脸藏不住的满足，终于有个台阶下。又反复点了几次，狼烟燃放大获成功。狼粪不同于马粪、牛粪，食肉和食草的粪便有本质区别。狼粪全是肉和骨渣，没法做燃料。这时游客陆续进来，看到这一稀奇，把个燃放点给围个水泄不通，还欢呼雀跃了一番。人全都聚在小广场，撵都撵不走。

李时珍说狼的肠道直，狼粪冒烟就是直的。好像是说，烟筒能管住烟是直行还是拐弯。李先生够幽默，那么早就会说相声。弱弱问一句，人的肠子九曲十八弯，如果燃烧粪便，那烟全是羊毛状的吗？又不是在狼肚子里点，由直肠控着，像死胡同赶猪，直来直去。都哪跟哪啊？全乱了！说得狼肠像是位严苛家长，狼烟是听话孩子，出了门绝不乱跑，光走直线。那个说风吹不斜的陆佃更离谱，风大树都弯腰，何况烟！他们真敢想，也敢说，艺高人胆大！

何为狼烟？古代异族入侵时燃放的烟，但燃料绝不是狼粪，而是胡杨、红柳、罗布麻、芨芨草等俯拾即是的植物。那时可没有公园，狼天天窜，那么多烽火台，光捡这么多狼粪也不现实。嘉峪关长城博物馆有狼薪展品，有兴趣的可以去看看。大师就是大师，想象力爆棚，李时珍居功至伟，他还说蝙蝠屎可医失明呢。《狼图腾》的作者姜戎点过狼粪，他知道狼烟到底是咋回事，我佩服他不实践不说话。

写文章不少人喜欢引经据典，做事也愿意找过去的规矩参照，这样轻心省事，怀疑和推敲全丢掉了。经验是个好东西，但所有都合乎逻辑吗？在一个小圈子里只知道四季轮转，而不知时代变更，思维难免固化。前人的方案，抄袭来做自己的指南，时过境迁，还能照方抓药吗？难道经过前代生活证明有效的，就可以奉若神明，言必称“尧舜”？古人结论如何而来？需要一问再问。“子曰”没法放之四海而皆准，想当然的单线条思维痕迹很重。囫囵吞到肚里，未必都是营养。

事后老禚显然翻阅了不少资料，再说事的口气和原来也大不相同，偶尔还怯生生地看我，安排工作也开始有了商量口气。当了头儿一般就以为自己一贯正确，能否定自己，哪怕从心里默默地知错就改，也非常难能可贵。他原先在一处有名寺的景区待过，与晨钟暮鼓朝夕相处，看来有佛缘，未用点就化了。我也暗自在心里悄悄给他竖大拇指，他那一肚子书不少都是真货，没白读了。

后来又有几件事，我彻底改变了对老禚的看法。有次老虎伤人，一帮子记者闻风而至，老禚派我去捂。尽管竭尽全力，这火我却没能灭掉，老禚没责怪，反安慰我：上面领导都出面了，就这结果，再说人家媒体也没歪曲事实，你尽力了！还有次给一只长颈鹿做手术，不幸意外死亡。长颈鹿价值不菲，负责人一头虚汗，老禚拍拍他肩膀：生老病死，常态，你又不是一把手，怕啥！

自那日，别看老禚整天梗着脖子，钢嘴铁牙地还是喜欢戗茬，看去却更顺眼了。我甚至突发奇想，如果敲击一下他的身体，弄不好会铮铮作响。不然，狼烟的事他醉死也不会认那壶酒钱。担当，勇于担当说说简单，遇事真做起来，不那么容易。老禚倒是成了传说的狼烟，坚劲且直，任尔东南西北风。和他混的那段时光很开心，做啥啥成，还不觉得累。

2019 年 7 月 8 日星期一

附录：

“虎先生”赵峰

常　芳

在十九世纪末到二十世纪初，法国有位昆虫学家法布尔，通过对昆虫的研究，出版了一套“昆虫的史诗”——《昆虫记》。戏剧家埃德蒙·罗斯丹读过后，热烈地称赞法布尔，“像哲学家一样去思考，艺术家一样去观察，诗人一样去感受和表达”。在法布尔笔下，一只蝉、一只螳螂，甚至一只搂紧粪球制作面包的圣甲虫，都变成了一个个栩栩如生的精灵，正像他在《菜豆象》里说的那样，“件件珠宝都美不胜言”。

“虎先生”这个题目，来自赵峰一篇描写老虎的散文，他把一只二十五岁高龄的老虎，尊敬地称作虎先生。我从赵峰的作品里拿来这个名字做标题，是缘于我想了很长时间，觉得从我的视角出发，没有比“虎先生”这个名字更适合赵峰了。

同赵峰认识，是在济南市作协的一些会议上，但究竟是一起参加几次会议后，才记住赵峰的，到现在也不能确认。这中间不存在任何玄机。主要原因在我，因为我有严重的“脸盲症”，一个最真实的例证就是，我在鲁院学习时，在那里待了四个月，临结业了，还有好几个同学的名字和脸对不上号；次要原因就在于赵峰了，逐渐和赵峰熟络之后，再一起参加活动，我发现他比我还没有存在感，人在那里默不作声地坐着，丝毫不显山露水，完全跟空气一样。

真正和赵峰成为朋友，是在他组织的一次文学沙龙上。有天他打来电话，问我有没有时间，过去看一看，和大家交流交流。单位的文学组织，我多少知道一些状况，时间又是酷暑难耐的盛夏，便没有十分认真。沙龙的地址在济南植物园北门附近，幽静的一隅，门外就是喧闹的经十路，昼夜车水马龙，彻夜灯火不熄。等沙龙的成员们悉数到来，我坐在他们中间，交流到最后，他们一个一个拿起手中的稿子，开始朗读，然后逐句逐篇讨论分析作品时，他们每个人对待文学的那份神圣庄严的态度，虔诚的眼睛里闪烁的熠熠光辉，一下子就触痛了我的心。这群真正热爱文学、灵魂和众多植物动物一样纯净的人，又一次让我找到了真正的文学同盟军，再次领悟到文学的真谛到底是什么、意义在哪里。当下世界一片喧嚣，灵魂被物欲操纵，还有多少人是从生命里出发，真正用身心去创作文学作品呢？所以，一座城市有这样一群人的存在，当是一座城市的荣耀；一个时代有这样一群人的存在，亦是一个时代的荣耀。

那个时期，赵峰在这个文学沙龙客串主持人。我对他的尊敬，由此而来，水到渠成。

水怀珠而川媚，石蕴玉而山晖。在中国传统文化中，山川草木，花鸟鱼虫，无一不是有灵有性。赵峰曾经在跑马岭野生动物世界工作过一段时间，笔端亦多有动物围绕。于是乎，我们始有幸跟随他的脚步、目光、心灵，慢慢地靠近那些从世界各地汇集而来的男动物女动物们，窥探到它们在那个单纯又复杂的乐园里独到鲜活的生活种种。赵峰在写这些动物的时候，不是一个观察者、描摹者，而是把自己融入它们当中。在他的笔下，动物不是道具和工具，也不仅仅是动物本身，而是人类的同类，人类也是他们其中的一员。这种主观和客观角色间的重新认知和界定，决定了这些与动物相关的文字，在赵峰笔下展现出的不同气质和色彩。赵峰在这些动物中间，让我们看到了社会的不公平，看见了不同的人生角度所抵达的不同社会层面，看到了野生动物世界里“野生”的动物，同城市里圈养在笼子里被驯服的那些动物间的区别，看到了不同动物的嘴脸，看到了不同的天空，以及另一条有着更多可能的天际线。在某种意义上，人类对动物爱怜的深度，也许决定着他所能抵达的人性高度。

上帝是无限奇妙和慷慨的。它给予赵峰健壮的体魄，又给予他一个无限细腻柔软的内在。他唱得一票好京剧，文字也摆弄得京戏一般，不论是抹脸勾脸、长腔嘎调，还是丹田音云遮月，都让人沉醉其中。

赵峰这样给一只非洲鸵鸟勾脸：“无法不醒目的鸵鸟无论怎么样都是卓尔不群的。”“没有哪一种鸟能遮掩鸵鸟的存在。”“鸵鸟和孔雀一样，漂亮的都是雄性。不用涂抹口红，它的喙红得艳丽；那深情的眸子、漂亮的双眼皮，绝对不是整容得来；清晰可数的长睫毛，更不是时髦女孩粘贴的那种一点都不生动的假道具。瘦长挺拔的双腿，粗壮且轻盈，跑起来空灵如鹤……”而论及它们的舞蹈时，赵峰写道：“鸟的舞蹈风格是多样的。鹤之舞梦幻，充满了灵动和飘逸，老庄意味颇浓；天鹅舞是精灵之舞，那是灵性中升华出的韵律；鸵鸟舞蹈豪迈、优美而不失雄壮，有‘大风起兮云飞扬’之势。这舞线条粗犷而细腻，是大手笔，属于生活派，舞台容不下。离开了茫茫非洲，没了那无边无际的草原，鸵鸟的舞蹈是纪念，也是回顾，回顾它们羽翼丰满的旧时光。”正热热闹闹地勾画着鸵鸟们的脸谱，诗意地说着它们的辽阔舞台，赵峰笔头一转，冷不丁一把就将它们拉回了梦中的故乡，拉回了它们遥远的“羽翼丰满的旧时光”。这种旧时光，这种渐行渐远的乡愁，面对突飞猛进的现代化进程，面对光怪陆离的都市生活，又曾被我们多少人在某些恣意的时刻，在有意和无意地遗忘着呢。

这种柔软的切割的力量，还来自一只南非的大弯角羚。在万里之遥的南非，这只大弯角羚生得威风凛凛，脑袋上两条生动的长角，比京剧演员的两条翎子还要生动。但在离开故土、漂泊来到异国他乡的途中，它的“老公”却不幸折断脖子离它而去。“它身上那几条写在肩部的白线，衬托出的美让人心醉，这种美里有深深的哀伤，是可以写成诗行的。”“它越来越凹陷的眼睛，是不是在回忆着，在非洲草原上，和‘老公’恩恩爱爱的那些时光呢?”和这只忧伤的大弯角羚相比，在行色匆忙、物质泛滥、情感苍白、金钱和感情都可以透支的今天，我们身边还有几个人抱守着梁山伯和祝英台的凄美爱情故事，被世人传颂和艳羡?

《大野心家》里那群猴子，更是让人无法不联想到我们身边的现实。它们除了把欺负小熊猫当成家常便饭外，也经常去骚扰一下安闲端庄的孔雀，有时也去鹰隼的笼边捡拾一些剩肉末儿，临了还不忘龇牙咧嘴嘿唬一下，见连眼皮都不抬的鹰隼毫无反应，就以为怕了自己，心满意足完成了一次次兵不血刃的侵犯，大摇大摆，一副胜利者的姿态回到猴谷休息。然后呢，然后，在世界对它们的忍耐和宽容面前，它们不仅没有学会收敛，而是继续变本加厉，在“离着猴谷最近的小广场上有不少小动物，鸽子、兔子，还有小羊，都是‘老实本分的孩子’，只要看见凶神恶煞般的猴子的影，就望风而逃。遇不上‘对手’，猴子越来越有恃无恐，时不常也到鳄鱼池去戏弄干尸一般的鳄鱼。时间久了，也忘了自己姓啥，真把自己当了跑马岭的大王”。至柔者至刚，不动声色的赵峰用藏在指缝间的锐利刀尖，三笔两笔，就把现实中那些愚蠢可怜的猴子们，剔剥得筋骨分明。

法布尔把昆虫们描写得充满人的智慧和灵性；走进蒲松龄的《聊斋志异》，我们也同样看到，他笔下的一花一木、一狐一鸟，都比人活得更有情有义，绝不苟且。赵峰的文字，以及他文字中那些奔跑跳跃的动物，不管白描还是写意，同样也都在提醒和告诫我们，一个人，应该怎样活着，才不至于活得苟且，丧失了人的本质和人性，形同野禽走兽。

人本身就是动物。在中国的文化传统里，每个人的属相俱是由某种动物司职。《诗经》里的先人们，就将那些贪官污吏称作硕鼠，以禽鸟动物喻人处比比皆是；而在圣经的《雅歌》里面，所罗门也把新郎和新娘比作了鸽子、羚羊和美丽的小鹿。动物和人类，在中西方文化里的同构关系是如此的一致。前面我称赵峰虎先生，是由于从认识赵峰开始，他给我的印象，一直都是温和从容而不失“威严”，每次见到他，他言谈举止间那份淡定，完全只有老虎才会拥有。当然，这位虎先生偶尔也会露一下峥嵘，但那大多都是在他的文字里。

（作者系中国作家协会会员，山东省作协签约作家）

后　记

人讲缘分。在此之前，我就没有想到过，自己的生活还会和这些动物有如此深的关联，且朝夕相处了十三年。这一脉叫跑马岭的逶迤大山，远离济南市区，耸立在海拔近九百米的山顶上。浩瀚林海中，放养了几百种来自世界各地的动物。说实话，起初我真没有看上这些古灵精怪的家伙，连喜欢也说不上。改变对它们的不良印象缘于猴子，一种表象不是全部，它们的本来面目和我初始印象完全翻了个个儿。猴王家族恃强凌弱，养尊处优。无处不在的“小能人”，到处卖弄咋合适咋干的“小心眼”。它们把聪明和狡诈当成信仰。鹿群、骆驼、羚羊，全都一副苦大仇深的模样，战战兢兢地活着，一点风吹草动就惊恐万状。角马、犀牛、长颈鹿则岁月静好，有草料就幸福，什么都可以忘掉。

这是个少有“内幕”的世界，连杀戮都开诚布公，绝大多数动物都说得上“磊落”。动物身上的侠肝义胆让我感动，由此，我走近了它们。

人兽之间的界线，并无经纬。日久见“兽心”后，有了诸多发现，虎最值得敬重，这个种群居然有“品格”，也有风范。猴子也并非一无是处，原来只是对它们了解不够。它们更多时候豪侠、仗义、不计前嫌，只是身在藩篱，泼皮无赖仅是表象而已。它们不需要表演，更不需要伪装。狐狸善变多面孔只是个例，憨厚、奸猾都是本性流露。“大智若愚”、傻吃迷糊睡的狗熊，庐山真面目就没变过。动物身上有更多的情和义，还有爱，这丝丝缕缕应该叫动物文明。这让我久久不能平静，我“曲解”它们太久，也“仇视”它们太久。我们的视角太狭隘。人，一旦失去自由，反倒是和固有的本相径庭到不敢相认。

自然的毁坏，森林一天天地减少，草原一天天地荒漠化，茂密的原野中，人类越来越多地侵占它们的生存空间。还有各种各样的利益猎杀，它们的食物在逐年减少，生活环境变得逼仄恶劣。人类在无情地追杀吞噬自己的朋友，不长时间就能听到一种动物或是植物灭绝的消息。后面还会有更多的动植物，依次进入濒危名单。人类越来越强大和霸道，同时也越来越孤单。动物灭绝的那一天，人类的末日也就到了。不知道自己渺小，不知道自己微不足道，像一些“老子天下第一”的猴子一样，这才是人类最大的悲剧。面对层出的灾难警示，需要检点和忏悔，才是最根本的救赎。

前些年，国内一窝蜂地上了不少野生动物园，济南跑马岭野生动物世界由此应运而生。现在看，异地圈养算得上时下行之有效的保护，人类在没有完全苏醒之前，这算是个说得过去的补救措施。侵害人类并非动物理想，有些攻击都是“正当”自卫，真希望对动物大开杀戒也只是人类的阶段行为。眼下人和动物都需要只“笼子”，才能和睦相处，只是该关的没关住。和它们越近，这些坦荡的朋友就给我的惊喜越多。

喜它们所喜！悲它们所悲！

丰子恺先生说：有些动物主要是皮值钱，譬如狐狸；有些动物主要是肉值钱，譬如牛；有些动物主要是骨头值钱，譬如人。丰先生太恭维人了，如果让我说，最后一句就应该是：有些动物主要是骨头值钱，譬如虎。虎骨之贵，贵在骨中有气，一种凛然之气，许多人倒未必有。亚里士多德说：人，在最完美的时候是动物中的佼佼者。但是，当他和法律、正义和道德隔绝之后，他便是动物中最坏的东西。到底是哲学家，看问题入木三分。

看了十几年动物后，眼里再也没有禽兽，不知都去了哪里。

李微漪，一位美丽的女画家，她救过一只狼幼崽，养大放回草原。四年后她只身去放狼的地方，狼如期而至，并抓来一堆野兔招待她。狼没有辜负这个理想主义者的期待和热望，出乎一般人意料。这是一个完整版的好人好报的故事，像京剧版的《锁麟囊》。知恩图报一幕，颠覆了东郭先生的恩将仇报的主题，连同他种植的“提防、仇恨”被连根拔起。李微漪有书，文字若不足信，她还拍了电影，有视频为证。

动物世界有更多故事、更丰富的情节、更撼动人心的东西，需要有足够的耐心去看、去听。如猴子对不小心被电晕的玩伴不离不弃，有难同当；过河的斑羚母亲为保护幼崽，大义凛然地用身体堵住鳄鱼的血盆大口；在一场追杀中，鹿妈妈果敢停下被豹群撕咬，为孩子更安全地逃出死亡地带赢得时间；大象小心翼翼地卷起小狮子越过酷热地带。丛林世界并不是我们理解的那个模样，我这本小书打开的仅是个小窗口，一点动物生活的鸡零狗碎。如借这一斑，能窥见到那只斑斓的全豹，将是我最大的欣慰。它们更多本性深处的光点我可能还没发现，或是被疏忽，所以，我只能用拙劣的笔写一鳞半爪。这已经成为我极其遗憾的自觉，对于诸位朋友的世界还需要再深入、再发现。

我们需要厘清的是，自然有没有人类，照旧完美。人类离开自然却无法生存。保护地球，不过是给自己的寄存寻找一个堂而皇之的借口罢了，空洞而虚伪。希望人类好好与自然的一切和平共处，老老实实做好自己。

感谢《齐鲁晚报》副刊中心主任李秀珍大姐！是她的动议，才有了这些与动物相关的文字，并且在她主持的副刊上作为《跑马岭纪事》专栏发出。没有她的支持和鼓励，这本书可能不会存在。感谢《齐鲁晚报》的责编徐静、向平、徐征三位女士！她们为我粗疏的文字费了大量心血。感谢韩晓鹏女士！跑马岭风景部分都发在她编辑的《济南园林》专版。感谢我的好友《大众日报》“丰收”责编、才女刘君女士！后期的动物部分她选了不少篇什，在“丰收”显著版面推出。

感谢当年写出家喻户晓的《高山下的花环》的李存葆老师，在他谢绝一切琐碎应酬，专心致志走进自己的大散文世界后，破例给我写了如此热情洋溢的序言，这种不弃溪流的精神，让我感动万分；感谢人民日报社山东分社徐锦庚社长，他给我提了很多建设性的修改意见，并分别在微信公众号“东岳客”和人民日报客户端连载；感谢浙江师范大学王洪岳教授，他早年出版的《跑马岭野生动物世界》给我诸多启发；感谢我的好朋友常芳女士，欣然为我的小文再添异彩，她的文字了得，来日可期；感谢我的好友彭子刚、王吉峰、展恩华、廉德忠先生，他们精心为我杂乱的文字进行了订正。

我爱人冯晴女士、儿子赵亢亢也为小书做了很多工作，一并致谢。

我会继续努力，写自己的眼见、耳闻，用心过滤笔下的文字。我是一个资深文学爱好者，写作已是我生活的一部分。文学是我的信仰，我在这条路上已经跋涉了很久，希望看到文学殿堂那束高贵灿烂的光。更希望有一天，那光束变成光环，不期也会套在我的脖颈上。那，我，也辉煌了！

2017 年 6 月 29 日初稿

2019 年 11 月 25 日改定

图书在版编目(CIP)数据

你是我的好朋友 / 赵峰著. - - 北京 : 中国文史出版社, 2021.7

(跨度新美文书系)

ISBN 978 - 7 - 5205 - 2947 - 1

Ⅰ. ①你… Ⅱ. ①赵… Ⅲ. ①散文集 - 中国 - 当代 Ⅳ. ①I267

中国版本图书馆 CIP 数据核字(2021)第 078702 号

责任编辑：卢祥秋

出版发行：中国文史出版社
社　　址：北京市海淀区西八里庄路 69 号院　邮编：100142
电　　话：010 - 81136606　81136602　81136603 (发行部)
传　　真：010 - 81136655
印　　装：廊坊市海涛印刷有限公司
经　　销：全国新华书店
开　　本：720 × 1020　1/16
印　　张：18.5　　　　字数：232 千字
版　　次：2021 年 7 月第 1 版
印　　次：2021 年 7 月第 1 次印刷
定　　价：59.80 元